일본 속의 조선
日本のなかの朝鮮
김달수전
金達寿伝

廣瀬陽一
히로세요이치

クレイン

日本のなかの朝鮮　金達寿伝　目次

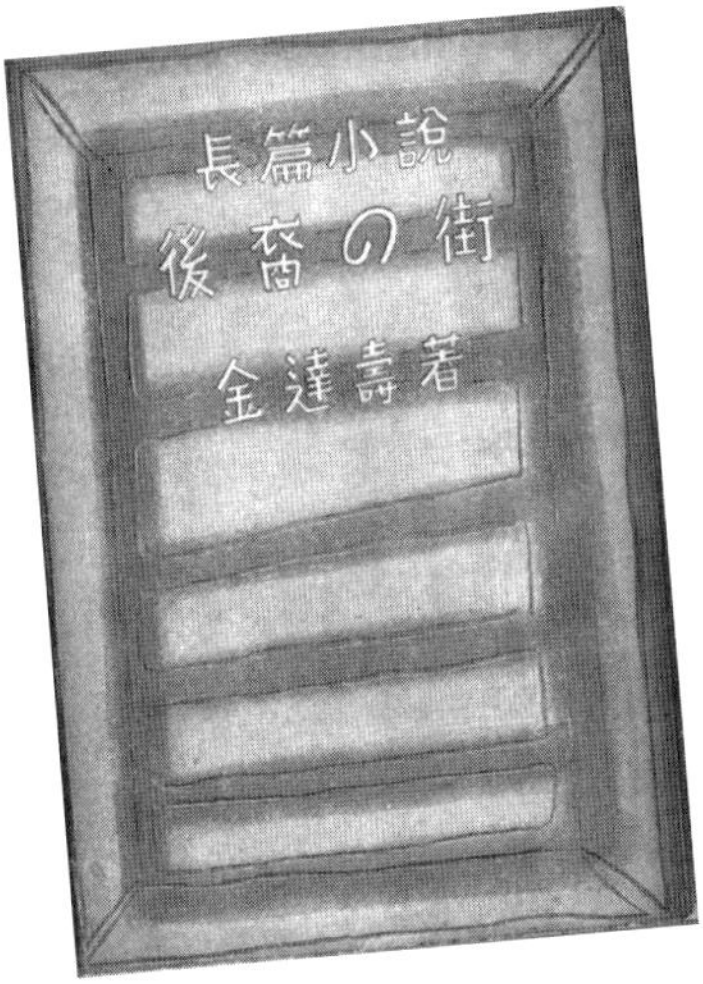

金達寿最初の著書
（『後裔の街』一九四八年三月、朝鮮文芸社刊）

第三章　政治組織と文学運動

第四章　文学から古代日朝関係史へ

第五章　訪韓とその余波

【写真出典】（数字は頁数）
◆提供・所蔵・撮影と明記分、雑誌・書籍写真は除く。
なお、撮影者は筆者である。
『追想 金達寿』 17・29・43・93・111・127・169・193・207
『追想 李進熙』 181
『金達寿小説全集七 月報二』 扉写真

【凡例】

◆「在日朝鮮人」という呼称について。歴史的な事情から、彼らは時代によって「在日朝鮮人」・「在日韓国・朝鮮人」・「在日コリアン」あるいは単に「在日」と呼ばれ、当事者も多様に自称してきた。本書では、金達寿が長らく「在日朝鮮人」の呼称を用いていたことを考慮して、基本的に「在日朝鮮人」を用い、場合によって他の呼称も用いた。〈解放〉直後など、「在日朝鮮人」という呼称が存在しなかった時代についても、便宜上、「在日朝鮮人」などの呼称を用いたが、指し示す対象はすべて同じである。

◆「朝鮮人」・「韓国人」という呼称について。本書では「朝鮮人」を北朝鮮で暮らす人々ではなく、朝鮮民族全体の総称として用いた。韓国国内で暮らす人々や、自分を「韓国人」と見なしている者を指す場合には「韓国人」とし、それ以外は「朝鮮人」・「コリアン」と表記した。しかし本人が自分をどうアイデンティファイしているか不明な者も少なくないため、誤っている可能性が排除できないことをお断りしておく。

◆国名について。本書では「大韓民国」と「朝鮮民主主義人民共和国」建国以前の朝鮮については「朝鮮」を用い、建国以後は「韓国」と「北朝鮮」の略称を用いた。「韓国」については、金達寿が長い間、「韓国」よりも「韓国（朝鮮南部）」・「朝鮮南部」・「南朝鮮」などの表記を多用したため、それを尊重して「韓国」に統一せず、文脈に応じてそれらの表記も用いた。ただし筆者自身は、そこに一切の政治的含みは持たせていない。

◆「朝鮮語」・「韓国語」という呼称について。現在の日本では、コリアンの民族言語は一般的に「韓国語」と呼ばれるが、金達寿が長らく「朝鮮語」と呼称してきたことを尊重して基本的に「朝鮮語」と呼称し、場合によって「韓国語」という呼称も用いた。国号と同様、やはり筆者自身はこの使い分けに一切の政治的含みは持たせていない。

◆（在日）朝鮮人の姓名の読み方について。小説の登場人物の中には、初出版とそれ以降でルビが変わったり、単行本や全集に収録する際に新たにルビが加えられた者がいるため、本書では小説の登場人物には全てルビを付さなかった。実在の人物のうち、歴史上の人物や著名人、参照した資料の中に読み方が表示されている者はそれに従い、不明な者には必ずしもルビを付けなかった。論者名は可能な限り漢字で表記するように努めたが、不明な場合はカタカナで記した。

◆年月日は特に断らない限り新暦を用いた。

◆引用文中の〔 〕は筆者による補足、／は改行を示す。

◆一部を除き、旧漢字は新漢字に改めた。

◆一部の国名や組織名については以下の略語を用いた。

大韓民国 → 韓国　朝鮮民主主義人民共和国 → 北朝鮮　在日本朝鮮人連盟 → 朝連　在日朝鮮統一民主戦線 → 民戦

在日本朝鮮人総連合会 → 総連　在日本大韓民国居留民団・在日本大韓民国民団 → 民団　日本共産党 → 党

序――「朝鮮隠し」のカラクリから抜け出す

金達寿《キムダルス》は日本の敗戦＝〈解放〉後に本格的に知的活動を始め、半世紀以上にわたり、日本社会と在日朝鮮人社会にまたがって活躍した。この間、一九七〇年前後を境に前半生を文学、後半生を古代日朝関係史という、全く異なる学問領域に身を置き、驚くべきことにその両方で大きな成果を挙げた。「在日朝鮮人文学」という文学ジャンルの確立や、「渡来人」の語の普及と定着は、彼の数多い業績の代表例である。芥川賞候補作になった二作品「玄海灘」（五二～五三年）・「朴達の裁判」（五八年）をはじめとする彼の文学作品を、若い頃に愛読した方は少なくないだろう。古代史紀行『日本の中の朝鮮文化』シリーズ（七〇～九一年）も、七二年に高松塚古墳から装飾壁画が発見されたのを契機とする古代史ブームの追い風に乗って非常によく読まれ、本を片手に地元の古代文化遺跡に出かけていった方が数多くいた。

これほど多方面に影響を与えた人物の知的活動の全体を、特定の領域や民族の枠組みに限定して理解することは不可能である。そこで私は金達寿自身の言葉を借りて、彼を、「日本と朝鮮、日本人と朝鮮人との関係を人間的なものにする」ことを生涯の課題とした在日朝鮮人知識人と捉えた。この視座から、文学活動と古代日朝関係史の研究に加え、在日朝鮮人組織や韓国・北朝鮮との関係の総体を、彼の生涯に即して明らかにしたのが、拙著『金達寿とその時代』(二〇一六年)である。そこで描きだした彼の知的活動の足跡を簡単に述べると、次のようになる。

金達寿の知的活動は、日本人と朝鮮人との関係を対立的なものと捉え、朝鮮人に対する日本人の差別意識を是正することから始まった。しかし文学活動を通じて彼は、次第に両者を、何ものかに対立させられている関係と認識するようになった。さらに古代日朝関係史を研究する中で、古代における日本列島と朝鮮半島との関係を消去することで成立している〈帰化人史観〉の核心に、日本人の祖先である帰化人を、近現代の在日朝鮮人の祖先と規定して蔑視することで自らを貶めながら、その欺瞞に気づかない日本人の自己差別の構造を見出すにいたった。そこで彼は〈帰化人史観〉批判を通じて、日本人の自己差別の構造が、朝鮮半島からの渡来人が日本列島の各地に残した文化遺跡を大和朝廷に隷属した帰化人の遺物と読みかえる「朝鮮隠し」のカラクリと表裏一体の関係にあること、このカラクリが近現代の(在日)朝鮮人に対する日本人の文化的優位性や差別の意識を生みだしていることを暴き出し、両国・両民族の関係を人間的なものにすることを目指した。

だが前著は、あくまでも金達寿個人の知的活動に重心を置いた論考だったため、学問領域や民族の壁を超えて広範囲に展開された彼の知的運動を支えた重要な〈場〉である雑誌や、二世世代以降の、帰国を前提とした生活から日本社会への定住を前提とした生活への変化に伴う権利要求の動きに対する金達寿たち一世世代の認識などには、ほとんど触れられなかった。また金達寿の私生活や交友関係も、ほぼ全て割愛せざるを得なかった。そこで本書では、前著で扱えなかった公的・私的な活動を集積して、今なお彼を覆っている膨大な虚飾や偏見を取り払い、等身大の彼の姿を描きだすことを目的とした。

朝鮮学校や在日朝鮮人に対する悪質なヘイト・スピーチが横行し、政治レベルでの日韓・日朝関係が悪化している現在、文学から古代日朝関係史へと活動領域を移動してまで「朝鮮隠し」のカラクリを暴くことに心血を注ぎ、両国・両民族の間に人間的な関係を回復させようと尽力した金達寿の仕事から学ぶところは大きいと考える。のみならず、「朝鮮隠し」は古代史研究だけの問題でも、（在日）コリアンだけに関わる問題でもない。たとえば近年、日本の各地に暮らす在日外国人が増加したのに伴い、個々の日本人や地域のコミュニティが彼らをどう受け入れ、共に暮らすべきかが切実な話題にのぼるようになった。しかし考えるまでもなく、敗戦後に限っても、日本社会には六〇万人以上の在日朝鮮人が七〇年以上にわたって生活を営み、日本人は全国各地のコミュニティの中で彼らと共に暮らしてきたのである。その歴史を忘れて、日本人と在日外国人が共に生きる時代が新たに到来したと考えることこそ、現代の「朝鮮隠し」ではないだろうか。

植民地時代から現在まで、日本社会の中で（在日）朝鮮人はどのように暮らしてきたのか。また日本人は敗戦後、彼らとの関係の歴史から何を学んだのか。金達寿の生涯を辿った本書がこれらの課題について改めて考え、内なる「朝鮮隠し」のカラクリから抜け出すきっかけとなれば幸いである。

『金達寿小説全集』（全7巻）

第一章　誕生から〈解放〉まで

生い立ち

金達寿は三・一独立運動から約一〇ヵ月後の一九二〇年一月一七日（旧暦一九年一一月二七日）、慶尚南道《キョンサンナムド》昌原《チャンウォン》郡内西面《グンネソミョン》虎渓里《ホゲリ》の南東部の亀尾《クミ》に生まれた。現在の釜山《プサン》広域市から約五〇キロメートル西、韓国鉄道慶全《キョンジョン》線中里《チュンリ》駅の北東に建ち並んでいる、中里現代《ヒュンダイ》アパートのすぐ北側に位置する小さな集落で、現在の道路名住所では昌原市《チャンウォンシ》馬山会原区《マサンフェウォング》内西邑《ネソウプ》亀尾通《クミキル》である。金達寿は集落を「亀尾洞《クミドン》」と呼んでいるが、この「洞」は正式な行政区画名（日本の「町」に相当）ではない。『内西面誌』にはこの集落は「亀尾마을《マウル》」（亀尾村）と記されている。植民地時代から現在まで、朝鮮－韓国に「마을《マウル》」という行政区画名は存在しないので、「亀尾洞」は地域の人々による習慣的な呼称と思われる。そこで本書では、引用文を除いてこの集落を「亀尾村」と表記する。

亀尾村の約七キロメートル東には、朝鮮半島南海屈指の天然の良港として名高い鎮海《チネ》湾があり、入り江深くには馬山浦《マサンポ》（現・山湖洞《サンホドン》から午東洞《オドンドン》、南城洞《ナムソンドン》一帯）があった。一八世紀中盤から、慶尚南道中西部の穀物集散地・遠隔地貿易の中継地として発展した地域の生活圏の中心である。亀尾村も、行政区域としては、一九一〇～一四年と九五～二〇一〇年を除いて昌原郡－昌原市に属したが、生活圏の中心はやはり馬山浦だった。

日露間の緊張が高まっていた一八九九年五月、馬山浦の約二キロメートル南に共同租界地が設置されて開港すると、租界地のみならず鎮海湾一帯を掌握して海軍基地を建設すべく、日露間で激しい土地争奪戦が繰り広げられた。一九〇四年二月に日露戦争が勃発すると、日本は馬山浦を兵站基地とし、地域の住民から食料や労働力などを強制徴用した。それとともに、日露戦争勃発直後に締結した日韓議定書に基づき、三浪津《サムナンジン》と馬山浦の間の膨大な土地を強制収用して、軍用鉄道を敷設した。

日露戦後、支配権を完全に手中に収めた日本は、地域の植民地化を急速に進めた。一九〇五年一一月の第二次日韓協約（乙巳条約）締結後の〇六年二月、馬山理事庁を設置して地域行政の権限を握った。以後、〇八年から〇九年にかけて、警察署・裁判所・刑務所などを相次いで設置した。武力を背景に行政機構が確立されていくのと並行して、経済活動の基盤も整備されていった。日本本土＝〈内地〉の港との定期便の運行が始まり、〇六年には地域初の銀行である第一銀行出張所が設置された。馬山理事庁設置時にはすでに二四三三名の日本人居留民がいたが、植民地化が進むにつれてその数は急増し、一〇年には同地域の日本人居留民は六〇〇〇名に肉迫した。行政区域としての馬山府外西面《ウェソミョン》の同年の人口は九七〇〇名である。地域が一致しないので単純な比較はできないが、相当数の日本人が租界地のみならず、地域のあちこちに生活圏・商業圏を広げていった様子が窺える。実際、租界地は、〇八年四月、日本人の利便性のために、本町・京町・曙町など日本式の名称がついた一一の町に区画され、完全に日本人町へと変貌した。その後、日本は一〇年八月に韓国を併合すると、一一年には鎮海に海軍の軍港を開設すると同時に馬山開港場を閉鎖した。馬山港は国際貿易港としての機能を失い、米などの農作物や資源などを〈内地〉に輸出する一方、〈内地〉から消費財や軍需品を輸入する港となった。一三年には租界制度も廃止され、租界地の永代租借権は所有権に移行した。政治的にも経済的にも甚だしく侵略された、痛ましい歴史の爪痕が残された地域である。

午東洞をはじめ鎮海湾沿いや馬山駅周辺は現在も賑わいを見せているが、内西邑は都市部の喧騒とは無縁の鄙びた田舎という印象が強い。内西邑の大部分は山間部で、町は中里駅の西側を南から北に流れる匡廬川《クワンリョチョン》沿いに細長く形成されている。中里駅の南側には匡廬川の東岸沿いに小さな町工場が並んでおり、駅の北側は現在も高層マンションが建設されている住宅地である。その中にあって亀尾村は往時の面影を残しており、現在も集落の西側を縦断する表通りに面した建物以外には高層建築物がない。

金達寿はこの集落に、父金柄奎《キムビョンギュ》と母孫福南《ソンボクナム》の三男として生まれた。声寿《ソンス》・良寿《リャンス》という二人の兄とミョンス（漢字不明）という妹がいた。内西邑の役場に戸籍（除籍）謄本が保管されている。一九九六年にＮＨＫで放送された番組（「世界・わが心の旅――韓国・はるかなる故国」）によると、〈解放〉後に日本から帰郷した達寿の親戚が作成・申告したものである。だが謄本の戸籍事項欄には、三九年三月二八日に声寿が戸主相続を申告したのに伴って編成（新たに作成）したと記されている。ここからこの戸籍簿は三九年に編成され、それ以降の事柄は、〈解放〉後にまとめて親族が申告して追加されたと推測される。以下、この戸籍簿と達寿の記録を照らし合わせて、金家の家系を見ていきたい。なお戸籍に記された最も新しい日付は、達寿が結婚を申告した四五年九月二〇日で、この日付までの親族の生没年月日は基本的に旧暦だと思われるが、新暦か旧暦かわからないものもある。そこで本書では、戸籍簿や達寿の文章に記された年月日をそのまま書き写し、不明なものについてはその旨を記す。

まず達寿たち兄妹の本籍地と生家だが、戸籍上は「慶尚南道昌原郡内西面虎渓里弐七壱〔二七一〕番地」である。しかしＮＨＫの番組内で達寿が訪問した、生家があった場所に新しく建てられたという家

生家を中心にした亀尾村の風景（2015年撮影）

の住所は「虎渓里二六七－一」（亀尾通四二－五二）である。一九二〇年代と九六年では、生家のあった土地の番地はほぼ同じで、二七一番地と二六七番地は細い路地で隔てられており、明らかに異なる特徴を有している。本籍地と生家が異なる場合はあり得るので、戸籍上の本籍地が誤りとは言えない。しかし実際に暮らしていた達寿が生家の場所を間違えたとは考えにくいので、生家の番地は二六七、二六七－一～三のいずれかの可能性が高い。

金家は金海《キメ》金氏《キムシ》を本貫《ポングァン》（宗族の始祖発祥の地）とし、一帯の田畑や山林を所有する中程度の地主で、かつては地域で名の知られた両班《ヤンバン》の名家だったという。達寿の祖父は韓国併合（一九一〇年）頃に亡くなっており、気丈な人物だったとだけ伝わっている。紙榜《チバン》（祭祀《チェサ》の時に用いる位牌代わりの紙）に「顕祖考行議官府君神位」と書かれていたため、達寿は、祖父は中枢院の官職である「議官《ウィガン》」だったと推測している。事実とすれば政府の公文書や郷土史に名前や業績が残るほどの大変な高官だったことになるが、その可能性は皆無である。紙榜の「議官」は官職名ではなく、「学のある」先祖に対する定番の尊称と考えられる。現時点では祖父の官職はもちろん、官吏だったかどうかさえ不明である。他方、祖母は達寿が生まれた時も健在で、いつの頃からか次男の柄奎宅に身を寄せていた。祖父母の正確な生没年や名前は伝わっていない。

柄奎は、達寿によれば福南と同い年なので、一八九一年生まれと思われる。かなり大柄な体格で、「「近在きっての美丈夫」とか何とかいわれ、馬山あたりの妓生《キイシエン》（芸妓）たちからは相当にもてたもののようであった」。本家も亀尾村にあり、庭先に大きな柿の木があった。しかし、その家の場所や、主人である柄奎の兄、彼の家族のことは何もわからない。柄奎には兄のほか姉と妹が少なくとも一人ずついた。

金家・家系図

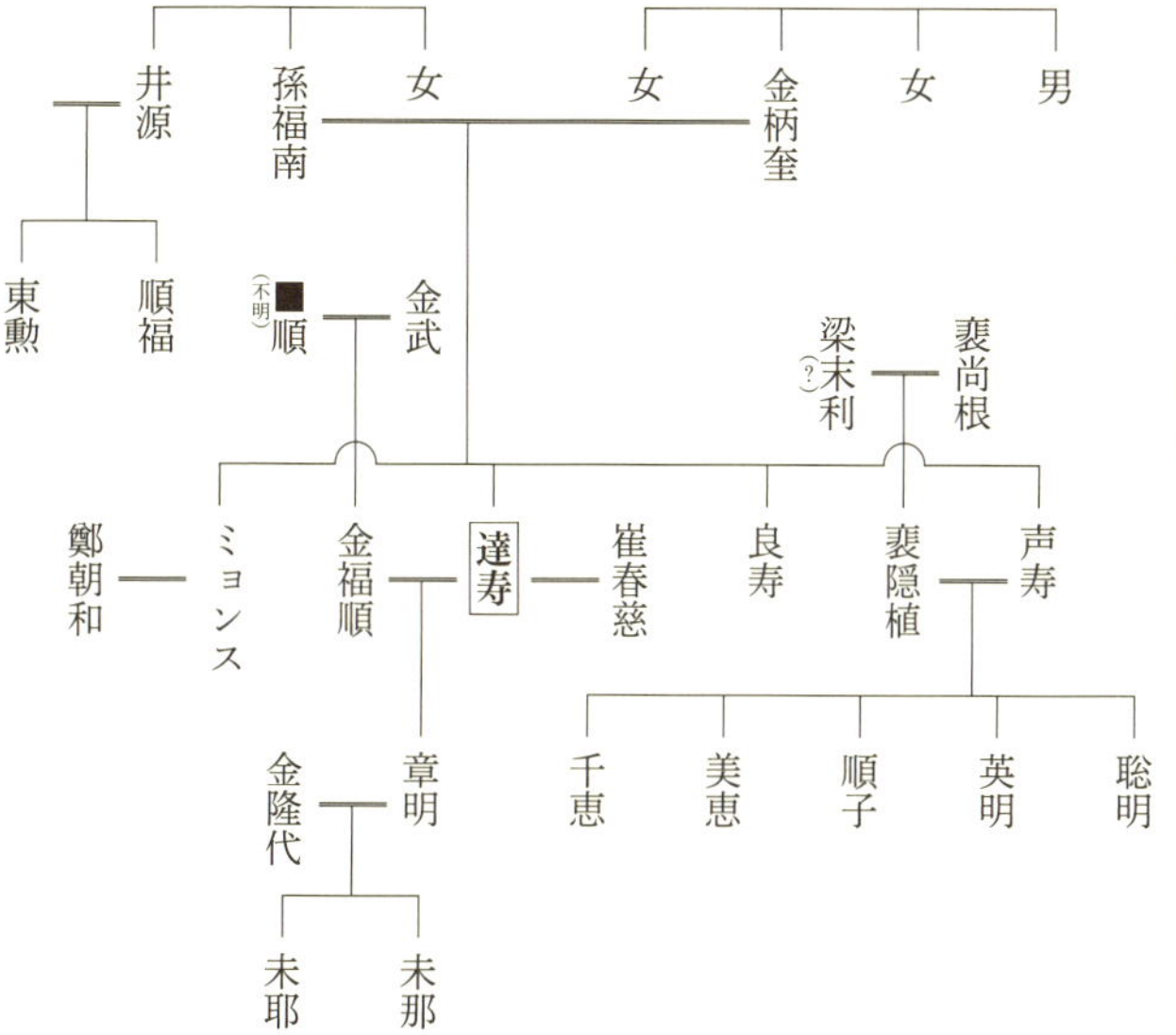

家族とともに（1942年頃）
後列，左より，ミョンス，達寿
前列，左より，孫福南，聡明，裵隠植

二人とも二〇年代半ば頃までに結婚し、馬山や慶和《キョンファ》の鉄道沿線で暮らした。

孫福南は一八九一年三月三日、父孫致一《ソンチイル》・母朴順連《パクスニョン》のもとに生まれ、達寿の小説「母とその二人の息子」（五四年）によれば、「「日韓併合」から二年目」に柄奎と結婚した。達寿は、福南は内西面の北に隣接する漆原《チルオン》から嫁いできたと述べているが、戸籍上の本籍地は釜山北西部の密陽《ミリャン》である。姉が少なくとも一人と井源《チョンウォン》という弟がおり、井源には少なくとも順福《スンボク》（娘）と東勲《トンフン》（息子）がいた。両班の旧家と称する家門の次男に嫁いだ福南だったが、女性の地位が非常に低かった当時の例に漏れず、家庭内では下女同然に扱われ、「わたしは、おまえたちの金家へ来てからというものは、これまで、一日として自分の日というものがなかったよ」と達寿にたびたび嘆く有り様だった。

声寿は一九一四年一〇月二七日に、ミョンスは二一年一〇月二四日に生まれた。ミョンスは戸籍には「君子」と記載されている。良寿のみ戸籍がなく、生年月日は不明である。後述のように早世したからだと思われる。良寿は達寿より二歳ほど年長で、周囲から働き者と言われていた。達寿が、ある巫女から、一二歳ぐらいまでしか生きられないだろうと告げられるほど虚弱だったのとは対照的である。

親族については、達寿が自伝などで何人かに触れているが、大部分は名前も正確な関係も不明である。しかし若い頃に家出し、参奉《チャンボン》（朝鮮王朝時代の最下級の地方公務員の官職）を得たが、その後も放浪したという達寿の三親等の伯父については、人物像が伝わっている。彼の妻と長男の金鶴寿《キムハクス》夫妻、次男の長寿《チャンス》は早々に〈内地〉に渡ったが、偏屈な彼はがらんとした本家で「妙な女」と暮らし、四〇年までに亡くなった。達寿は「族譜」（四一年）を書く際、この伯父を貴厳という登場人物のモデルの一人にした。

幼少期

金柄奎一家は、本家や親類が没落して離散した後も亀尾村で暮らした。しかしまもなく彼らと同じ運命を辿ることとなった。その最大の要因となったのは、韓国併合直後から一九一八年にかけて朝鮮半島全土で実施された土地調査事業である。朝鮮総督府は植民地支配の財源確保を目的に、土地の地目を調査して所有者を確定する作業を進めた。この過程で農民を中心に数百万もの朝鮮人が、何が何だかわからないまま一夜にして土地の所有権や共有地を失い、小作人や低賃金の肉体労働者に転落した。辛うじて免れた者も、困窮のために高利貸しに手を出して、土地や家屋を手放さざるを得なくなった。金家の田畑や山林も事業の中で失われ、わずかに残った財産も、将来に絶望した柄奎が馬山浦の歓楽街で遊蕩して使い果たしてしまった。このため、声寿は亀尾村から三キロメートルほど東に二三年一一月に開校したばかりの、四年制の内西公立普通学校で学べたが、良寿と達寿は学校どころか亀尾村内の書堂《ソダン》（寺子屋）にも通えなかった。

こうして財産を失ったあげく、一家離散の時が来た。一九二五年冬、表通り沿いのポプラ並木の落ち葉が木枯らしで舞い上がる中、柄奎と福南は声寿とミョンスを連れて〈内地〉に渡った。彼らはまず金鶴寿一家を頼って、現在の長野県岡谷市の方に行き、福南が女工として働いた。金達寿は、福南は紡績女工をしたと述べているが、同地は一〇～二〇年代に製糸業で栄えた地域なので、製糸女工として働いたと思われる。労働環境は極めて劣悪で、大正末期に「釈尊の人道主義的社会主義の理念と青年の熱情から岡谷の製糸工場に飛びこ」んだ佐倉啄二によれば、細井和喜蔵が『女工哀史』で描いた富岡の紡績女工の生活が幸福と思えるほどだった（『復刻　製糸女工虐待史』）。しかも朝鮮人女工の賃金は日本人女工の半分程度だったと言われる。この超低賃金に加え、柄奎や声寿の仕事が見つからなかったため、仕送りどころか日々の生活さえままならなかった。そこでやむを得ず同郷の知人を頼って東京に移った。二三年の関東大震災時に多くの朝鮮人が虐殺されたことは耳にしていたに違いなく、大きな不安はあっただろうが、東京でようやく柄奎は整地工事場での肉体労働の仕事を、声寿も乾電池工場の見習いの職を得られた。

郷里に残された良寿と達寿は、祖母とともに、金家の使用人が住んでいたという集落内の小さな藁葺き家（住所は虎渓里二七二―三と推定）に移り、両親からの仕送りをあてに暮らし始めた。しかし先の事情から、仕送りは滞りがちだった。そんな中、一九二八年初め頃、良寿が一一歳ほどで病死した。この知らせを伝え聞いた福南は気が狂ったように悲しみ、柄奎は慣れない肉体労働と自責の念から寝込んでしまった。柄奎は立ち直れないまま、同年一二月五日（新暦か旧暦か不明）に三七、八歳の若さで病死した。一年ほどの間に相次いで孫と息子を失った祖母は、「一夜のうちに髪が真っ白になってしま」うほど嘆き悲しんだ。

遠縁の叔父が遺骨を持ち帰り、柄奎は檜城《フェソン》の先山《ソンサン》（一族の墓のある山）に葬られた。この時、福南はその叔父に、達寿を〈内地〉に連れてくるよう頼んでいた。そこで達寿は叔父に連れられ、一九二三年一二月に開業したばかりの中里駅から、生まれて初めて汽車に乗り、昌原郡東部の上南《サンナム》か聖住寺《ソンジュサ》にある叔父宅に向かった。達寿を見送った祖母は、汽車が動きだすと、地面を叩いて慟哭した。だが叔父宅に着くなり、叔母は叔父に、いつ日本に行くかわからないのにこんなに身体の大きい者を連れ込んでどうするのか、食わせる飯がどこにあるかと言った。自尊心を傷つけられた達寿は、翌朝、叔父宅を逃げだし、線路伝いに歩いて亀尾村に帰った。日が暮れる頃、ようやく亀尾村に着くと、その入り口に祖母が立っていた。二人は駆け寄り、抱き合って泣いた。祖母は達寿が帰ってくることを疑わず、彼の分の夕食を準備して待っていた。この顚末は「祖母の思ひ出」（四六年）に詳しい。

こうして祖母と達寿は、それから約二年間、亀尾村の藁葺き家で暮らした。仕送りは完全に途絶えなかったようだが、餓死と隣り合わせの極貧生活だった。彼らは山を越えて親戚回りをしたり、野草を麦粥に混ぜて食べたり、犬の糞を拾って肥料として農家に売るなどして生き延びた。しかし一九三〇年、声寿が達寿を〈内地〉に連れていくため、亀尾村にやってきた。達寿は祖母と別れ難く、一緒に行こうと訴えたが、祖母は、〈内地〉で死んだら「死体は焼かれるから」と聞き入れなかった。達寿の渡航証明書をもらうのに時間がかかったが、彼は結局、三〇年一〇月か一一月頃に声寿に連れられ、釜山港から関釜連絡船に乗った。祖母はその後、馬山で暮らしていた柄奎の妹の嫁ぎ先に身を寄せたが、達寿と再会できないまま、数年後の旧暦一二月九日に亡くなった。六十余年の人生だった。そして達寿は、日本での「たゝかひに塗《まみ》れて、遂に祖母の死ぬことも知らなかつた」（ルビ筆者）。

〈他郷暮らし〉の始まり

下関港に降り立った達寿は、列車で品川駅まで行き、そこから歩いて東京府荏原大字中延（現・品川区内の地域）の、八畳間と六畳間しかない小さな家に辿り着いた。柄奎の死後、福南が家を借りて始めた下宿屋だった。そこで彼は五年ぶりに母や妹と再会した。しかし子供らしい生活を味わう暇もなく、家計を助けるため、日本語を一言も解せないのに納豆を売り歩いたり、屑拾いなどをして働かねばならなかった。

当時の日本は、一九二九年一〇月のニューヨーク株式市場の大暴落（暗黒の木曜日）を契機とする世界恐慌の真っ只中にあった。協調外交と緊縮財政を掲げる浜口雄幸内閣のもと、井上準之助蔵相は産業合理化政策を推進し、三〇年一月に金解禁を実施した。そこに世界恐慌の波が押し寄せた。都市部は失業者で溢れて自殺者が急増、農村では娘の身売りが続発するなど、日本経済は大打撃を受けた。このような状況の中、内閣は天皇や元老の後援を得て、三〇年四月にロンドン海軍軍縮条約に調印したが、野党から天皇の統帥権を犯したと非難を浴びた。浜口首相は一一月、右翼活動家に狙撃されて翌三一年八月に死去した。同年九月、満州占領を企てた関東軍が柳条湖事件を決行して満州事変が勃発した。政府は不拡大方針を閣議決定したが、関東軍は既成事実を積み重ね、翌三二年三月、「満洲国」を建国した。中華民国はこの侵略行為を国際連盟に提訴した。これを受けてリットン調査団が派遣され、翌三三年二月、調査報告書をもとに国連総会で日本の不当性が採択された。これに対して日本は、三月二七日、国連脱退を正式に表明した。こうして柳条湖事件を転機に、一八年の原敬内閣以来続いてきた政党内閣時代は終わりを迎え、急速に軍部主導で総力戦体制の確立へと邁進することになる。

政治的にも経済的にも騒然とした状況の中で、金達寿の〈他郷暮らし《タヒャンサリ》〉は始まった。しかし彼は、ただ働いて寝るだけの生活を送ったのではなかった。一九三一年四月、山中尋常小学校に開設されていた大井尋常夜学校一年生に入学し、読み書き算術というごく簡単なものだったが、生まれて初めて教育を受けたのである。翌年一月か二月頃、従兄の金長寿が杜松尋常高等小学校の高等科に転入学したことに刺激され、母親に頼みこんで、東京府荏原郡源氏前尋常小学校三年生に編入した。

二〇名ほどの生徒の大部分が朝鮮人だった夜学校とは反対に、小学校では日本人の生徒が圧倒的多数だった。日本人同級生は、事あるごとに「やーい、チョーセンジン」などと囃し立てたり、石を投げつけるなどした。また五年生の時、「国史」の授業で、〈神功皇后の三韓征伐〉や〈加藤清正の虎退治〉などが教えられると、それがまたからかいの種になった。このため金達寿は絶えず同級生と喧嘩し、たちまち「ランボウものの金」という綽名が付けられた。他方で彼は、日本人は「日本人」と言われても怒るどころか誇りさえしているのに、自分たち朝鮮人はなぜ「朝鮮人」と言われると怒りを感じ、また怒らずにはいられないのだろうかと、ひとり思い悩むようにもなった。

しかし、夜学校と同様、小学校でも、編入の挨拶に行った際に「名前は〔達寿を学校へ連れて行く途中で金鶴寿が考えた「金山忠太郎」ではなく〕金達寿という本名そのままのほうがいいです」と言ってくれた担任の山内喬木をはじめ、金達寿が淡い恋心を抱いた図画の松川咲子、他クラスの担任の金子や亀田など、良い印象を持った教員が何人もいた。日本人の友人も少なからずできた。特に仲が良かったのは、新井一雄という大工の一人息子だった。新井は金達寿が鎌倉への遠足に行けるようカンパを募ったり、彼に『少年倶楽部』や「立川文庫」などを貸してくれた。〈内地〉に来て一、二年ほどしか経っていなかったのに、金達寿はそれらを読めるほど日本語を習得していた。彼は、新井や他の同級生から借りた本や雑誌を通じて急速に知識を広げ、漠然と作家になることを考え始めた。実際、彼は、五年生の時に、ノート一冊にぎっしりと、「ハマのテツ」という「ええかっこしい」のマドロスが、横浜あたりを舞台に活躍するという小説を書いた。彼は後々まで、平等に接してくれた夜学校や小学校の先生に感謝するとともに、新井たち日本人の友人との「子どもながらのインターナショナル」な関係を、大切な思い出として記憶している。

小学校での金達寿の成績は、五年生終了時には上から三、四番目ぐらいで、優秀賞に次ぐ努力賞をもらうほどだった。しかし貧困と「朝鮮人」のため、進学は望めなかった。自分より成績の悪い同級生が早々と中学校進学を決めているのを横目に見て、彼は初めて世の中の矛盾を肌で感じさせられた。しかも彼は、六年生に上がってすぐに退学を余儀なくされ、小学校卒業さえ叶わなかった。彼が小学校に入学してまもなく福南が再婚し、ミョンスを連れて横須賀市に移った。それと前後して、声寿が裵隠植《ペウンシク》と結婚した（戸籍上の結婚日は四〇年一〇月一八日）。彼女は一九一七年一〇月一〇日、釜山北部の梁川郡《ヤンサングン》院東面龍塘里《ウォンドンミョンヨンダンリ》に、父裵尚根《ペサングン》、母梁末利《ヤンマルリ》（?）のもとに生まれ、結婚前は芝浦の方で暮らしていた。声寿は馬込の工事現場で働き、隠植はその現場の飯場で飯炊きの仕事をし、飯場に寝泊まりした。達寿もこの飯場で寝起きして小学校に通った。しかしそこでの仕事が終わったため、声寿夫婦と一緒に飯場を出て行かねばならなくなったのである。

達寿は、声寿夫婦が借りた部屋や金鶴寿宅などに居候したり、住み込みをして働きながら、乾電池工場や豆電球工場などの職を転々とした。しかし性を意識する年頃になったことや、一九三四年一月二〇日、声寿夫婦に長男の聡明《チョンミョン》が生まれたため、福南宅に移った。福南の再婚相手は、「ただ働くことしか知らないといった人のいい」人物だった。しかし達寿やミョンスは最後までこの義父を「アボジ」（お父さん）と呼ばず、必要な時は日本語で、「じいさん」や「じいさま」などと呼ぶ、よそよそしい関係にあった。義父は〈解放〉頃までは福南と一緒に暮らしたようだが、その後は不明である。

福南宅は横須賀市春日町（現・三春町）四丁目四四番地にあった。八畳と四畳半の二間しかなかったが、屑屋の下宿人がおり、廃止になった自動車の車庫に加えて裏にもかなりの空き地があった。福南は少なくとも〈解放〉までここで暮らした。一九三七年に福南は、横須賀市大津に、声寿夫婦に家を買ってやった。だが福南宅から下宿人がいなくなった後、声寿一家が同居するようになったことや、声寿が南洋諸島に出稼ぎに行くなどしたため、数年間はこの新居にあまり住まなかったようだ。声寿夫婦の子供の聡明、英明《ヨンミョン》（次男、三八年九月二四日生）、順子（長女、三九年一二月八日生）、美恵（次女、四二年二月二三日生）、千恵（三女、四四年一二月二七日生）の本籍地は、いずれも福南宅である。

福南宅に移った達寿は仕事を探し、数日後、横須賀電気館という映画館で映画技師見習いとして働き始めた。しかし勉強したいという気持ちを起こし、一九三五年末で辞めて、三六年四月、豊島尋常高等小学校に付設されていた私立横須賀夜間中等学校に入学し、屑屋をしながら通った。だが両立できず、半年ほどで退学し、福南宅で本格的に屑屋をするようになった。そんな状況の中でも向学心を捨てず、屑の中から面白そうな本を見つけると抜き取って読み耽ったり、早稲田大学出版部から出ていた文学の講義録を取り寄せるなどして独学に励んだ。この時期の彼が惹かれたのは菊池寛の小説で、特に「忠直卿行状記」には、「ああ、これが本当の文学というものなんだなあ」と感動した。以後、彼は通俗小説や大衆小説を卒業して、いわゆる純文学に親しむようになった。

達寿が自転車で、春日町から三浦半島最南端の剣崎に至る、長い海岸沿いを往復して屑を集め、福南と義父が仕分けを担当して一生懸命に働いたことで、一年ほど経つと、生活に多少の余裕ができた。そこで彼は母に、屑屋が集めてきたものを分別する仕切り屋に転じるとともに、大学に行って勉強したいという夢を伝えた。すると母は徐岩回《ソアムヘ》という老人を家に連れてきた。金達寿の小説「矢の津峠」（五〇年）に登場する、「うし爺い」こと李文在のモデルである。浦賀湾入り江深くの浦賀船渠（のち住友重機浦賀造船所）から出てくるスクラップを集めて仕切り屋に納めていた人物で、屑屋のみならず地域の住民の間で相当な有名人だったらしい。一九八〇年代末になっても、「リヤカーにメリーという犬をつないで『メリー、ハバハバ〔ハリーアップの意らしい〕』と犬をけしかけていた」、浜辺で倒れた主婦を助けたなど、「素朴なやさしさがにじみ出る」数多くのエピソードが、東浦賀の住民の間に伝わっていた。彼は、一九五九年一二月に始まった帰国事業で息子一家と北朝鮮に帰ったが、数年内に亡くなったという。達寿は思わぬ人物の登場に喜ぶよりも先に驚いたが、「お爺い」のお陰で屑集めに出かける頻度は減った。

　これと前後して、彼は生涯の友人となる張斗植《チャンドゥシク》と運命的な出会いを果たした。一九三七年頃、張永琪《チャンヨンギ》という人物が福南宅のすぐ近くで「日の丸商会」という仕切り屋を開いていたが、張斗植は彼の甥で、帳簿をつけるために呼び寄せられたのだった。初めての出会いはそっけないものだったが、後日、身の上を話し合ってみると、互いに同じ境遇に生まれ育ったことがわかった。しかも文学を愛好し、将来それで身を立てたいと願っている点も同じだった。このとき張斗植は二〇歳くらい、金達寿は一七歳くらいだったが、すっかり意気投合し、昼も夜もなく語りあった。そのあげく、二人は、朝鮮人の境遇がこんなに惨めなのは文学を知らないからだと考え、「青少年部」という学習会を作り、集落の青年を集めて福南宅で日本語の読み書きを教えようとしたり、『雄叫び』というガリ版刷りの同人誌を作るなどした。

しかし県庁の役人や関口という特高「内鮮」係によって、解散や廃刊を余儀なくされた。彼らは朝鮮人の動向に目を光らせ、たとえ日本語を学ぶといった「皇民化政策」に沿うことであっても、自主的な活動を認めなかったのである。

大学と文学――二つの夢

『雄叫び』や「青少年部」の活動が不可能になった後も、金達寿と張斗植は毎晩のように、文学のことや大学で勉強する夢を語り合った。ただし彼らの言う「大学」は、我々が想像するものではなく、旧制大学に付設されていた、「中学校若ハ修業年限四箇年以上ノ高等女学校ヲ卒業シタル者又ハ之ト同等ノ学力ヲ有スルモノト検セラレタル者以上」の資格で受験できた「専門部」のことである。しかし小学校中退が最終学歴の金達寿に、受験資格があるはずがない。大阪の浪速中学校中退の張斗植も同様だった。

それでも彼らは何とか入学資格を得ようと、一九三八年秋、同じ集落に住む、検事志望の朴度相《パクドサン》という青年と、三名で上京した。上京予定日に、ミョンスが鄭朝和《チョンジョファ》という、蔚山郡下廂面《ウルサングンハサンミョン》出身の青年と結婚式を挙げた(戸籍上の結婚日は三九年一〇月六日)。このため、金達寿は遅れて上京した。彼らは、昼は品川区大井伊藤町で仕切り屋をしていた「金森」という朝鮮人宅に住み込んで屑拾いをし、夜は神田錦町の正則英語学校に通った。しかし両立できず、みな三ヵ月ほどで横須賀の集落に戻らざるを得なかった。

しかし金達寿にとって、この時の体験は無駄ではなかった。屑の中から『現代日本文学全集』(改造社)

の「志賀直哉集」を見つけて読み、すっかり熱中してしまったからだ。「志賀直哉が描いている自分自身を中心とした人物のほとんどは、私などとはまったくちがって、生活には少しも困らないそういうブルジョアばかりだった。しかしにもかかわらず、私はその作品を読んで感動した。／それはなぜか。そこには共通の人間的真実が書かれているからである。その真実はどのような生活をしているものにも、朝鮮人、日本人と限らないどこの誰にも共通のものとしてある。そうだ、おれは自分たち朝鮮人のそれを書くのだ。そしてそれを日本人の人間的真実に向かって訴えるのだ、と私は考えたのである」。

同じ頃、金達寿は『世界文学全集』（新潮社）のドストエフスキー「罪と罰」を読んで初めて外国文学に接した。彼は、志賀とドストエフスキーに強い印象を受ける一方、「日本文学とロシア文学とのちがい、引いては西欧の文学とのちがい」に驚きを覚えた。「このときの私の西欧文学にたいする考え方は、それは人間というものにたいする思想から出発して、またその思想にたどりつくかかえるかするもので、つまりある思想を表現する、少くともしようとするものだというのであった。／それにたいして日本の文学は、むしろ逆であった。私は志賀直哉が、その自分の実生活をほとんどそのままにかいて小説としているらしいことに、はじめは異様なものをさえ感じた。小説とはものがたり、ロマンではないか！／志賀直哉のそれは思想というものをとおしてきたものではなく、むしろその原型となるものではないか、と私は思ったのである」（「労働と創作㈡」。傍点原文ママ）。

金達寿と張斗植は横須賀に戻ってからも大学で学ぶ夢を諦めず、金達寿は横須賀市立の実業学校を出ていた鄭朝和の卒業証明書を、張斗植は友人の李錬哲《リドンチョル》のそれを借りて、日本大学専門部を受験した。「朝鮮人」の自分たちは大学を正規に卒業しても就職できるとは思えなかったので、どういう資格でもいい

日本大学専門部入学記念．右端が金達寿（1939年）

から入学して勉強できればよいというのが、金達寿の考えだった。こうして一九三九年四月、金達寿は日本大学専門部法文学部芸術学科（昼間）に、張斗植は同大学専門部の社会科（夜間）に入学した。二人の学科が違ったのは、金達寿が「『文学こそ人生……』とまるで、自分だけが最も理解者の如く振舞い、ひとり気焔をあげるものだから、おたがいの情熱くらべに打ち負かされたような気に」なって、張斗植が意固地に反発して文学を貶めるようなことを言ったりしたため、「いまさら金達寿とおなじ文学部を選ぶのはなんとなく彼の後塵をハイするようで、それが業腹でそっぽを向かざるを得なかった」からだった（張斗植『定本・ある在日朝鮮人の記録』）。

大学生活

数年来の念願を叶えた二人は、興奮と緊張の中、指定された教科書を買い、横須賀から二時間以上かけて通学し、講義に出席した。しかし金達寿にはまもなく、「それらの講義がつまらぬもののように思えてきた」。そのため彼は授業に出なくなり、田端徳義という学部生などが中心となって開いていた、近代文芸研究会に参加するようになった。研究会では作家を招いた「囲む会」を催しており、金達寿はそこで、徳田秋声、菊池寛などの大御所から、阿部知二、高見順など新進気鋭の若手まで、様々な文学者に接する機会を得た。また研究会で親しくなった学生たちと、同人誌『新生作家』を作った。しかし同人の小清水孝の小説「こがらし」が検閲で風俗壊乱とされて、二号で廃刊させられた。

こうして法文学部芸術学科一回生の前期を終えた彼は、夏期休暇が終わる頃、本名で同大学専門部芸術科の創作科への編入試験を受けるという大胆な冒険を試みた。受験手続きの際、書類の学歴欄に「××中学校四年修了／日大法文学部専門部国文《（ママ）》科一学年在学中」と、架空の中学校の名前を書いて提出したのだが、そのまま受理され、試験を受けて合格した。彼は晴れて本名の金達寿で専門部の学生となった。

金達寿は後期授業が始まる前、福南や声寿夫婦に、屑屋の仕事などすべてを譲り渡すので、大学卒業まで毎月七〇円を仕送りしてほしいと提案した。彼らは異論なく了承し、「お爺い」は珍しく日本語で、「しっかり、頑張りしなさい」（傍点原文ママ）と激励した。

生活費の心配がなくなった金達寿は、池袋駅西口の「河村荘」という四畳半一間のアパートに引っ越し、一人暮らしを始めた。そして勉強の遅れを取り戻そうと、必要と思う授業だけ出席し、近代文芸研究会の仲間と会って出歩くほかは、「一日三〇〇頁は読まなくてはならない」と考え、何の前触れもなく部屋を訪れる警察や特高に悩まされながら、文学書や哲学書を読み漁った。留守中に家宅捜索され、日記を押収されたこともあると、彼はのちに語っているが、それはこの時期の出来事と思われる。以後、彼は日記をつける習慣がなくなった。こうして彼は勉学に励んだが、故郷でまったく教育を受けられないまま〈内地〉に渡り、朝鮮人が置かれていた差別的な境遇から脱出するための勉強も日本語でしかできなかった彼にとって、学ぶとは日本語で学ぶことに他ならなかった。

金達寿は雑誌『モダン日本　朝鮮版』（三九年一一月）に掲載された、朝鮮人が日本語で書いた文章を読んで、「大きなショックを受け」るとともに、「ようやくはじめて自分の故国朝鮮に向かって、目を開かれた思いをした」。そこに、金史良《キムサリャン》の小説「光の中に」（『文芸首都』三九年一一月。『文芸春秋』四〇年三月に転載）が追い打ちをかけた。金達寿はそれを読んでいたたまれない気持ちになり、一気呵成に小説「位置」を書き上げた。「大沢輝男」の筆名である雑誌に雑文を投稿したことから、友人たちに大沢と呼ばれるようになった朝鮮人大学生の張応瑞が、棚網喜作という日本人の偽大学生と、しばらくアパートで共同生活を送る。ところがやがて、大沢に対する棚網の善意が、実は朝鮮人に対する差別意識からくるものだったことがわかり、関係が破綻するという短編の物語である。

金達寿は、『新生作家』で親しくなっていた松本美樹（横光利一の弟子）に文章や日本語の誤りなどをチェックしてもらった上で、芸術科の文芸誌『芸術科』に投稿し、一九四〇年八月号に掲載された。「位置」を読んだ張斗植は、「言いようのないおどろきとともに、彼の才能を認めないわけにはゆかなかった。と同時に、意外と早く彼の目標が指呼の間にある事実を思い知らされ、あらためて彼を見直さなければならないと思った」（『定本・ある在日朝鮮人の記録』）。ちなみに金達寿は、一年ほど前にも同誌に、「二人の泥棒」という、一八〇〇年代のアメリカ西部を舞台にした一〇枚ほどの短編を投稿した。二人の白人泥棒が堅気になる前に最後の一稼ぎをするが、金を分け合う際に欲が生じ、独り占めしようと銃を向ける。しかし相手も同じように考えて銃を向けたことに驚き、銃を捨てて抱き合うという筋書きである。「私はさいわい朝鮮人であってその思考方法もちがうだろうから、私は志賀直哉はとらず、西欧の、それもロシア文学の方法を自分のうえに生かしてみよう、と考え」て書いた小説だったが、没にされた。

「位置」を投稿後、彼は夏期休暇中に福南・声寿と亀尾村に帰った。祖母は既に亡くなっていた。達寿はこのとき初めて、郷里に五親等の伯父（金柄奎の従兄弟。正確な親族関係や名前などは不明）が暮らしているのを知り、対面した。金家の族譜（一族の系譜）を預かり、先山を抵当に高利貸しから借金をしていたこの伯父は、「「とっほっほほ……」という奇妙な声を発して泣きだした」り、「気が違った者のような声で、「血だ、血だ！」と叫」ぶなど、達寿に強烈な印象を残した。この五親等の伯父は、参奉の官位を得た、先述の三親等の伯父とともに、「族譜」の貴厳のモデルとなった。声寿はまもなく〈内地〉に戻ったが、福南と達寿は仁川《インチョン》に住んでいた福南の弟の孫井源を訪ねて、彼の家にしばらく滞在した。達寿は初めて〈京城〉の街並みを目にし、非常に強い印象を受けた。また井源の息子の東勲から、金日成《キムイルソン》の名前と活躍ぶりを教えられた。

〈内地〉に戻った彼は、学生生活を送りながら大澤達雄の筆名で、小説を『芸術科』および改称後の誌名である『新芸術』に投稿し、在学中に四編が掲載された。三作目の「汽車弁」（四一年）掲載号の「編輯後記」に、「大澤君は、最も将来を嘱望されてゐる学生の一人です」と記されたり、大学卒業後、『新芸術』に張斗植の一家を素材にした小説「雑草」（四二年）が掲載された際には五円の原稿料をもらうなど、周囲の期待と評価は高かった。

他方、張斗植は、三九年秋頃に日大の第二商業学校の教務主任と知り合ったことから、四年制の学部に本名で通う資格を得たいと考え、教務主任の口利きで商業学校の四年生に編入し、日大専門部の社会科とかけ持ちで通った。しかしある教官から目の敵にされたのに嫌気がさして、二ヵ月足らずで商業学校を辞めてしまった。また彼は、勉学に対する父親の一貫した無理解や敵意にも、大いに苦しめられた。「とにかく父はわが家の貧しい原因のすべてを、兄をはじめ私の勉学のお蔭だと一途にそう思いこんでいるらしいのである」。さらに彼には兄と姉がいたが、兄は病弱だったため、一家の働き手になれるのは彼しかいなかった。こうした要因が重なって、張斗植は学生生活との訣別を覚悟した。そんな折、進学を断念して肉体労働者の手配などを請け負う仕事をし、ある程度の成功を収めている朴度相に誘われた。

張斗植は、落伍者と思っていた彼から声をかけられたことで、自分こそ落伍者に他ならないことを思い知らされたが、結局、四〇年に大学を辞めて各地の工事現場で働くようになった。なお、朴度相は〈解放〉後、一時は金達寿や張斗植と行動を共にしたが、やがて袂を分かった。

一九四一年一二月八日、日本の真珠湾攻撃により、アジア・太平洋戦争が勃発した。これに伴って、金達寿の学年は繰上げ卒業することになった（繰上げ卒業は全国の大学で実施）。彼は急いで、与えられた「伝統文化論」のテーマで卒業論文を書いた。三木清やアナトール・フランスなど、自由主義的・社会主義的な知識人の文章を引用したため、指導教授の由良哲次に怒られて修正を命じられたが、どうにか及第点をもらうことができた。一二月一八日に卒業式が行われ、彼は二年九ヵ月の大学生活を終えた。

金史良との交友

金達寿は、一九四一年秋から、ほんの短い間だが、金史良と交友を持った。三七年に始まり、四〇年に強化された用紙統制の中で、同人誌の統廃合が急速に進んだ。金達寿が同人になっていた早稲田系の同人誌『蒼猿』も、他のいくつかの同人誌とともに、保高徳蔵が主幹して、金史良が同人になっていた『文芸首都』に統合されることになった。一一月初旬に日比谷の森永グリルで開かれた、これら同人誌の大合同大会が二人の初顔合わせとなった。その後、『文芸首都』同人会を通じて交友が始まった。

戦争の激化に伴って屑の値が高騰し、仕切り屋の間で買値の釣り上げ競争が起こった。このため金達寿は、仕切り屋をしていた実家から仕送りを受けるのが難しくなり、この頃には下宿を引き払って横須賀の実家から大学に通っていた。金史良の方は、鎌倉駅から一キロメートルほど北にあった旅館「米新亭」に滞在していた。この関係で金史良と一緒の電車で東京から帰ったり、米新亭に泊めてもらう機会が増え、未発表のものも含めて様々な話を聞くなど、計り知れない影響を受けた。横須賀で協和会（親日団体）が運動会を催した際（一一月二三日か?）には、金達寿は誘いの葉書を出し、金史良が訪れた。金史良の小説「親方コブセ」（四二年）はこの運動会を訪問した際のエピソードを素材にしたもので、金達寿は「O君」の仮名で登場している。

　ところが金史良は一二月八日の真珠湾攻撃の直後、暴動を恐れた警察によって、全国各地の多くの朝鮮人や日本人の社会主義者などと同様、特別な理由もなく逮捕された。この時、金声寿や、電灯もない山中に独り籠もって豚を飼っていたことから、「豚金さん」の綽名で呼ばれていた金鎮勇《キムジヨン》などの友人も捕まった。金鎮勇は、金達寿の小説「副隊長と法務中尉」（五三年）の金鎮周のモデルである。幸いにも逮捕を免れた金達寿は、すぐに保高に会いに行って事情を話し、保高が日本人文学者を動かしたお陰で、金史良は四二年一月末に釈放された。しかし声寿や金鎮勇などは、どうにもできなかった。金史良から一月三〇日付の葉書が届くと、翌日の夜に金史良に会いに行って様々なことを話した。しかし金史良は二月初旬に故郷の平壌《ピョンヤン》に帰ってしまい、交友は途切れた。

〈解放〉後、金史良は北部朝鮮－北朝鮮で活動し、一九五〇年六月に朝鮮戦争が勃発すると従軍作家を務めた。しかし彼は、『海が見える』としてまとめられる三部作のルポルタージュの原稿を書きあげた直後の五〇年一〇月下旬頃、戦地で行方不明になったと伝えられる。『海が見える』は、まず『新日本文学』五三年九月号に第三部のみ訳出された後、『中央公論』五三年一〇月号に第三部を含む全訳が掲載された。どちらも金達寿の個人訳である。だが金達寿はのち、ある講演会で、あまりにも「公式的で、これはとてもダメだ」と思い、翻訳の過程でかなり文章を削ったと語っている。さらに、文学者はその時代の政治と衝突せざるを得ない存在だから、この衝突がなかったということは、金史良にとっては「そのときに戦死したほうがむしろよかったと思う」と述べ、「辛い、悲しいことですが、これはいったいどういうことなのか。この先のことは、僕もやりますが、みなさんもよく研究してくださるとありがたいと思います」と締めくくった。尊敬してやまなかった先輩作家が、「日本の軍国主義華やかりし戦争中の日本のルポルタージュ」のようなものを書くに至ったことに、深い悲しみを覚えたのだった。それでも金達寿は個人で『金史良作品集』（五四年、理論社）をまとめ、さらに金石範《キムソクポム》、安宇植《アンウシク》、李恢成《イフェソン》、任展慧《イムジョネ》とともに編集委員として『金史良全集』（全四巻、七三〜七四年、河出書房新社）を編集した

新聞記者として

卒業時、金達寿は浅原六朗（金達寿によれば当時の創作科主任教授）から、日本学芸通信社への推薦状をもらっていた。だが金声寿が横須賀警察署に留置されたままだった（釈放は四二年五月）ので、横須賀を離れられなかった。そのため彼は推薦状を、同年度に日大芸術学部を卒業した李殷直《イウンジク》に譲り、仕切り屋の生活に戻った。しかし彼はもともと、そうした境遇から抜けでるために大学に行ったはずだった。それゆえ仕切り屋を続けるのは耐えがたく、横須賀市内で仕切り屋と両立できそうな仕事を探した。そしてこの条件に合いそうな会社として神奈川日日新聞社を見つけた。といっても彼にとっての好条件とい

うだけで、同社が社員を募集していたわけではなかった。しかも彼は『神奈川日日新聞』を買ったことも読んだこともなかった。

それでも彼は、一九三九年に〈創氏改名〉してから用いていた通名の「金光淳《かねみつじゅん》」（彼は場合によって「きんこう・じゅん」、「かねみつ・じゅん」、「キムグァンスン」の三種類の読み方を使い分けていた）の名前で、同社社長の樋口宅三郎に長文の手紙を書いた。すると驚いたことにすぐ返事が届き、四二年一月一九日に面接を受けて採用され、翌日から新聞記者となった。金達寿は樋口を、「いわゆる独学力行の人だった」と評しているが、なぜ樋口はこの氏素性もわからない朝鮮人を採用する気になったのか。それは、古代史への関心を通じて、「かつて日鮮は血を分けた民族であったかも知れない。元これ同根の花ではないか」（樋口「同根の花」）という発想からではあったが、当時としてはめずらしく朝鮮人の境遇に理解を示していたことの理由には、彼自身の経歴にもあったと推測される。

自伝『砂に書く』によれば、樋口は一九〇一年一〇月、宮城県東多賀村に生まれた。片足が不自由な身体障害者だったが、それが先天的なものかどうかは不明である。一九歳の時に釜石鉱山で労働争議を行って馘になり、横須賀に出てきたところ、たまたま相模中央新聞の求人募集の張り紙が目にとまって同社の門を叩いた。

相模中央は明治三十八年創刊、日露戦争当時は鎮守府のお膝元だけに号外では東京紙を抜いて人気を博し、社長飯塚竹次氏は市会議員、映画館、料亭、レストラン、印刷業、朝日新聞販売大売捌店など多角経営して地方の小財閥だった。〔中略〕

この社の玄関に立ったよれよれ袴の身すぼらしい少年がわたしであった。履歴らしい履歴もない身体障害者だ。玄関払いを食うのが当然だったろうに、色白の好男子の青年（それは社長の愛婿で副社長であった）が好奇心からだったのだろう。口頭試問をしたものだ。

「校正をやったことがある?」「あります」「記事が書けるか」「はい」「硬いものか、軟らかいものか」「どちらも書けます」「月給の希望は」「使ってみた上できめて下さい―役に立たなかったらすぐクビにされてけっこうです」「ほほう、自信満々だね、じゃあきょうからやってみてくれ」おもえばよき時代であった。

自信たっぷりの返答だが、もちろん記事が書けるというのは嘘っぱちで、入社後、新聞記事の書き方から取材方法、編集の仕方まで必死になって身につけた。樋口は、「センチメンタリストの私は、〝義憤〟めいたものを感じ同情し」たと回顧しているが、紹介状もなく飛び込んできた金達寿に、かつての自分の姿を重ねたのではないだろうか。なお樋口はその後、金達寿の紹介で、張斗植も新聞記者に採用した。張斗植は四一年末頃から南鳥島で働き、四二年四月に全甲寿《チョンガプス》と結婚したばかりだった。

こうして神奈川日日新聞社に入社した金達寿だが、全国的に推進されていた新聞統制によって、入社わずか半月足らずで県内の新聞社はすべて神奈川新聞社に統合され、張斗植は神奈川新聞社の本社で、金達寿は横須賀支局で働くことになった。

在職中、金達寿は有山緑という日本人女性と恋愛関係になった。彼の小説「玄海灘」（五二～五三年）に登場する日本人女性「大井公子」のモデルである。有山は一九四〇年に神奈川県立横須賀高等女学校を卒業し、税務署に勤めていた。ところが彼女は、金達寿を朝鮮人ではなく、金光淳《かねみつじゅん》という日本人と思っていた。樋口が、金達寿と張斗植は「少しも卑屈なところがなく、小学生の頃日本に移住しただけに日本語は堪能で朝鮮出身特有の発音癖もなかった。戸籍抄本を出さなければ立派に〈日本人〉で通用する青年であった」と語ったように、金達寿は周囲から日本人と思われることが多かったらしい。有山も彼が日本人であることを疑わず、「李光洙《イグァンス》という人の『愛』《〔ママ〕》という小説をよんだけれど、朝鮮人の人に、こういういい作品をかかれたと思うと口惜しいわ。だからあなたも早くいい作品をかいて、ね」（ルビは筆者）と言ったこともあるという。金達寿は有山を、天真爛漫とはこういう女性のことかと思って愛したが、互いの意識のズレが少しずつ心の重荷となっていった。そこで彼はついに、朝鮮人であることを「告白」した。すると彼女から、「朝鮮の人だって、いまはもう日本人でしょう」という返事がかえってきた。この一言に思い悩んだ彼は、一九四三年四月頃、衝動的に休暇をとって一人で仁川の孫井源宅を訪ね、毎日のように〈京城〉に通った。

　そんなある日、彼は偶然、太平通りの京城日報社の社屋の前を通った。神奈川新聞社と比較にならないこの大新聞社に魅了された彼は、翌日、履歴書を持参して編集局社会部長に強引に面会して自分を売り込み、五月一七日付で出版局校閲部準社員の辞令を受け取った。こうして神奈川新聞社を辞めて京城日報社で働くことになった。下宿先は、景福宮《キョンボックン》およびその前にそびえ立つ朝鮮総督府の、通りを挟んですぐ東側に位置する、京城府鐘路区《ジョンノク》司諫町《サガンチョン》五七で、そこで詩人の金鐘漢《キムジョンハン》〔一九一四―一九四四、代表作『たらちねのうた』〕などと知り合いになった。

　入社後、彼は有山に長い別離の手紙を書いた。これに対して有山から、「いろいろなことが少しはわかったような気がする、それでは自分の方から「家出」して京城に行ってもいい」という趣旨の長い返事が届いたが、彼は返信を出さなかった。こうして有山との関係は終わった。なお有山のその後だが、金達寿によれば、「のち東宝映画のニューフェイスになった」という。女優になる前の経歴がわからないので、現時点では同一人物か同姓同名の別人か確認できないが、一九四六年六月に東宝が募集し、約四千名の中から選ばれた「東宝ニューフェイス」第一期生の中に有山緑の名前がある。三船敏郎、伊豆肇、若山セツ子、岸旗江などと同期である。黒澤明の『素晴らしき日曜日』(四七年)に闇屋の連れの女役で出演したほか、数本の映画に出ているが、いずれも端役である。五〇年頃まで映画に出演していたようだが、その後は不明である。他方、金達寿は下宿先である女性と恋愛関係になり、結婚を申し込んだ。しかし本貫が同じ金海金氏だった(当時の朝鮮社会では本貫が同じ者の結婚はタブーである)。金達寿は、「こちらは日本育ちだからそんなことはどっちでもいいよ」と気にしなかったが、その女性は申し出を断った。

さて、金達寿は半年ほど校閲部で働いた後、校閲部部長に直談判して社会部に異動させてもらうとともに、社員に昇格した。彼は再び記者として取材先を駆けまわる日々を送った。彼が記者になってまもなく、朝鮮人学生の〈学徒出陣〉が施行され、一〇月二一日に京城で初めての壮行会が開かれた。すると同社の紙面は、「一死をもって皇恩に報いるべき」ことを朝鮮人に呼びかける標語や談話で埋めつくされるようになった。金達寿は〈志願〉した学生たちへの取材に追われたが、そこで彼らから繰り返し、紙面には絶対に出ることのない悲痛な叫びを聞かされた。

「あんたはなにを書こうと勝手だが、聞いてくれるというのなら聞いてもらいたい。いったいぼくたち朝鮮人の敵は、どこにいるのですか。いったいどれが、どちらがぼくたちの敵なのですか」

私はただだまって聞いているだけで、返すことばがなかった。また、なかにはこう言うものもいた。

「どうしてぼくたちは戦場へ行って人を殺し、そして自らも傷つき、死ななくてはならないのですか。だいたい、何で、どうしてぼくたちは日本天皇のために命を捧げなくてはならないというのですか」

いうならば私自身、彼らと同じ朝鮮人でありながら、どちらの側に立っているのか、と問われているようなものであった。私ははじめて、その自分について深刻に考えないではいられなかった。

（『わがアリランの歌』）


このような中、金達寿は遅ればせながら、京城日報社が朝鮮総督府の御用新聞社であることを、校閲課の元同僚の日本人から聞かされて、大きな衝撃を受けた。さらに〈学徒出陣〉の志願者の対象が前々年度の卒業生にまで拡大されると、校閲部の元上司から〈学徒出陣〉への〈志願〉を勧められた。身の危険を感じた彼は、横須賀の家で結婚式を挙げるからと偽り、一九四四年二月一八日昼、〈京城〉を去った。関釜連絡船に乗る際、彼は特高から「皇国臣民ノ誓詞」を唱えるよう命じられた。途中までしか暗誦できず、知らないとは言えないので、「忘れました」と言うと、「皇国臣民ではないのか」と詰問され、「いえ、皇国臣民です」と答えた。この時に味わった屈辱感は死ぬまで消えなかった。それでも無事に横須賀の実家に帰ることができ、一ヵ月ほど後、神奈川新聞社に復社した。「社長の樋口宅三郎にはずいぶんわがまま勝手をしたものであるが」と彼は述べているが、樋口は大変どころではなかっただろう。四四年以後、特高がかなり露骨に、朝鮮人を解雇するように圧力をかけていたからだ。これに対して樋口は、「〝天ノ邪鬼〟の私は「どうぞ公文書でご指示下さい」で柳に風で対手にしなかった。両君もこの間の事情をうすうす感じていたらしいが「言動だけは注意してくれ」という注意をよく聞き、戦局は話題にもしたことがなかった」(「同根の花」)と、受け流す態度を貫いた。これは戦時下にあって、非常に勇気がいる態度だったろう。

この頃、金達寿が暮らしていた朝鮮人集落などに、「濁酒の乾杯」(四八年)の黄山運岐や「副隊長と法務中尉」(五三年)の黄雲基のモデルとなった李雲基《リウンギ》など、四、五名の朝鮮人補助憲兵があらわれ、大混乱に陥った。この時は、「濁酒の乾杯」に描かれたように、金達寿が李運基を集落に連れていって密造の濁酒を飲ませ、首尾よく仲間に引き入れた。

重苦しい生活を送りながらも、金達寿は、張斗植や偶然に再会した李殷直、そして李の友人の金聖珉《キムソンミン》の四人で、手書き原稿を綴じた回覧誌『鶏林』を作り、「祖母の思ひ出」や「後裔の街」などの小説を書いた。彼らは、金達寿の実家(福南宅)か東京・本所の同潤会アパートの李殷直宅に集まり、三日も四日もかけて合評会を行った。『鶏林』は、金達寿によれば三号まで、李殷直の自伝的小説『朝鮮の夜明けを求めて』によれば毎月一回、四号まで作られた。一九四四年一二月(二四日か?)、金達寿は、ミヨンスの友人で、以前から好意を寄せてくれていた金福順《キムボクスン》と結婚し、横須賀市大津(一一七二番地か?)の借家で新婚生活を始めた。李殷直の先の小説によれば、「細おもてのしっとりした情感をただよわせるきれいな娘」だった。金福順は二五年一月四日、慶尚北道永川郡《キョンサンブクドヨンチョングン》(義城郡《ウィソングン》の誤りか?)比安面北洞《ピアンミョンプクドン》五〇

横須賀の自宅にて（1945年）

番地に生まれた。父は金武《キムム》、母は、姓は不明だが名は順《スン》である。戸籍上の結婚日は四五年九月二〇日で、「金琴子」と記載されている。

金達寿が結婚した頃から日本本土への空襲が始まり、多くの日本人が疎開した。しかし朝鮮人は、下手に動くと、不穏分子と見なされて、留置場に入れられる危険があった。実際、金達寿は、特高の係長に呼び出されて、『鶏林』同人との手紙が検閲されていることを教えられ、「ドキッとしてね、汗がザーッと流れ」たこともあった。こうした事情から、朝鮮人はひたすら戦争が終わるのを待つほかなかった。

それでも金達寿は、新聞記者の地位を利用して、勤労労働署を訪れては事務員が徴用令状を送付するためにチェックをしている名簿に目をやり、朝鮮人を見つけると外してもらったり、金声寿に徴用令状が届いた時には勤労労働署長にかけあったりした。しかし一九四五年五月二九日の横浜大空襲で、神奈川新聞社本社の社屋が全壊して失職した。退職の際、金達寿と張斗植は樋口宅に呼ばれた。樋口は二人に退職金を渡しながら、「この戦争はもう、日本の負けで終わるに違いない。日本が負ければ、そのかわり朝鮮は独立するだろう」と話した。金達寿は驚くとともに感動した。

そして一九四五年八月一五日正午。彼は一張羅の背広を着て、友人の朝鮮人数名と、金声寿宅に集まった。彼らはラジオから流れてくる声に耳を傾け、無事に生き延びられたことを喜びあった。

こうして朝鮮半島や〈内地〉にいた朝鮮人は、三〇年以上に及んだ日本の植民地支配から解放された。しかし彼らは日本と戦って〈解放〉を勝ち取ったのではなかった。朝鮮人の独立運動家や知識人の中には、この事実が朝鮮民族による独立国家の樹立にどれほど高い障壁となるかを懸念する者もいたが、行く手に待っていたのは、彼らの想像を遥かに超える苛酷な現実だった。

第二章　民族主義青年から共産主義者へ

喜びと後悔と

日本の敗戦を知った金達寿たちは、〈解放〉の喜びを爆発させ、翌日からさっそく、横須賀にいる在日朝鮮人の自治組織作りに動きだした。金声寿の提案で、会の名称は、「横須賀在住朝鮮人同志会」に決まった。声寿は達寿とは逆に、故郷でしか学校教育を受けていなかったが、張斗植によれば驚嘆すべき記憶力の持ち主で、生き字引のような存在だったという。声寿はまもなく民族運動から離れるが、同志会を作る際に彼の存在は大いに頼りになったと思われる。彼らは金声寿宅を拠点に市内を駆け巡り、夜は規約その他の準備に没頭した。また、太極旗のデザインを覚えている古老の朝鮮人を探して旗を手作りし、その人を委員長に担ぎ上げて、九月後半に横須賀市立山崎国民学校の講堂で同志会を結成した。このような自治組織は〈解放〉後まもなく、日本各地に続々と結成された。

日本の敗戦＝〈解放〉時、〈内地〉には二百数十万名の朝鮮人がいたと推計され、その九五％以上の故郷は現在の韓国にあった。彼らの多くは一刻も早く故郷に帰ろうと、荷物をまとめて下関港などに殺到し、大混乱が起こった。このため、彼らが円滑に帰郷できるよう支援することが、各地の自治組織の最も緊急の仕事となった。また各地の鉱山や工場などで強制労働させられていた朝鮮人が、賃金を払われないまま解雇される事態が続発したため、この措置に抗議して賃金を引きだすことも彼らの仕事だった。さらに関東大震災時の大虐殺のような悲劇の再発にも警戒せねばならなかった。この他、朝鮮語の読み書きができない子供たちが帰郷した際に困らないよう、各地で自主的に講習会が開かれたり、朝鮮半島における統一政府樹立への支援を目的に掲げたところもあった。

しかし言うまでもなく、こうした活動は他の地域の組織との連繫が不可欠である。そこで小さな自治組織ができるとまもなく、それらを結集してさらに大きな組織にする動きがでてきた。神奈川県でそうした動きを見せた組織のうち、金達寿が関わったのは、八月一八日（二〇日か？）に横浜市で結成された「関東地方朝鮮人会」である。時期や経緯は不明だが、同志会の結成に向けて奔走していた金達寿たちのグループにも連絡があり、金達寿が代表として会合に参加した。このとき集まったのは、金正洪《キムジョンホン》（のち朝連中央副委員長）や韓徳銖《ハンドクス》（のち総連議長）など七、八名で、いずれも金達寿は初対面だった。会合では、韓徳銖が神奈川県だけでなく関東全域に広がる統一組織を作るべきだと主張したのに対し、金達寿はそんな大きなものを一挙に作るより、まず各地域の自治組織から出発する方がいいのではないかと異論を出した。しかし活動家の大勢は、統一的な大衆団体を結成する方向に進み、金正洪や韓徳銖もその動きに合流していった。

そして一〇月一五〜一六日に朝連の結成大会が催され、民族主義者や共産主義者から「親日派」・「民族反逆者」と見なされた者まで、約四千名が参加した。だが「親日派」・「民族反逆者」はその場でつるし上げられて追い出された。「親日派」や反共的な社会主義者などはその後、朝鮮建国促進青年同盟（建青・四五年一一月一六日結成）と新朝鮮建設同盟（建同・四六年一月二〇日結成）を作り、両者はさらに合同して四六年一〇月三日に在日朝鮮居留民団（民団）となったが、当時の在日朝鮮人社会の中では圧倒的に少数派だった。なお、朝連結成後、金達寿たちの同志会は朝連の横須賀支部となった。

朝連結成大会を目前にした一〇月一〇日、GHQの指令で獄中の政治犯が釈放され、府中刑務所からは徳田球一、志賀義雄、金天海《キムチョネ》など一六名が解放された。六日頃から、近く政治犯が釈放されると報道されていたにもかかわらず、このとき府中刑務所前に集まった七百名もの民衆のうち、日本人はわずか二、三〇名ほどで、残りはすべて在日朝鮮人だった。その後、日比谷の飛行会館で、二千名とも四千名ともいわれる人々が集まって「出獄戦士歓迎人民大会」が盛大に催されたが、大会の参加者の大部分はやはり在日朝鮮人だった。金達寿も、府中刑務所前で出獄を出迎え、歓迎大会に参加した。とはいえこの時期の彼は、「共産主義者という者がどういうものかもよく知らなければ、彼らがそれまで獄中にいたことも」よく知らず、「ただ朝鮮人、日本人と限らず、それら人〔ママ〕たちが自由の身となって出獄したことにわけもなく感動し、感激ばかりする」素朴な民族主義青年にすぎなかった。

先述のように、〈解放〉直後から多くの朝鮮人が先を争って帰国した。しかし一九四六年二月頃になると、帰国した人々が日本に戻ってくるようになった。四五年一二月一六〜二六日に米英ソ三国の外相がモスクワで会議を開き、米英中ソの四ヵ国が今後、最高五年間、共同で朝鮮半島を信託統治下に置くことが決められた。その内容が一二月二七日に公表されると、朝鮮南部では賛成派と反対派の間で激烈な対立が生じた。また朝鮮南部の食糧難と失業率は深刻で、持ち帰った蓄えはすぐに底をついた。朝鮮語を話せないため日常生活に不自由をきたし、暮らしに馴染めず日本に戻るほかない者も少なくなかった。〈解放〉の喜びと独立への希望を胸に帰国した朝鮮人を待っていたのは、政治的・経済的・社会的に非常に脆弱な現実だった。それが、密航という形で再渡航してきた人々の口から語られるにつれて、帰国をためらう人が増えたのである。孫福南も、〈解放〉後まもなく帰国したが、日本に戻ってきた一人だった。

数少ない高学歴の在日朝鮮人の一人だった金達寿は、朝連神奈川県本部の情報部長や横須賀支部の常任委員などを兼務して、積極的に活動した。神奈川新聞の記者時代に培った人脈は、少なからず役に立っただろう。その一方、彼もまた、他の朝鮮人を送りだした後で帰国するつもりでおり、家財道具を処分していた。しかし帰国希望者が減り、さらに逆流現象が起こる中で、当分は帰国できそうにないと思うようになった。そんなある日、彼はふと、『鶏林』同人と、戦争が終わったら朝鮮の文化や文学に関する日本語雑誌を作ろうと話していたことを思いだし、それを本部や支部の常任委員に話した。こうして一九四六年四月、朝連神奈川県本部を母体にして、日本語総合雑誌『民主朝鮮』が創刊された。趙達男《チョダルナム》（社長）、金元基《キムウォンギ》（業務部長）、元容徳《ウォンヨンドク》（主幹）、張斗植（総務部長）、金達寿（編集長）という陣容だった。金達寿は当初、「朝鮮人」という誌名を考えていたが、雑誌の話を聞きつけた神奈川県本部委員長の韓徳銖が、「われわれは民主的祖国を建設するのだから」と「民主朝鮮」を提案してこの名称になった。発行所である民主朝鮮社は、横須賀支部と同じ横浜市保土谷区保土谷町一‐四二に置かれたが、まもなく大津一一八四に移った。移転とともに東京事務所も東京都目黒区中目黒三‐一一二八に開設された。

創刊号は六四ページで、「創刊の辞」には、「我等は、我等の進むべき道を世界に表明すると同時に、過去三十六年といふ永い時間を以て歪められた朝鮮の歴史、文化、伝統等に対する日本人の認識を正し、これより展開されようとする政治、経済、社会の建設に対する我等の構想をこの小冊子によつて、朝鮮人を理解せんとする江湖の諸賢にその資料として提供しようとするものである」と記された。目次には、信託統治問題や三・一独立運動についての政治論文から創作まで一一本の原稿が並んでいる。しかしその大部分は、金達寿と元容徳が本名と筆名を用いて書いたものである。編集後記さえ編集名義人の金元基ではなく、金達寿が書いた。二号から韓徳銖が社長に就いた。朝連側から彼が社長になるべきだという意見が出ていたことや、編集側でも財政援助を受けたり販売ルートを開拓する都合上、朝連の支持を必要としたためである。とはいえ、韓徳銖が編集方針に口を挟むことはなかった。当時の日本共産党は、中国から帰ってきた野坂参三が掲げた「愛される共産党」のキャッチフレーズのもとで大衆路線を進めていた。そこで『民主朝鮮』も、党に倣って、もっと大衆的なものにすべきだという意見が出ていた。これに対して韓徳銖は、「これは日本の知識人向けの雑誌だから、これでいいんだ」と退け、一貫して『民主朝鮮』の編集方針を支持した。

金達寿は朝連の委員に加え、『民主朝鮮』編集長も務めながら、本名や筆名で、『民主朝鮮』をはじめ『国際タイムス』や『朝鮮新報』など、在日朝鮮人が運営する雑誌や新聞に、小説や、朝鮮の近代文学・〈解放〉後の南北朝鮮の文学運動の動向を紹介するエッセイを次々に発表した。この時期の彼の代表作「後裔の街」(『民主朝鮮』四六年四月～四七年一〇月)は、植民地朝鮮で生まれたが幼くして〈内地〉に渡り、大学まで卒業した高昌倫が、〈京城〉で暮らす従妹からの手紙を機に朝鮮に帰り、様々な形で独立運動に身を投じている友人や知人と付き合う中で、民族意識に目覚めていく過程を描いた小説である。連載中から平林たい子、徳永直など新日本文学会の文学者の目に止まり、小田切秀雄と中野重治が推薦者となって同会に入ると、その直後の一〇月二八～二九日に開かれた第二回大会で中央常任委員に選ばれた。しかし金達寿は、自分が選ばれたのは「朝鮮人」だからというだけであって、それを忘れていい気になるとひどいことになると思い、常任委員会ではオブザーバーに徹した。彼は同文学会で、〈解放〉後の朝鮮半島における文学活動の状況などを紹介する役割を担った。

「後裔の街」は、小田切の跋文「この本のこと」を附して、一九四八年三月に朝鮮文芸社から出版された。金達寿の最初の著書である。彼はのちに、この出版が、小田切が相当に尽力してくれたお陰だったことを知った。出版後、大幅に加筆・修正し、小田切の跋文に蔵原惟人の「推薦のことば」を加えて、翌年五月、世界評論社から刊行された。小田切、小原元、水野明善など新日本文学会の文学者が、日本帝国主義の暗部を日本人に突きつける小説だと絶賛した。また伊藤整のように、金達寿たち在日朝鮮人の文学活動を、日本語や日本文学の可能性を広げるものという観点から評価する声もあった。四八年八、九月頃、仲間の在日朝鮮人が催し、新日本文学会の文学者も参加した出版記念会が開かれた。しかし日本の植民地支配に対する民族的抵抗を前面に押し出した内容ではなかったため、在日朝鮮人からはほぼ黙殺され、その状況を問題視する声が在日朝鮮人の中から出るほどだった。なお、新東宝でこの小説を映画化する話があったようだが、実現しなかった。四九年末、『近代文学』の第一回戦後文学賞の候補に挙がったが、島尾敏雄「出孤島記」が選ばれて受賞を逃した。

私生活では、新暦一九四五年一二月五日、一人息子となる章明《チャンミョン》が誕生した（以後、生没年月日や結婚日は、註記がない限りすべて新暦）。章明は金達寿の唯一の実子である。ところが当時の金達寿は朝連の活動に没頭しており、出産日も神奈川県本部の事務所に泊まり込んで不在だった。しかも妻の金福順は出産後、結核を再発した。医者から、福順の母乳を与えてはならないと注意された金達寿は途方に暮れ、近くの朝鮮人集落に章明を抱いて行き、貰い乳をせねばならなかった。彼女は実家に戻って養生したが、ついに回復せぬまま、四六年九月三〇日早朝に亡くなった。享年二一。金達寿は神奈川県本部の第二回定期大会の準備で前日から本部に泊まり込んでいたため、この日も不在で死に目に会えなかった。

金達寿が私生活を犠牲にしてこれほどまでに朝連の活動に没頭した背景に、植民地支配から〈解放〉され、思う存分、民族活動に打ち込める喜びがあったことは疑いない。しかしその裏側に、神奈川新聞や京城日報社で新聞記者を勤めたことに対する深刻な罪責感があった点を見逃してはならない。たとえば小説「八・一五以後」（四七年）の初出版《しょしゅつ》には、〈解放〉直後、主人公の李英用が、関東大震災時の虐殺の再来を恐れて防空壕に隠れる朝鮮人青年たちに、次のように語る場面が描かれている。

「われわれはいくら耳をおさえられ、眼を蔽われていたからといつて白頭山中に木の根を嚙みながらわれわれの敵と戦つた金日成のあつたことは知つていたし、それからまた中国の各地にはわれわれ同胞の義勇軍があつたこともうすうすではあるが聞いている。にも拘らずわれわれは同じ青春を持ちながら今日まで何をして来たか。何事もしてはいない！　いや何事もして来ることが出来なかつたばかりか、これらのわれわれの英雄、志士たちに対してわれわれは逆にその首をしめる行為をして来たのではなかつたか。工場へいつたものは弾丸をつくることを手伝つたであろうし、僕のように新聞社にいたことのあるものは敵であつた彼らの戦意を煽り立てたのだ」こういつたとき、英用は突然、両手で眼を蔽つて突立つたまま黙つた。激しい後悔であつた。取り返しのつくことのない負い目であつた。

この罪責感から、李英用は、在日朝鮮人組織「C・R」が結成されると、ひたすら組織に求められるまま活動し、「ただ自分に求められる犠牲において、不覚にも（何という文字通りの不覚であつたことか！）犯した自分の負い目がわずかでも軽減されることに無限の喜びを感じるのだつた」。金達寿は別のエッセイでも、京城日報社に勤めたことを、「心に痛みをおぼえずには思いだすことができない。私はこれで、自分の民族的パージン〔ママ〕を失ったものと思っている」。「京城日報記者としての私の果した役割も犯罪的なものであった―たらざるを得なかったのである。とりかえしのつかない後悔である」と痛烈に自己批判している。さらに彼の〈解放〉後の文学活動は、〈解放〉前に発表した小説のいくつかを、朝鮮人としての民族意識への覚醒という主題を前面に押し出す形に改稿することから始まっている。日本の新聞記者として働いたことへの罪責感が、〈解放〉直後の彼の知的活動の在り方をどれほど規定したかが窺える。

在日朝鮮人文学者組織の結成と活動

朝鮮半島南部では、一九四六年になると本格的に食料事情が悪化した。しかし労働争議が多発するほど、米軍政庁はそれを抑圧した。このため四六年九月二四日に鉄道労働者がストライキを起こしたのを皮切りに、多くの部門で政治ストが発生した。一〇月一日、ストに参加していた労働者たちなど一万五千名もの群衆が、大邱《テグ》駅前で警官隊と睨みあいになり小競り合いの末、一名が警官に射殺された。これを契機に、済州島《チェジュド》を除く朝鮮全土で民衆ストが民衆抗争に発展した（一〇月抗争）。米軍政庁は戒厳令を布告し、各地域の警察のみならず右翼青年団などスト破り要員まで投入して、鎮圧に乗り出した。この過程で多くの共産党指導者が逮捕されたり山岳地帯に逃れたが、警察や右翼青年団は、彼ら共産党員やその同調者だけでなく、反抗的な者や、「敵」と見なした一般人にも容赦なく暴力をふるった。しかし朝鮮半島南部の共産主義者も、高い前衛意識から穏健左派と対立するあまり孤立していき、四八年頃までに次々に越北していった。

こうした朝鮮半島情勢は、大衆団体として出発した朝連や朝鮮学校など、各種自治団体の性格や、個々の在日朝鮮人の意識や立場にも変化をもたらさずにはおかなかった。たとえば結成当時、ソウルを中心とする朝鮮半島全域を「本国」と呼んでいた朝連は、やがて朝鮮北部の人民委員会を支持する方向で組織化された。また日本共産党の党員や同調者として活動する在日朝鮮人だけでなく、「親日派」や「民族反逆者」が権力の中枢にいることへの反感から李承晩政権や米軍政庁に批判的だった民族主義者も、いつのまにかソ連と共産主義思想を支持する立場へと押し出されていった。

こうした状況の中、一九四七年二月、「在日本朝鮮文学者会」が結成された。四六年二月八〜九日に、朝鮮南部の左翼的な文学者が大同団結してソウルで結成した「朝鮮文学家同盟」に呼応した団体である。金達寿によれば創設メンバーは、尹紫遠《ユンチャウォン》、康玹哲《カンヒョンチョル》、李殷直、金元基、張斗植、許南麒《ホナムギ》、金達寿の七名で、「このほか日本の国籍をもつキョウキ堂があるが連絡中」だった。金達寿は、朝鮮民族文学の創造と発展を目的に雑誌を発行し、優秀な朝鮮文学を日本語に、優秀な日本文学を朝鮮語に翻訳・紹介することで、文学を通じて両国の人民が互いを理解しあう場を提供したいと語った。また、同会のメンバーが目指すのは民主主義的・民族主義的な文化の建設であって、封建的・帝国主義的なものでもプロレタリア的・社会主義的な文化でもないと主張した。同文学者会の主な活動実績として、朝鮮文芸社から『朝鮮文芸』

日本語版を創刊したことが挙げられる。

同文学者会は四八年一月一七日、芸術家同盟や白民社、新人文学会などと合同し、「在日本朝鮮文学会」として再編された。同文学会は朝鮮文学家同盟が掲げた五項目の綱領、すなわち⑴日本帝国主義残滓の掃討、⑵封建主義残滓の清算、⑶国粋主義の排撃、⑷民主主義民族文学の建設、⑸朝鮮文学と国際文学との提携に、⑹文学の大衆化を付け加えて綱領とし、『後裔の街』など日本語のものに加え、『朝鮮文芸』や『ウリ文学』、朴三文《パクサンムン》編『在日朝鮮文化年鑑　一九四九年版』など、朝鮮語の雑誌や単行本を刊行した。その後、五二年一月に総会が開かれ、それまで常任委員だった金達寿が委員長に選出されるとともに、組織の名称から「本」の一文字が消え、「在日朝鮮文学会」（文学会）が正式名称となった。

文学会は一九五三年頃から組織的な活動を見せ始め、確認できる限り、金達寿は五四年まで文学会の委員長や書記長を務めた。また朝連の後継団体にあたる在日朝鮮人組織の傘下の文化団体でも、彼は五七年まで何らかの役職に就いた。この間、彼は文学会や文化団体の機関誌紙である『月刊文学報』『文学報』（五三年）、『新朝鮮』（五五年）の編集長も務めた（『月刊文学報』一号の編集長は不明）。だが文学会の活動は在日朝鮮人組織の方針に振りまわされ、組織改編のたびに文学会の位置づけや役割は目まぐるしく変わった。

前述の在日本朝鮮文学者会が結成された時期、朝鮮文学家同盟で指導的な役割を果たした李箕永《イギヨン》や李《イ》泰俊《テジュン》、金南天《キムナムチョン》、林和《イムファ》など、金達寿が新しい朝鮮文学の担い手として名前を挙げた作家が次々に越北していった。それに応じて金達寿の文章に、共産主義社会や共産主義思想への志向が見られるようになった。これと並行して、彼は一九四六年末頃から、在日朝鮮人が〈解放〉後も日本語で文学活動を行う意義を積極的に主張し始めた。

朝鮮語で書きおろされない朝鮮文学ということは疑問があろう。おなじように朝鮮語で制作をしない朝鮮文学者にも疑問がある。このことはわれわれ自身の内面的な問題であるが、もちろんこれはわれわれが言語をうばわれていたための一種き型的な現象ではある。

しかしわれわれはいまとなつてはこれを「福となす」ことを知つている。私もそうであるがわれわれのなかには国語よりもこの日本語の方をよくするものもある。いやな運命的記憶はつきまとうけれども、国語の完全回復を目ざすとともにわれわれはこの日本語も忘れないつもりである。これはまたわれわれの言語の芸術をより豊富にするだろう。

（「朝鮮文学者の立場／「在日本朝鮮文学者会」に就て」。傍点筆者）

この主張をめぐって彼は、朝連の連盟員で、教科書編纂など在日朝鮮人の教育問題に尽力していた魚《オ》塘《ダン》と対立した。魚塘も、現在、朝鮮語の文芸誌を発刊しても、それを読める在日朝鮮人は全体の一％もいないという現実は、認めざるを得なかった。しかし「朝鮮語なしに朝鮮文学は、なりたゝない」という原則論の立場から、金達寿の主張を全面的に否定した。彼の考えでは、金達寿の言う「日本語で書かれる朝鮮文学」（日本語로 쓰이는 朝鮮文学）は、結局は「畸形的存在」でしかなく、それをもって解放された朝鮮民族が目指すべき祖国民主革命に参与するという主張は、甚だしい認識の錯誤でしかなかった。この是非をめぐって両者は一九四七年七月から一〇月にかけて『朝鮮新報』紙上で論争し、その後、日

本語版『朝鮮文芸』四八年四月号であらためて自説を披瀝した。しかし互いに一歩も譲らないまま、論争は立ち消えとなった。

中野重治との縁

『民主朝鮮』の特徴として、在日朝鮮人が編集・発行する雑誌でありながら、日本人の文章も数多く掲載された点が挙げられる。特に、金達寿が新日本文学会に入会した前後から、同文学会の文学者の文章が本格的に増えてくる。彼らは金達寿たち在日朝鮮人が日本語で創作活動を行うことに理解を示し、それが日本文学にも新たな可能性を付け加えるものだと期待を寄せた。金達寿もまた彼らを通じて、日本近代文学における文学的抵抗の何たるかを大いに学んだ。その中で金達寿が最も大きな影響を受けたのが、中野重治である。

一九〇二年に福井県坂井郡高椋村（現・坂井市丸岡町）一本田に生まれた中野は、東京帝国大学独逸文学科に在籍中の二五年夏、林房雄と大間知篤三の紹介で新人会に入り、プロレタリア文学者として活躍した。三四年に獄中で転向を表明したが、戦前戦中を通じて最もねばり強く国家権力に抵抗し、戦後は天皇制批判に尽力した文学者として、また文学活動の最初期から最晩年まで植民地や少数民族の問題、特に朝鮮の問題に強い関心を持ち続け、その重要性を訴えた希有な日本人文学者として高い評価を得ている。

先述のように金達寿は小田切秀雄と中野重治の推薦で新日本文学会に入会したが、中野と初めて会ったのは一九四七年六月頃である。「東洋民主主義革命の進展」という、〈解放〉二周年を迎えて、中国・朝鮮・日本の知識人を一堂に集め、各国の現状と民主主義革命の展望を語りあうという企画の席のことである（『民主朝鮮』四七年八月号掲載）。名前は出ていないが金達寿はこの場におり、座談会の前に中野に名刺を出すと、「あんたは細っこい、痩せた人かと思っていたが――」と言われた。八一年三月に訪韓する（第五章で詳述）際に発給されたビザによると、金達寿は身長一六七センチ、体重六二キロだったが、四七年当時は八五キロもあった。彼は中野が自分の小説を読んでくれていることを知って大いに喜んだ。とはいえ彼は大学時代、伊藤整が授業で「空想家とシナリオ」を取りあげたことで中野を知ったものの、後に自分で不思議がったように、戦前戦中を通じてプロレタリア文学者の作品を読まずにすごした。そのため中野について格別な知識もなかった。しかし初顔合わせの少し前、中野の存在を強く印象づけられる一つの詩と出会った。

「雨の降る品川駅」と題されたその詩は、金達寿がたまたま買った『国際タイムス』に掲載されていた。彼によれば、小山書店版『中野重治詩集』（四七年）収録の詩の転載だった。「辛よ　さようなら／金よ　さようなら／君らは雨の降る品川駅から乗車する」ではじまるこの詩は、一九二八年一一月の昭和天皇の即位式を前に、多くの朝鮮人が品川駅から朝鮮半島に強制送還されていく様子を詠ったものである。これを読んだ金達寿は、電車の中だったにもかかわらず、詩の内容に感動し、また自分が〈内地〉に渡って品川駅に降りた時のことを思いだして、涙があふれるのを抑えられなかったという。この詩がきっかけになって彼は中野に特別な思いを抱くようになり、新日本文学会の常任委員会や集会などで会えるのを楽しみにした。彼は中野の話を聞きながら、しばしば、「ああ、もったいない」と思った。それらは、

「そのまま文章にしても、重要で、立派なそれとなってい」ると感じたからだった。さらに私生活でも、五〇年代前半には頻繁に中野宅に出入りするようになった。五二年暮れか五三年初頭頃、泥酔して中野宅の茶の間で眠ってしまい、中野を困らせるという失態を演じたこともあった。また、金達寿は、五〇年代初め頃、新日本文学会の集まりの帰りに、西野辰吉など同世代の文学者と、よく、新宿の「志田伯」という酒屋の二階などにたむろして、安焼酎を飲みながら議論したが、「それはついに中野重治をして「焼酎とファシズム」という一扁〔ママ〕の作品をまで生ましめるに至つた」。

金達寿と中野は、東京をはじめ各地の講演会で何度も一緒に登壇した他、少なくとも二度、講演旅行を行った。一九五一年六月二三日か二四日頃、自他ともに国際派（五〇年代前半における共産党内の少数派グループ。詳しくは後述）の牙城と目されていた広島で、朝鮮戦争一周年を迎えて中国地方の朝鮮人大会が開かれた。金達寿はそれに出席するついでに、中野と一緒に中国地方を一回りして新日本文学会の資金カンパを求めようと考えて、現地に向かった。金達寿は初めての広島旅行で、「原爆投下の跡がまだくすぶっているような焼野原」を目にした。広島駅で中野と合流して朝鮮人大会に出席する予定だったが、主催者側の都合で大会が一日繰り上げられた。そのため前日に現地入りしていた金達寿は出席できたが、当日に出発した中野は間に合わなかった。二人はその夜、現地の国際派の党活動家から東京の手ぬるさを糾弾する吊し上げをくらうなど、散々な目にあった。ようやく解放されると、中野は広島に泊まり、金達寿は呉の友人宅に泊まった。翌日、新日本文学会の現地支部の大会が開かれ、金達寿は初めて峠三吉と会った。峠はこのとき大会の司会をしていた。

また、一九五五年八月二〇日から九月二日にかけて、金達寿は中野、西野辰吉と、新日本文学会創立一〇周年を記念して北海道各地を巡回する講演旅行を行った。中野と西野の演題は不明だが、金達寿は「民族の独立と文学」の題名で講演した。旅行中、「観光地の見せ物のひとつ」としてアイヌの人々が熊の彫り物を実演したり、老婆たちが「アイヌ踊り」を踊っている場面に出くわしたが、見ていて気持ちのよいものであるはずがなく、すぐに立ち去った。金達寿は、この旅行で炭鉱を訪れ、それを素材に小説「炭礦で会った人」（五五年）を書いた。なお、この講演旅行で彼が最も印象深かったことは、小林多喜二の母親・小林セキを訪ねて一泊した時の中野の様子だった。中野がセキを「お母さん」と呼んで実の息子のように甘えている姿を見て驚くとともに、「それが警察で虐殺された「同志」小林多喜二の母に対する態度なのだ」と感動を覚えた。

この間、金達寿は水野明善と中野の評論集『政治と文学』（五二年）をまとめた。また一九五四年七月二一日には、在日朝鮮文学会委員長として、新日本文学会書記長の中野と、朝鮮戦争停戦一周年を記念した対談を行った。中野の方も、著書『朝鮮――民族・歴史・文化』（五八年）をめぐって金達寿が総連から攻撃されていた時（後述）に、「僕を利用する必要などあつたら、遠慮なくそういつて下さい」という葉書を送るなど、金達寿を支援し激励した。

こうして、公私にわたる付き合いの中で、中野に対する敬意は増していき、ついに「人生の師」と仰ぐまでになった。朝鮮語を解せない中野にとっても、金達寿は許南麒とともに、朝鮮文学について知る上で貴重な存在だった。「簡単にいえば、日本では、それも主として新日本文学会にたよつて、朝鮮文学の紹介は金達寿や許南麒にたよつていたという傾きがある」（中野「自分に即して」）。五〇年代後半頃から、金達寿は遠慮して、中野宅を訪問する回数は次第に減ったが、二人の関係はその後も続いた。

中野重治とのツーショット
（中野重治『レーニン素人の読み方』出版記念会にて，1974年）
［神奈川近代文学館所蔵］

金達寿が中野と最後に言葉を交わしたのは、中野が亡くなる直前の一九七九年六月末頃である。中野が「在日朝鮮人と全国水平社の人びと」第九回（七三年）で、「京城」という語を用いたことに対して、ある読者から、『ソウル』を『京城』と呼んだのは日本帝国主義者がはじまりであったことは、日本朝鮮研究所の『朝鮮研究』（数年前のもの）の論文によって研究されていたことを覚えています。朝鮮人（南北を問わず）は『京城』なる名を植民地の苦渋をなめる思いなしには耳にも口にもできないでしょう。この点どう思われるか、ご意見をお尋ねしたいと思います」という手紙が届いた。中野は「返事、お礼、間にあわせ」（七九年六月二九日執筆）にこの手紙を引用して、「いまここで答える力は私にない」「ここではもうしばらく待ってほしい」と記した。そして金達寿に電話で意見を求めた。中野は耳がよく聞こえなかったため、やりとりは中野の妻の原泉を介して行われた。金達寿は、「それは「ソウル」と訂正したほうがいいと思うが、しかし、「京城」とはたしかに日本の植民地となってからの呼称であるけれども、それは元はソウル、すなわち京、京城ということであるから、そう気にすることはないだろう」と答えた。だが中野は訂正文を出せないまま、八月二四日、胆嚢癌で死去し、「返事、お礼、間にあわせ」が絶筆となった。朝鮮問題に対する中野の真摯な姿勢が窺えると同時に、最期まで彼が金達寿を厚く信頼していたことがよく分かるエピソードである。

『民主朝鮮』の苦境

一九四六年五月、李承晩《イスンマン》を中心とする右派勢力が単独政府樹立計画を本格化させると、左右の穏健派は七月末に左右合作委員会を発足させ、米軍政庁も合作運動を支援した。しかし四七年七月一九日、合作運動のキーパーソンだった独立運動家の呂運亨《ヨウニョン》が暗殺されると、合作運動は立ち消えた。また呂運亨が暗殺される四ヵ月前の三月一二日、アメリカ大統領トルーマンが「トルーマン・ドクトリン」を宣言し、共産主義圏の全世界的な〈封じ込め〉に乗り出した。米軍政庁が特別戒厳令を敷く中、四八年五月の朝鮮半島南部での単独選挙を経て、八月一五日に大韓民国が建国され、大統領に李承晩が就任した。

この過程でまたもや、選挙に反対する多数の朝鮮人が、「アカ」のレッテルを貼られて虐殺された。その中でも、一〇月抗争に参加しなかったことで結果的に左派勢力が温存された済州島では、無辜の島民が、米軍や警察・右翼団体からは「アカ」として、左翼勢力の武装隊からは「反動分子」として殺戮された。最終的に、島民の一割近い二万五千〜三万人が犠牲になったと推定されている（済州島四・三事件）。政府は一〇月二〇日、麗水《ヨス》駐屯の国防軍一四連隊に済州島民の鎮圧を命じたが、国防軍は出動を拒んで反乱を起こした（麗水・順天《スンチョン》事件）。反乱はまもなく鎮圧され、九八名が処刑されたが、生き延びた者は麗水北部の智異山《チリサン》などに逃げ込んだ。そしてこれ以後、韓国南部や済州島の山岳地帯で、本格的に武装闘争が展開されるようになった。

こうした反米的な性格を帯びた武装闘争が続く状況の中、アメリカ政府やGHQは次第に在日朝鮮人も占領政策への抵抗勢力と見なすようになり、『民主朝鮮』もその例に漏れなかった。「極左」と位置づけられた『民主朝鮮』は、GHQ占領期間を通じて、最後まで事前検閲の対象とされた二八誌の一つだった。毎号のように字句の修正や記事の削除を命じられた編集部は、涙を飲んで記事を削除したり、別の記事に差し替えて発行する作業に追われた。検閲はゲラ刷りして一冊に綴じたものを提出してから行われたため、修正や削除は大きな経済的負担となった。しかも戦後も三年が経過し、泡沫的なものでない、大手出版社の伝統ある雑誌が復刊された。このため、次第に、『民主朝鮮』が当初持っていた物珍しさや怒号のごとき活気が失われ、最高で一万五千部ほどだった発行部数は下降線をたどった。

そんな中、一九四八年四月二四日、阪神教育闘争事件が起こった。朝鮮人学校の強制閉鎖に抗議する在日朝鮮人が兵庫県庁前に集結し、県知事に閉鎖命令の撤回を要求していったんは認めさせた。だがその夜、ＧＨＱ神戸基地司令部は、管内（神戸・芦屋・西宮・甲南・鳴尾）に、占領下唯一となる非常事態宣言を出し、在日朝鮮人や日本人支援者を無差別に検挙した。多くの犠牲者を出した後、五月三日、森戸辰男文部大臣と崔溶根《チェヨングン》朝連教育対策委員会責任者との間で覚書が交わされ、学校の閉鎖は免れた。金達寿と金元基は五月八日から一週間ほど現地取材を行い、「神戸・大阪学校事件特集」と題した『民主朝鮮』六月号のゲラを組んだ。しかしＧＨＱは、現地報告を含む記事七本に、「SUPPRESS」（掲載禁止）や部分的な「DELETE」（削除）処分を下し、同号は発行不能となった。続いて「在日朝鮮人教育問題」を特集した七月号も発行できなかった。『民主朝鮮』八月号に、六月号と七月号が『『止むを得ない』事情のために取り止め破棄とな」ったことを伝える「愛読者へのお詫び＝社告」が挟み込まれたが、読者には休刊の理由は明白だった。

資金不足で金策に奔走していた編集部にとって、休刊は非常に大きな打撃となった。そこで彼らは、『民主朝鮮』創刊後まもなく購入していた印刷工場を独立させ、編集部は雑誌の発行に専念することにし、東京駅八重洲口前にあった朝連中央会館の四階に事務所を移した。その直後の一〇月一四日に朝連第五回全体大会が開かれると、金達寿は最初で最後の朝連中央常任委員に選ばれ、一六日の第一六回中央委員会で、やはりこのとき選出された許南麒とともに文教部次長に就任した。事務所を置かせてもらうための交換条件だったらしい。しかし金達寿は常任委員を続ける気はなく、次長の役職は、一九四九年二月一二〜一四日開催の第一七回中央委員会で、大阪支部にいた李賛義《イチャンイ》が引き継いだ。

　しかし移転後も『民主朝鮮』の経営は悪化し続け、ついに同社の経営の引き受け手を探すことになった。そして四九年五月頃、朝連中央委員だった尹炳玉《ユンピョンオク》という商工人に一五万円（現在の貨幣価値で約一千百万円）で印刷工場ごと買いとってもらった。李殷直の自伝的小説『在日』によれば、尹は〈解放〉前に東亜日報の東京支局長を務めており、『民主朝鮮』に深い関心を持っていた。また同社の身売りは、雑誌の母体である朝連神奈川県本部の了解を得ずに、金達寿が独断で行ったものだという。ともあれ、身売りと前後して、韓徳銖と金達寿が、それぞれ社長と編集長を辞任し、経営悪化の責任を取った。こうして『民主朝鮮』二四号（四八年一一月）を最後に、奥付から二人の名前は消えた。誌面は大きく変わり、文芸欄は大幅に縮小され、北朝鮮支持・反韓国の政治論評が中心となった。『民主朝鮮』はその後も断続的に発行され、金達寿は編集長を辞任した後も業務を手伝った。しかし朝鮮戦争勃発直後に発行した三三号（五〇年七月）を最後に、廃刊を余儀なくされた。

　廃刊から一年半後の一九五一年一二月、大阪で『朝鮮評論』が創刊された。歴史学者の金鐘鳴《キムジョンミョン》を中心に、金石範《キムソクポム》、金時鐘《キムシジョン》、呉在陽《オジェヤン》、さらに五〇年一二月に日本に渡って、旧制大阪商科大学（現・大阪市立大学）の研究科に籍を置いていた姜在彦《カンジェオン》などが執筆メンバーにいた。なお姜在彦について、私は『金達寿とその時代』の「関連人物紹介」欄で、「済州島四・三事件による摘発を逃れるため」渡日したと記したが、その後、姜氏より、四・三事件と自身の渡日とは関係ないという手紙をいただいた。すぐに

『イリプスIInd』二〇号（二〇一六年）に訂正記事を出したが、改めてここでこの誤りを正しておく。

『朝鮮評論』創刊号編集長の金石範は、同号の編集後記に次のように記した。「去年「民主朝鮮」が七月号でストップしてからは、全国的にも我々の手になる雑誌はもう途絶えてしまっている。それでいゝとは思わない。そのギャップを若しそれが或る程度でも埋められるなら、せめてそれなりの使命を信ずるものである」。金達寿たちが『民主朝鮮』を通じて撒いた種は、確実に在日朝鮮人の間に根を下ろしていたのである。

日本共産党入党

韓国建国の翌月の一九四八年九月九日、朝鮮民主主義人民共和国が建国され、金日成が初代首相に選出された。現在では想像もできないが、順調な滑り出しをみせたのは北朝鮮である。ソ連の強い影響下にあった北朝鮮では、早々に、支配エリートによる強力な中央集権制が確立された。また経済面でも、工業地帯を抱える北朝鮮は、疲弊した農村を主とする韓国を圧倒していた。むろん内部では熾烈な権力闘争が繰り広げられ、一般市民は妊婦や老人も含めて毎日一二時間以上も「自主的」に労働させられた。だがこの時期の韓国国内の政治的・経済的脆弱さがもたらす社会的混乱に比べれば、北朝鮮の方がよほど安定しているように見えたことは間違いない。しかも北朝鮮が共産主義社会の実現というポジティヴな目標を掲げることができたのに対し、韓国は反共というネガティヴな目標以外に目指すべき国家の未来像を提示できなかった。韓国の政界は極右から極左までひしめき、汚職や闇取引、犯罪が絶えなかった。それにもかかわらず、李承晩は権力基盤を固めることだけに全力を注ぎ、反対勢力を容赦ない暴力で押さえ込む姿勢を崩さなかった。

日本でも左翼勢力や在日朝鮮人への逆風が本格化し、第三次吉田茂内閣時の一九四九年四月四日には団体等規制令が公布・施行された。共産党は第三次内閣時の選挙で議席を四から三五へと大幅に増やしたが、四九年七～八月に下山事件・三鷹事件・松川事件が相次いで起こると、事件当初から党が関わった犯行であるかのような捜査と報道がなされ、党への恐怖が一般市民の間に形成されていった。このような中、金達寿は四九年五、六月頃に入党した。朝連の活動家ではかなり遅い入党である。もちろんそれまで何度も入党の機会はあったが、断り続けていた。のちに彼は、若かった自分には、猫も杓子も党員になるのが気に入らなかったからだと説明しているが、別のところでは、元協和会(戦前の親日団体)員が党員になって活動していたことに反発を覚えたからだとも述べている。しかしこのたびは、自分なりに学んだものがあって、共産主義者へと一歩を踏み出すべく入党を決意した。

二五歳の時に素朴な民族主義青年として〈解放〉を迎えた金達寿は、こうして二九歳で党員になった。この態度変更はすぐに彼の小説に反映された。「叛乱軍」(『潮流』四九年八～九月)がそれである。金達寿がモデルの秋薫が、アメリカの写真雑誌『ＬＩＦＥ』に掲載された麗水・順天事件の現場や犠牲者の写真に衝撃を受け、張斗植がモデルの朴仁奎に、自分も祖国と民族のために闘わねばならないと語り、パルチザン闘争が展開されている智異山に、二人で旅立つことを決意するという筋書きである。作中で言及されている『ＬＩＦＥ』は四九年一一月一五日号のもので、金達寿はそれを高見順から見せられた。彼はあまりの凄惨さに言葉を失い、「叛乱軍」を書いたのである。そして彼はこの雑誌の写真を通じて、アメリカという、かつての日本より強大な帝国主義国家が、日本と朝鮮の両方に覆い被さっているという認識を確固たるものにした。

入党とは別に、金達寿は一九四九年春に東京都北区十条台にある東京朝鮮中高等学校高等部の教師となり、毎週水曜日に「日本語」の授業を担当した。同校は東京で最初の朝鮮中学として四六年一〇月五日に開校され、高等部は四八年に併設された。この時の金達寿の教え子に、のち金史良の評伝を著すなど、在日朝鮮人の文学研究者・評論家の先駆けとなった安宇植がいた。当時、高校二年生だった安によれば、金達寿が彼のクラスを担当したのは四九年秋である。金達寿が小説「四斗樽の婆さん」(四九年?)や「前夜の章」(五二年)に描いた、朝鮮学校をめぐる緊迫した状況の中、小田切秀雄『新文学入門』などを教材として使いながら、柔和な笑みを絶やさず、諭すように生徒に語りかけたり、金史良との思い出を語ったりしたという(「氏・さん・ソンセングニム」)。

だが朝連と朝鮮学校への弾圧は日増しに激しくなり、ついに一九四九年九月八日、団体等規制令が朝連などに適用された。強制解散の現場に偶然居合わせた金達寿によれば、退出の指令が出されると、二列に並んで階段を下りながら、涙で声もかすれ、曲調もめちゃくちゃになることもかまわずに、皆で「人民抗争歌」を歌った。以後、朝連の建物への出入りは禁止されたが、朝連の機関誌『朝連中央時報』嘱託の姜魏堂《きょうぎどう／カンウィダン》は、英語で書かれた身分証明書を持っていたのが幸いして、翌日、中に入ることができた。彼が民主朝鮮社の事務室に行くと、なぜか金達寿がいた。金達寿は彼に、「来ましたよ、とうとう」「しかし絶対に負けません。闘いはこれからです!」と、微笑みながら握手を求めて言った。こうして約四〇万人の構成員にとって、祖国の代わりともいうべき場所が、日本国内から消え去った。しかしその後もＧＨＱと日本政府は、朝連系団体からの朝鮮学校への影響力を断ち切るとともに、朝鮮語学習など独自の民族教育を禁止ないし厳しく制限する方針をとった。このため全国各地の朝鮮学校は次々に自主廃校や休校に追い込まれたり、公立学校として認可手続きを取るよう強制された。この過程で、多くの在日朝鮮人教師と同様、金達寿も学校を去った。四九年末のことと思われる。

二つの旅行

朝鮮学校問題や『民主朝鮮』の経営など、神経をすり減らす出来事が続いたが、楽しいこともあった。一九四七、八年頃と四九年三月の旅行がそれである。

一九四七、八年頃、金達寿は許南麒、李殷直、朴三文たち仲間の在日朝鮮人と、埼玉県入間郡高麗村（現・日高市）に旅行した。金達寿が高麗村の話を聞いたのは戦争中のことである。同地は、高句麗の王子である高麗王若光が率いた一七九九名の高句麗人が、七一六年に大和朝廷から派遣されて開拓した地域と伝えられており、高麗神社には高麗王若光が祀られている。このため地元の人々は今でも、朝鮮人が来ると自分たちの先祖が来たといって喜んで迎えてくれるというのだ。その話を覚えていた金達寿は、焼け野原だった池袋の闇市で焼酎を飲み、その勢いで夕方から電車に乗って高麗村を訪れた。皆、故郷を訪問するような気持ちでひどくはしゃぎまわった。

彼らは二時間ほどで西武池袋線の高麗駅に着くと、四、五〇分ほど歩いて高麗神社に向かい、神社の側にあった旅館「日吉館」に宿泊し、そこでもまた酒を飲んだ。そして一九四七年頃にこの地に移って日本人の妻と暮らしていた張赫宙《チャンヒョクチュ》〔一九〇五－一九九八〕を訪問した。張赫宙は植民地支配に苦しむ朝鮮人の悲惨な姿を描いた「餓鬼道」〔三二年〕で日本文壇にデビューしたが、その後、『加藤清正』〔三九年〕などを著した親日文学者の巨頭として知られる。日本語で創作活動を行った朝鮮人の代表とされながら、日本帝国主義に抵抗し続けた金史良の対極に位置づけられる彼を、このとき金達寿たちが訪問したのは意外に思われるかもしれない。確かに金達寿は、張赫宙が〈解放〉後に書いた小説を読む限り戦中と何ら変わっていないと強く批判したが、その一方で、『民主朝鮮』四号〔四六年七月〕に、張赫宙との交遊を綴った保高徳蔵と石塚友二の文章を掲載し、編集後記で「同胞張赫宙氏に一言したい。君はわれぐ《ママ》が君をこのやうにみてゐるこれらの文章を「ぼつ」にしないで、掲載したことに対して一つの感じを抱くものと思ふ。しかしわれ〳〵は君のその「感じ」を追求して、われ〳〵の「短所」を繰返さうとは思はないのである。加藤清正の著者野口稔〔創氏改名した張赫宙の通名〕氏、君も新生しなくてはならない。君が久し振りに故国へ帰つたとき、ふたゝびあの笑福旅館〔〈京城〉の南大門近くにあった高級旅館〕に投宿することも出来ないのだから」と書き、張赫宙に「新生」を訴えた。しかし張赫宙はその後も在日朝鮮人組織に属さず、独自に文学活動を続けた。

さて、張赫宙を訪問した一行は、そこでも酒を飲んではしゃぎ、それぞれ勝手に朝鮮民謡や流行歌などを歌った。ところが、許南麒か誰かが、「木浦の涙」〔植民地時代に作られた代表的な流行歌謡曲〕を歌い始めると、張赫宙の妻が急に、夫の肩に顔をもたせかけて泣き出した。張赫宙も泣いていた。金達寿はのちに、自分たちもその時、彼らの哀しみにつり込まれて一緒に涙ぐんでしまったのではなかったかと回想し、「悲劇の作家張赫宙もまた、民族の子だったのである」と記した。

一九四九年三月頃、金達寿は新日本文学会の水野明善や小原元たちに誘われて、初めて奈良と京都に旅行をした。漏電で法隆寺金堂内陣から出火し、壁画十二面が焼失した直後のことである。金達寿は奈良の風景に親しみを感じると同時に、ある当惑を覚えた。眼前に広がる風景が、朝鮮のそれと同じように感じられたのである。その印象を特に強く感じたのは、唐招提寺から薬師寺に至る、南北に伸びた短い通りを歩いた時だった。「崩れかかっている、瓦を乗せた筑地塀や、その辺にみえる民家の構えなど、ことにその築地塀と民家の長屋門の形」に、彼は思わず、「ここは朝鮮だ。朝鮮とそっくりおなじところじゃないか」と、口に出して呟かずにはいられなかった。すっかり親しみを覚えた彼は、それから毎年のように、京都や奈良を旅行するようになった。

「日本共産党の五〇年問題」と『文学芸術』

朝連の強制解散によって、在日朝鮮人が頼みとする組織は、ほとんど共産党だけになった。しかしコミンフォルムの機関誌『恒久平和と人民民主主義のために』一九五〇年一月六日号に、戦後の党の基本方針だった「アメリカ占領下における平和革命」を根本的な誤りと強く批判する論評「日本の情勢について」が発表されると、党指導部は二つに分裂した。誤りは克服されており受け入れる必要はないとするグループ（所感派：徳田球一・伊藤律など）と、率直に批判を受け入れるべきとするグループ（国際派：宮本顕治・志賀義雄など）である。その後、中国共産党が機関紙『人民日報』を通じて論評の受け入れを勧告したことで、混乱は終息するかに思われた。しかし六月六日、党幹部二四名が公職追放処分を受けると、所感派幹部は地下に潜って党の権力を牛耳った。ここから「日本共産党の五〇年問題」と呼ばれる党内の権力闘争が始まり、急速に全国各地の末端の党員にまで伝播した。

党内闘争が深刻化する中、『恒久平和と人民民主主義のために』一九五一年八月一〇日号に、所感派を支持し、徳田が提起した武装闘争の路線を決議した、「「分派主義者にたいする闘争にかんする決議」について」が発表された。この結果、党は火焔ビン闘争や山村工作隊などの極左冒険主義路線へと突き進むことになった。

しかし新日本文学会の会員の中には、党内闘争が理性的な対話によってではなく、コミンフォルムという上からの裁断によって終結させられたことに納得できない者がいた。また新日本文学会の会議で、創作方法の研究よりも運動論に重点をおいた討議が多かったことに不満を感じる者もいた。そこで、新日本文学会東京支部にいた霜多正次と窪田精が賛同者を集め、一九五一年九月二一日、一七名が集まって新しい同人誌を作るための会合を開いた。彼らは、雑誌名を、金達寿が提案した「文学芸術」とすることや、会員を、戦後に本格的に文学活動を開始した世代に限ることなどを決議した。

こうして『文学芸術』創刊号が文学芸術社から発行された。六八ページ、発行部数は千部だった。奥付の発行日は一九五二年一月一日だが、実際には五一年暮れに出された。創刊号のみ青銅社が発売所となった。編集は同人が持ち回りで担当し、金達寿は少なくとも四号（五二年一〇月）を、霜多・窪田とともに編集した。同人たちは、文学志望者や若手作家とともに創作方法を研究した。しかし一年ほど経つと、研究会に重点を置くメンバーと雑誌の維持に重点を置くメンバーとの間で意識のズレが顕在化し、金達寿を含む前者のメンバーは途中で脱退した。雑誌も一九五五年三月の一一号で終わった。

「五〇年問題」の中で

熟慮の果てに入党した金達寿だったが、五〇年問題に巻き込まれたあげく、朝鮮戦争勃発後まもなく国際派として除名され、所属していた横須賀の党細胞も閉鎖された。党員としての彼の活動は一年にも満たなかった。だが除名後も所感派の在日朝鮮人党員や同調者から嫌がらせを受け、彼の母や兄妹まで被害が及んだ。ただでさえ貧窮で苦しんでいるところに、デマや中傷まで加えられ、耐えきれずに自殺を何度も考えたという。しかし彼は自分を押し潰そうとする力をはね返し、新たな道を開拓していこうとする決意と覚悟を手放さなかった。それを強く感じさせるのが、神奈川近代文学館「金達寿文庫」に残されている、ハードカバーの原稿用紙の『日記』の、最初の数頁のメモ書きである。

一頁目の中央上部に、大きく「変革」と題字され、その下に、「一歩一歩、それを変える／刻みつけるように変える／どんなことがあっても変える」とある。また題字の横にも「(わがモットー)／変える、現実を変える、変える。／変える、質を変える、変える」と書かれている。さらに、それに続く数頁に、「受身を警戒せよ！　それは奴隷の思想である」(傍点原文ママ)、「闘うということは、味方をつくることである」、「自主的に生きるということは、反撃に転ずることだ」、「コンプレックスとたたかえ！　近代文学の主題は、一貫して、人間のコンプレックスとのたたかいではないか。／コンプレックス！　これこそ、私の課題である。54・5・4道路を歩きながら、突然こう思う」、「死んでなんかやるもんか！決して死んでなぞやりはしないぞ！　生きてやる！　しかも抵抗して生きてやるんだ！」、「せき止められた流れは、荒れる。流れをせき止めれば、波が立つ。——大いに荒れる権利をもつ」など、自らを奮い立たせる言葉が書き連ねられている。

こうした逆境の中、彼は次第に、それまで尊敬してきた新日本文学会の会員など、「進歩的知識人」と称される人々に疑いを持つようになった。

〔前略〕これもいずれも当代日本の代表的なインテリであり、コムミニストであり、著述家であるBCそのほかと、おなじような席でおなじようにはなしていた。談たまたま、このときは大分かたく、Bがさかんに中国や朝鮮、はては東南アジア諸国における人民闘争のことをかたり、それにくらべてこの日本は、……などといつていた。〔ママ〕私は、自分の祖国である朝鮮がひどく賞讃されているので、ちよつとてれる思いをしながら黙つていた。と、Cが何を思つたのか（それはすぐにわかつたが）、私をちら、ちらと横目でみながらこういうことをいうのであつた。

「それはそうだが、日本はなるほどそれはおくれているけれども、しかしやはり、さいごにはこのアジアにおける指導権は日本にあるし、日本が握るよ。」その指導権とは何であり、それを握るかどうかは別として、これがあの「大東亜共栄圏」のそのままの裏返しであることは、誰も疑わないだろう。

（「しよくみんちてきにんげん」）

金達寿はこの他にも、朝鮮語を「그리고《クリゴ》」（それから）という単純な接続詞さえない言語と思い込んでいる「著名なコムミニスト」などの事例を挙げ、自他ともに「朝鮮人民の友」と認めている彼らでさえ、

アジア諸国やその人民に対する意識が一般の日本人と大差ないことには驚かざるを得ないと語った。彼は、「進歩的」な日本人知識人が、日本帝国主義に奴隷化されたことを主体の確立と思い違いしているのではないかという疑念を持ったのだ。この体験を通じて、彼は、進歩的であろうと反動的であろうと、このような発言を平気でする者は、帝国主義的人間というより、自分が未だ「奴隷状態」にあることさえ意識できていない、「植民地的人間」と言うべき存在ではないかと考えるようになった。

それと同時に金達寿は、在日朝鮮人党員も所感派と国際派に分裂して権力闘争を展開しているのを目の当たりにして、彼らの多くも、自分が未だ「植民地的人間」の状態にとどまっていることを認識できておらず、日本人と帝国主義的感覚を共有していると考えるようになった。五〇年問題を素材にした彼の小説「日本の冬」（五六年）には、主人公の辛三植（国際派として除名された元在日朝鮮人党員）を通じて、その認識が次のように記されている。

まず、朝鮮人についてみれば、三植自身をも含めて、彼らはきのうまで抑圧されていた植民地人であった。その多くは、まだ奴隷根性から抜けきっていない。抜けきっていないということを意識することからは、なおさらのことである。
日本人はどちらかというとそれを抑圧した側に立っていたが、しかし彼らの多くも、朝鮮人にたいするおなじその抑圧者から、抑圧されていたのであった。しかも彼らは、きのうまでは共産主義などとはまったく反対のもの、軍国主義・ファシズムを謳歌していたのである。
奴隷根性とファシズムの謳歌、それはおなじ根からのものだ。それによるゆがみを、否定することはできない。

〔中略〕

奴隷根性とは《〔ママ〕》まっすぐそのままつながる事大主義、ファシズムを謳歌した精神そのままでの権威主義、助平根性、神秘主義、野郎《〔ママ〕》自大、官僚主義等々、それらは党がふくれ上るのといっしょに、そのままふくれ上っていたのだ。その党が一つの小さな試煉、国際批判にあうことによってがたがたと崩れた。それがこんどの分裂であった。

念のために断っておくと、金達寿は日本人も帝国主義の被害者だったと述べているのではない。彼にとって、植民地の人々に対する日本人の加害責任は、議論の余地のない当然の前提である。それを認めた上で、彼は、帝国主義戦争や植民地支配に対する日本人の責任の、ある次元をいったん棚上げすることで、日本人と朝鮮人とを対立関係ではなく、何者かによって対立させられている関係と捉えたのである。この認識を獲得したことで、金達寿の知的活動の性質は決定的に変化した。彼はもはや、特定の階級や民族のために小説を書いたり、政治運動をするのではない。ある特定の立場や観念が価値を持つ〈場〉を成立させている言説空間を根本的に問い直すことが、彼の「闘争」となる。「玄海灘」連載中に始まった文学的闘争こそ、その闘争の実践に他ならない。ではこの闘争はいかなる道筋を辿ったのだろうか。

第三章　政治組織と文学運動

「玄海灘」とその広がり

〈解放〉後から一九五一年末までに金達寿が発表した小説は、長短編あわせて二〇編ほどにもなった。だが在日朝鮮人による論評は出ず、日本人文学者からは、「後裔の街」のような優れた小説を書きながら、それをさらに展開させる作品を発表しておらず、他の多くの作家と同様、いつの間にか瑞々しさを失ってしまったと評された。

こうした黙殺や辛辣な評言を一掃し、金達寿文学の復活／飛躍を強く印象づけたのが「玄海灘」（『新日本文学』五二年一月〜五三年一一月）である。京城日報社時代の体験を素材に、自分と等身大の人物として設定された西敬泰と、中枢院参議で大地主の白世弼の一人息子の白省五という二人の朝鮮人青年が、植民地下の〈京城〉を舞台に、それぞれの道を歩みながら民族意識に目覚めていく姿を、自然主義リアリズムの力強い筆致で描いた長編である。金達寿は、一九五四年一月に筑摩書房から出た単行本の「あとがき」に、朝鮮半島に飛んでいく米軍航空機の爆音を頭上に聞きながら、うんうん唸るような気持ちでこの小説を書いたと記した。また、「世界最強を誇るアメリカ帝国主義軍を主力とするいわゆる国際連合軍」を相手に闘う北朝鮮の人民軍に喝采を送り、「朝鮮人のこのようなエネルギー」が偶然のものではなく、「日本帝国主義によつてきたえられた」ところに由来するものであることを歴史的に裏付けるとともに、日本人に対し、「民族の地位を失つた帝国主義治下の植民地人というものが、どういうものであるかということをしめす」ために書いたとも述べた。

伊藤整、佐多稲子、李賛義、姜在彦など、多くの日本人と在日朝鮮人が、文芸時評や書評などでこの小説を高く評価した。一九五四年三月九日には、新日本文学会小説委員会と在日朝鮮文学会の合同主催による出版記念パーティーが東中野駅前のモナミで開かれた。中野重治、蔵原惟人ら約五〇名の日本人文学者や、朴元俊《パクウォンジュン》、李殷直ら約三〇名の在日朝鮮人文学者など、百名以上の関係者が参加する、盛大なものだった。席上、金達寿は幼少期から渡日して文学に目覚めていく来歴を語り、特に日本人の参加者に深い感銘を与えた。

　こうした高い評価にふさわしく、「玄海灘」は一九五三年度下半期の第三〇回芥川賞と五五年の第一回新潮文学賞の候補作に選ばれた。結果的に両方とも落選したが、多くの読者に支持されたことは疑いない。それを如実に示しているのは、五五年七月に『群像』が募集した読者アンケートである。戦後一〇年間に発表された文学作品の中から、読者一人あたり創作一〇編以内・評論五編以内を選び、投票数で順位を決めるという企画である。「玄海灘」は創作部門（小説・戯曲）で、大田洋子の「半人間」と井伏鱒二の「本日休診」と並んで一六票を獲得した。一票以上を獲得した四七二作品のうちの四一位である。また「富士のみえる村で」も二票を獲得した。在日朝鮮人文学者の小説としては、他に張赫宙「嗚呼朝鮮」が一票を獲得しただけである。後年、戦後長らく、在日朝鮮人の小説家といえば金達寿しかいなかったと言われるが、このアンケートからそれが誇張ではなかったと確証される。

　さらに「玄海灘」は、金達寿の小説の中で初めて舞台化された。佐々木隆が主催する文化座研究所の出身者が中心となって一九五三年七月に結成された劇団生活舞台が、第一回公演に「玄海灘」を選んだのである。脚本は和沢昌治。映画「山びこ学校」や「太陽のない街」などに出演し、映画やテレビドラマなどで活躍した俳優だが、この時期は劇団生活舞台の結成・育成に尽力していた。劇団では五四年二月頃から脚色に着手して稽古に入ったが、「原作者の金達寿氏はその全著作は勿論、歴史風俗に関する門外不出の貴重な文献を貸与されたばかりでなく自身ケイコ場にあらわれて民族的な立場からの批判や激励を、又「朝鮮冬物〔ママ〕」などの著者許南麒氏は主として美術、考証についての参考意見を、劇作家姜魏堂氏〔中略〕は脚色についての意見を、又、在日朝鮮人に唯一の舞踊家金長安《キムジャンアン》氏は劇中の朝鮮舞踊の振付」について、アドバイスや指導を行った。のみならず、「朝鮮演劇研究所は衣裳の貸与を快諾されたし十條朝鮮人学校の林《イム》校長をはじめとする諸先生には歴史や朝鮮事情について」細々した相談にのってもらった。彼ら在日朝鮮人文化人の協力の「おかげで朝鮮のことについてはまるで知識をもたなかつた劇団員達も今では相当の朝鮮通になつてしまつた」と嬉しい悲鳴が上がった（『劇団生活舞台ニュース』二号。ルビは筆者）。

舞台「玄海灘」はこうして、ほとんど日朝合作の形で順調に準備が進み、一九五五年三月一九〜二二日、東京港区芝公園の労働委員会館で上演された。初日の昼の公演を見た作家の金泰生《キムテセン》は、次のように回想している。「舞台の上で演技する群像が決して他人ではないと思えた。〔中略〕彼らの生きる世界には、その正も悪も醜も含めてなおぼくの羨望をそそるものがあった。それは彼らが母国のふところの中にあって、母国が負うた運命を彼ら自身のものとして生きぬいた誇りの放つ眩しさであった。舞台の群像のさまざまな生の姿は、母国から距てられた位置におかれてきたぼく自身〔金泰生は二四年に済州島に生まれ、五歳で単身〈内地〉に渡ってきた〕の内部に巣食った醜悪なもの、怯懦なものを照し出しながら、ぼくにある自覚を促し、在るべき姿へぼくをいざなうメッセージでもあった」（『掌のぬくみ』）。上演後、彼は金達寿に声をかけられて、自宅に遊びにくるよう誘われた。彼はこの舞台を見た帰り道、文学をやろうと決心したという。

その後、五九年か六〇年に劇団民芸も「玄海灘」を上演したが、その脚本は金達寿が自ら担当した。なお、舞台化と並行して、「真空地帯」や「太陽のない街」の山本薩夫監督によって、映画化の話も進んでいたらしいが、「後裔の街」と同様に実現しなかった。これとは別に、一九五八年頃、金達寿は「玄海灘」をドイツ語訳したいという打診を受け、初版一万部で契約、印税の三分の一が振り込まれるところまで話が進んだが、ドイツ語版は刊行されなかった。あくまで金達寿の推測だが、総連が出版を妨害した結果だという。

志賀直哉との文学的闘争から「朴達の裁判」へ

多くの文学者や文学愛好家から高く評価された「玄海灘」だが、金達寿はまさにこの小説の連載中に、志賀直哉の文学を通して学んできた自然主義リアリズムの方法に、根本的な限界を感じるようになった。そこで彼はこの文学的限界を克服するため、志賀の小説や小林多喜二などプロレタリア作家の文学の批判的な検討を通じて、私小説を完成形と見なす日本の自然主義文学の文体に対する「闘争」を開始した。これと並行して、警察官や反共主義者など、朝鮮人に「抵抗をよびおこす権力の側」にいると考えられる人々に焦点をあわせた小説の執筆も試みた。だが出口のない隘路に追いこまれ、五七年には一年を通じて一本も小説を発表できなかった。

こうした状況ではあったが、「「故国の人」および「玄海灘」等の文学活動」が評価されて、一九五七年六月、金達寿は数学者の小倉金之助、日本ドキュメント・フィルム社、松竹・小林正樹監督及びそのスタッフとともに、第四回平和文化賞を受賞した。彼は、「私の仕事の目的の一つは、自分の作品をつうじて、民族と民族とのあいだの理解を深めたいということでしたが、それが今回、日本の文化人たちによって認められたということは大変うれしいことです」と、喜びを語った。しかし「玄海灘」や「故国の人」（五四〜五六年）が評価されたことについては、複雑な感情が混じっていただろう。

金達寿に一条の光が差し込んできたのは、一九五七年末頃である。「視点とは文体の問題である」ことに気づき、五〇年代後半に活発に議論されていた転向の問題をモティーフにして、「朴達の裁判」（『新日本文学』五八年一一月）を書きあげた。「南部朝鮮K」という架空の町を舞台に、朴達という朝鮮人青年が繰り広げる、奇妙な政治闘争を描いた小説である。金達寿はこの小説を書き上げたことで、大きな解放感を得た。また金達寿は、この小説の単行本を、思想の科学研究会編『共同研究転向』（五九〜六二年、全三巻）の中心人物だった鶴見俊輔に送り、「あなたに読んでもらわないと困るんですよ」と言った。

「玄海灘」以後、金達寿文学の評価は再び緩やかに下降していたが、「朴達の裁判」で改めて大きな注目が集まった。一九五八年下半期の第四〇回芥川賞の候補作に選ばれ、「アマチュアの中にプロが一人まじったような感じ」（中村光夫）、「格のちがう作品が一つはいっているような感じ」（川端康成）、「この小説は、委員会でめずらしく全員一致で、認められた」（宇野浩二）など、選者から大いに評価された。金達寿は出版関係者と思われる人物から、「あなたがこんどは最有力まちがいなしである。そのうえは本の出版は――」と持ちかけられ、賞金や印税の使い道を皮算用するなど、その気になっていたようだ。

だが今回も、彼はすでに実績のある小説家なので、今さら芥川賞の受賞には及ばないという理由で落選した。この「資格」問題に対し、選考過程の不透明さや芥川賞の性格をめぐって、いくつかの新聞に匿名のコラムや読者投稿が掲載されるなど、物議を醸した。しかし世評の高さには変わりなく、落選作としては異例なことに、『文芸春秋』五九年四月号に掲載された。また八木柊一郎と姜魏堂がそれぞれ「朴達の裁判」の演劇台本を発表し、劇団七曜会、琉球大学演劇クラブ、東大合同演劇勉強会が上演した。その後も六六年に劇団労働芸術劇場、七六年には演劇集団未踏がそれぞれ舞台化した他、青森県や北海道の職場サークルでも上演された。台本は主に八木のものが使われ、管見の限り、姜魏堂の台本を用いた舞台はない。演劇集団未踏など新たに書き下ろした台本を用いた劇団もあった。さらに、六七年には「朴達の裁判」のロシア語訳がソ連の「進歩」出版社より刊行された。

「朴達の裁判」はこのように文壇内外に大きな反響をもたらしたが、金達寿の狙いは理解されず、彼の従来の小説と同様、朴達の闘争を朝鮮民衆の抵抗と捉える観点から読まれた。このため多くの人が朴達のモデルを詮索して、金達寿に尋ねてくる者もあった。また韓国から、「南部朝鮮K」は全羅北道《チョンラプクド》の群山《グンサン》ではないかという手紙が送られたりもした。彼はこうした詮索話を耳にするたび、言葉を濁してごまかしていたが、笑って済まされない誤解もあった。それは共同通信社が配信した、朴達《パクタリ》という北朝鮮の高官の死亡記事の末尾に記された、「金達寿の小説『朴達の裁判』は彼の獄中闘争をテーマにしている」という一文だった。総連の機関誌紙によれば、朴達は、一九一〇年一二月二八日に咸鏡北道吉州郡徳山《ハムギョンプクドキルジュグントクサン》面《ミョン》の貧しい農家に生まれ、三五年三月に金日成の指導のもと甲山《カプサン》工作委員会を組織、三八年九月二三日に日本の官憲に逮捕されたが、拷問に屈せず獄中闘争を展開して〈解放〉を迎え、六〇年四月一日に死去したという人物である。しかし後述のように、金達寿はこの時期、著書『朝鮮』（五八年）に対して総連から組織的な批判を受けて公私ともに苦しめられており、わざわざ自分から批判の種を増やすことをしたとは考えられない。実際、金達寿がこの記事を配信した記者に尋ねると、「朴達の裁判」のモデル云々という一文は、朝鮮放送で朴達のニュースを聞いた彼が、記事にする段階で勝手に付け加えたという返事がかえってきた。金達寿はすぐ、「朴達の裁判」にモデルはない、あえて言うなら、「日本でこの二、三年来やかましくいわれている「転向論議」というよりほかなく、私はこの論議にヒントをえてこの作品をかいた」と、北朝鮮の朴達とは無関係であることを強調する文章を発表した。しかしその後も、六〇年に起こった韓国の四月革命を取り上げた日本の週刊誌が、「朴達の裁判」の舞台は民主化闘争の流れを決定づける場所となった馬山市であり、朴達のモデルも実在するらしいと報じるなど、詮索は続いた。

なお、「朴達の裁判」の原稿は、長らく中野重治が保管していた。彼の死後、中野の妻の原泉が書斎の整理をしていたところ、原稿を見つけ、金達寿に送り返した。金達寿は一九八六年一〇月に法政大学で開催された中野重治没後七周年の講演会で、原稿が手元に戻ってきた経緯を語り、涙ぐんだ。講演を聞いた後藤直は、「夢にも思っていなかったことだけに、中野重治のあたたかさを肌で感じたに違いない」と記している（「ある日の「法政大学キャンパス」」）。

窮乏の生活

「玄海灘」の成功により、金達寿は日本の文壇や日本社会の中で、在日朝鮮人を代表する作家の地位を確固たるものにした。しかし彼の生活は依然として苦しかった。『新日本文学』をはじめ、左翼的な雑誌の多くは経営状態が悪く、原稿料を払う余裕がなかったからである。一九四九年八月頃、金達寿の第二小説集『番地のない部落』が紙型までできあがっていたにもかかわらず出版されなかったが、これも新日本文学会の財政難で、印刷所に代金を払えなかったからだった。朝連時代には活動費をもらっていたし、『民主朝鮮』の編集業務に携わっていた時にも給料が出ていたが、そのような場所はなくなった。このため彼は「東京移動放送」という金声寿の会社に、「宣伝監査役」の肩書きで日本人名を用いて働いたり、吉祥寺で古本屋を開くなどした。さらには、息子の章明が成長してきたこともあって、安定した収入を得るため、文筆家を辞めて会社に就職することも考えた。しかし就職先が見つからず、結局は文筆家として生きるほかなかった。

このような中、金達寿は一九五〇年末頃に崔春慈《チェチュンジャ》と再婚した。朝連中央総本部で会計事務をしていた在日朝鮮人二世である。二人の夫婦関係は一七年目に破綻したが、彼女との生活を振り返って、のちに次のように記している。

　彼女はまだ二十四、五歳だったが、一度結婚に失敗した女、というより、これはあとになって知ったけれども、女としての体はまだ「十二歳の童女」（医者のことば）だったため、結婚したばかりでわかれさせられた者であった。私の母にいわせると、まだ三十になったばかりの私は、「セジャンゲ（新しい結婚＝処女をめとるということ）」もできたのであるが、どうしてそういう再婚者をえらんだかというと、私には五歳になる長男の章明という連れ子がいたからだった。

私は、世間によくある継母・継子のそれを恐れていたのである。そうなっては文学もなにもあったものではないので、一度結婚に失敗した彼女なら、と考えたのだった。

だが、結論からさきにいってしまうと、彼女にあってはそれがむしろ、まったく逆であった。彼女からも子が生まれていたら、どうなったかわからないが、「十二歳の童女」の彼女にはそれができず、こちらの子が成長するにつれてその亀裂はますます大きくなり、ついに十七年目になってわかれなくてはならなかった。

そういうことで私は、私の生活をよく知っている者からは「チョボク（妻福）のない男」とよくいわれたが、こればかりはどうしようもないことであった。しかし私は、十七年間ついに「すみません」ということばを一度も口にしなかった気の強い女に、ほとほとまいったが、その彼女にもいろいろ苦労をさせたことでは、いまもたいへんすまなかったと思っている。（『わが文学と生活』）

崔春慈の従妹・尹嘉子《ユンカジャ》の夫だった在日朝鮮人歴史家・思想史家の尹健次《ユンコンチャ》は、『「在日」の精神史2』でこの一節を引用して、「とんでもない身勝手な言いぐさ」だと批判している。現在の価値観で断罪されるのは、金達寿にとっては不本意かもしれないが、子供を産めない女性に自分の息子の母親役を期待するのは酷と言わざるを得ない。また彼女は決して他人の気持ちを考えない女性ではなかった。それを窺わせるエピソードの一つが、一九五八年に起こった小松川事件の犯人とされ、六二年に処刑された李珍宇《イヂヌ》との関係である。野崎六助によれば、崔春慈は李珍宇から「オモニ」（お母さん）と呼ばれて慕われ、二人が交わした書簡は一五〇通にも及んだという（『李珍宇ノオト』）。李珍宇が死刑に処される直前に書い

金達寿と崔春慈［尹健次氏提供］

た遺言書の受取人にも、崔春慈は含まれていた。とはいえ、崔春慈の方も、章明がいることを承知の上で金達寿と結婚したのだから、少なくとも、章明との「亀裂」を深めない努力をどの程度したのかについては、冷静に考える必要はある。いずれにせよ、こうした家庭環境の中で最も心に深い傷を負うのは常に子供であり、章明も例外ではなかった。多感な時期に親の愛情を受けられず、寂しい思春期を過ごしたようである。

金達寿は再婚に伴い、横須賀から中野区野方に引っ越した。当時、在日朝鮮人が部屋を借りるのは難しかったため、金達寿は「南金四郎」という偽名を使い、崔春慈に部屋探しをさせて、ようやく長屋の一棟を借りた。しかし引っ越し祝いで友人たちから本名で呼ばれたり、彼自身も酔って民謡アリランなどを歌ったため、すぐに家主に朝鮮人であることを知られてしまった。ただしこれは金達寿たちの作戦で、職業柄、郵便物がたくさん届くので、「金達寿」という標札を掲げないわけにはいかないため、知られるなら早いほうが、ということだった。

金達寿のエッセイによれば、このアパートから五六年に練馬に引っ越した頃までの彼の私生活は、次のようなものだった。まず野方の新居は階上六畳・階下四畳半と三畳で、権利金四万五千円・家賃七百円の格安物件だった。しかし共同井戸が部屋から遠いのはともかくとしても、便所が台所にあることや、二階が屋根裏で天井が低く、うっかり立ち上がれないこと、何より部屋の壁が薄く、左の壁からは昼はラジオ、夜は夫婦の営みの声、そして右の壁からも新婚夫婦のそれが筒抜けに聞こえてくるという環境で、「もう、完全無欠に駄目である」。金達寿はまもなく引っ越しする決意を固め、周旋屋を呼んで六万五千円で家の権利を売り払い、五一年一〇月頃までに、中野区本町通りのアパートに引っ越した。

古い工場を改造した建物の一階の物件で、壁と天井は総三等ベニヤ板、部屋は四畳半と三畳、権利金五万五千円・家賃二千円と、前よりも悪い条件だった。ここでも金達寿は便所と騒音に悩まされた。便所は台所から離れていたが、右隣および二階と三階の汚物も彼の家の壺に溜められる造りになっていた。隣人の夜の営みの声からは免れたものの、右隣の部屋からは一日中ラジオの音が、五尺（約一・五メートル）ほどの路地を隔てた前向かいの長屋の二階屋からはラジオと蓄音機の音に夫婦のじゃれあう声、さらに二軒右隣からは日蓮宗の信者のお婆さんの、拍子木をカンカンと鳴らしながら「南無妙法蓮華経」と唱える声が、毎朝六時頃から間歇的に鳴り響き、午後六時頃からそれら様々な声や音の競演が始まるという有り様だった。訪ねてきた作家の竹本員子から、「アパート、というから。……」とモナリザのような微笑を漏らされ、小原元に「こんなところで、よく小説がかけるなあ」と呆れられるなど、およそ文章を書けそうにない環境だったが、「玄海灘」はまさにこのアパートで書かれた。だがここも一九五三年前半までに引き払い、中野区相生町三四番地の借家に引っ越した。五三年秋頃に初めて金達寿と会った金時鐘が、「集会などで上京する折りには、その間じゅう押しかけてはたむろした」という、「書斎と居間のふた間しかなかったと記憶する平屋建ちの借家」は、この借家のことだろう。

金達寿はこの頃から、新聞や雑誌に加えてラジオにも出演するようになった。しかし単発的に出演する程度では、生活水準は少しも上がらない。母の孫福南から、「お前、ラジオにも出たり、新聞にも名前が出たり、有名だそうだけれども、どうしていつもそんな貧乏なんだ」、「美空ひばりはずいぶん稼いでいるそうじゃないか」と尋ねられたこともあったという。孫福南の頭から家計の問題が離れることは一時もなく、文学がその悩みを解決してくれるとは考えられなかった。金時鐘は先の借家で、ある時、遅い朝食の席でたまたま孫福南に引き合わされた。「その母に金達寿さんはなぜか大きくてれながら私を紹介した。「大阪から来た詩を書いている友人です」「シガムォッコ？（シとは何か？）」「ブンガクアニヨ！（ブンガクですよ！）」「アイゴー！」と私の手を取りつつ、「あんたもブンガクするのかね!?」と郷土弁で長嘆息をなされた。それはどうして食っていくつもりだい？　といった憫愍と慈愛の眼差しでもあった」と、金時鐘は「磊落のうらの顔」で回想している。

こうして金達寿は、次第に知名度を上げながらも、それに見合った収入を得ることができず、アパートの大家から立ち退きを迫られた。幸いにも、友人の画家・永井潔が、篠長五郎という旧家の地主から永井宅の近所に土地を借りてくれたので、金達寿はその土地に新築を建てることに決めた。その資金約二〇万円を用立てるため、一九五五年初頭、筑摩書房の編集者・石井立に借金の相談をした。すると「中野〔重治〕さんにたのんで、いつしよに古田社長〔筑摩書房社長の古田晁〕のところに行ってみなさい」と助言された。そこで中野宅を訪れて事情を話すと、「おれは筑摩書房に七十万円、借金があるんだよ」と言いながらも、一緒に古田のところに行ってくれ、彼の仲介で二〇万円を借りられた。その金で金達寿は練馬区仲町六－四八九六に家を建てて、五六年一二月八日に引っ越した。ところが一四日に西野辰吉と霜多正次が新居に遊びに行くと、まだ工事が行われていた。間取りは不明だが木造二階建てで、梁《ヤン》石日《ソギル》が訪問して一泊した時には崔春慈が畑仕事をしていた（『修羅を生きる』）。彼が引っ越した当時、自宅の周囲には麦畑が広がっており、煙突が見えないほど風呂屋が遠いのが難点の一つだった。しかし近所には永井などが、また同じ区内の豊玉には小説家の梅崎春夫や戸石泰一が暮らしており、地主も米屋も酒屋も一向に代金を請求してこないという申し分のない環境だった。それをいいことに、彼らは、それぞれ忙しいにもかかわらず、昼間から連れだって銭湯に行き、帰りには立ち飲み屋に吸い込まれ、さらにはいつの間にか誰かの家で焼き肉パーティーを始めては他の仲間を誘うという生活を送った。また彼らの「オクガタはまたオクガタどうしで十軒ばかりが打ちそろい、ムジン〔頼母子講〕なるものを開講(?)していったりきたり大いに親ぼくをつくし」ていた。

しかしもちろん金達寿は、こんな呑気な日々を送っていたわけではない。相変わらず警察の尾行を受け、借金を返すために自転車操業をした。永井から事情を聞いた梅崎が、「おれは金君が好きだから」と、五万円を貸してくれたこともあった。自宅を抵当に、ある信用組合から二〇万円ほど借りられないかと、友人を通じて相談したが、駄目だった。そこで、近所に住んでいた科学史家の大野三郎を保証人として高利貸から金を借りることにして大野宅で会った。この高利貸には、自民党から代議士に立候補する予定だというブローカーがついていたのだが、かつて見たこともないほど嫌な人物だったため取り止め、あとで酒を飲んでから大野に泣いて謝りにいった。他方、崔春慈はのち、新宿西口の公園の側で「加耶苑」という朝鮮料理店(現在の焼肉店)を経営して生活を支えた。

リアリズム研究会から現代文学研究会まで

一九五七年一一月二二日、金達寿は西野辰吉、霜多正次、窪田精、小原元と、リアリズム研究会を結成した。「プロレタリア文学の開拓した現実の変革を志向し、人間と社会を総合的にとらえてゆく方向に、日本のリアリズムの性格を根本的に変えてゆく基本のコースがある」という立場から社会主義リアリズムを再検討し、自然主義リアリズムに変わる新たなリアリズムの確立を通して、戦後日本の「進歩的文学運動の停滞」を打破することを目指した文学運動体である。五八年一月からガリ版刷りの機関紙『リアリズム研究会ニュース』を出し、同年一一月に機関誌『リアリズム』を創刊した。裏表紙まで含めて全三三ページの小冊子で、広告は一つもない。定価四〇円、部数は千部、取次を通さず、共産党系の書店（いわゆる民主書店）にいくつか置いてもらい、残りは『日本読書新聞』に広告を出して直接販売した。それにもかかわらず、多くの人から口頭や書面で感想が届くなど、思っていた以上に好評を博して完売した。「文学創造と組織問題」という特集を組んだ二号（五九年七月）も評判が良く、千五百部がほぼ完売した。全国の同人サークルなどから、この雑誌をテキストにして勉強会を開いているという便りも寄せられた。

こうした反応に手応えを感じ、リアリズム研究会を全国的な文学運動体にしていこうという気運が盛り上がり、一九五九年一二月末、「従来の小グループ的な性格をあらため、現実変革の立場に立つリアリズム文学の全国的な創造運動の会」を目指す研究会として改編された。三号（六〇年一月）から頁数は三二頁から一〇四頁へと一挙に三倍以上に増え、誌面は同人や会員の小説やエッセイ、座談会に加え、運営委員が依頼した原稿などで構成された。三号は三千部が刷られ、約半分が東販（現・トーハン）を通じて市販された。編集長は霜多正次で発行人は窪田精、発行所は窪田の自宅である杉並区阿佐ヶ谷三ｰ四七五のアパート「阿佐ひ荘」に置かれたが、五号（六〇年七月）から武蔵野市西久保の霜多宅に、さらに七号（六一年六月）から中野区昭和通り三ｰ一二九に移った。

研究会では事務所を東京に置きながらも中央集権的な要素を排除し、水平的で連合的な文学運動の展

隅田川の川下り（1960年）
左から，霜多正次，長谷川四郎，金達寿，張斗植

開を掲げ、これに応じて一九六〇年一月から全国各地に地方支部が続々と結成された。だが五九年に起こった共産党と新日本文学会との対立に巻き込まれたこと、財政状況の悪化といった要因のために、運動は停滞した。そこで『リアリズム』は九号（六二年五月）より『現実と文学』と改題して、刊行ペースを月刊に変更するとともに、発行所も新たに設立した「現実と文学社」に移した。発行所は当初、阿佐ヶ谷の窪田宅に置かれたが、四月一日、新宿区角筈二‐九四にある奨学会館の一室に移された。

リアリズム研究会は、新日本文学会に対立して党に忠誠を尽くす文学運動体という、金達寿など一部の同人や会員にとっては不本意な誤解を受けながらも、独自の活動を展開した。しかし組織の運営と機関誌の維持のために、同人や会員が文学理論を深化させる余裕を失う悪循環も、財政赤字の問題も解決されなかった。特に党との関係は深刻だった。研究会の創設時、西野、霜多、小原が党員（窪田は不明）だったが、その後も党籍を持つ者が数多く入会し、彼らを通じて党の影響力が研究会の運営や活動方針に及んだからだ。実際、リアリズム研究会の解散と新団体の創設の過程で、党は決定的な役割を果たすことになる。

党は新日本文学に対抗するために『文化評論』という雑誌を刊行したが、さらに別の新しい文学組織を創設しようとした。この動きを知った金達寿は、党が文学組織を作れば多くの党員を会員に抱えるリアリズム研究会が崩壊するのは目に見えていることや、事業家として成功していた張斗植の資金援助（矢作勝美「弔辞」）のお陰で持ちこたえられていたものの、社として財政赤字を食い止める術を見出せなかったことから、リアリズム研究会を身売りする形で積極的に党の案に乗るのが得策だと考えた。そこで彼は、党の文化部長だった蔵原惟人宅を訪れて事実確認を行い、「いっしょにやりましょう」と提案した。こうして『現実と文学』四九号（六五年九月）に組織再編の訴えが掲載され、八月六日のリアリズム研究会同人総会で研究会を発展解消させて新団体を作ることが決議され、翌日、新団体の発起人会が開かれた。八月二六日、日本民主主義文学同盟（文学同盟）の創立大会が東京の全電通会館で開催されてリアリズム研究会は解散、『現実と文学』も五〇号（六五年一〇月）で終わった。ただし文学同盟の機関誌『民主文学』（名称の提案者は金達寿）は『現実と文学』の後継誌という位置づけだったため、『民主文学』創刊号（六五年一二月）には通巻五一号と記された。この直後、蔵原や窪田らが新日本文学会に退会届を送付し、八月三一日に金達寿も送付した。彼らの退会は九月五日の新日本文学会常任幹事会で受理された。これで新日本文学会と金達寿の関係は終わった。

金達寿は文学同盟の役員として活動したが、発足当初から、リアリズム研究会の借金が片づいたら文学同盟を辞めようと思っていた。非＝中央集権的で連合的な大衆的文学運動の展開を指向していた金達寿の目に、文学同盟が魅力的に映ったはずがない。これとは別に、総連から、文学同盟は日本人の、特に党と密着した日本人の団体なので、金達寿がそこにいるのはおかしいという意見が出ていた。総連は「内政不干渉」を原則に掲げていたので、金達寿は一九六七年三月一九〜二一日に開かれた文学同盟第二回大会で役員を辞退した。そして借金を返し終えると、六八年六月三〇日、「一身上の事情により……」という簡単な文面の退会届を文学同盟に送付した。

こうして金達寿は文学運動から離れたが、一九六九年七月中旬、リアリズム研究会の同人だった塙作楽が水戸から上京した際、金達寿、矢作勝美、後藤直が集まり、新しく文学関係の同人雑誌を始めようという話になった。そこで八月三一日、日本出版クラブで現代文学研究会の創立総会を開き、一〇月に機関誌『現代と文学』創刊準備号を発行した。機関誌の編集兼発行人は、『リアリズム』創刊号から関わっていた矢作勝美。金達寿と同じ日大の出身で、彼の後輩分だった。会の住所は中野区新井一－四二一－七の三協会館に置かれた。だが党の影響を排除できなかったため、雑誌を四号（七〇年七月）まで出したところで同研究会は自然消滅し、以後、金達寿が文学運動に関わることはなかった。

在日朝鮮人運動の路線転換から韓徳銖－金炳植体制の確立、除名まで

朝鮮戦争停戦から約一年後の一九五四年八月三〇日、北朝鮮の平壌放送から、「日本に居住する朝鮮人民に対する日本政府の不当な迫害に反対し抗議する」という声明が流れてきた。南日《ナムイル》外相が、日本政府による在日朝鮮人の権利の迫害状況を非難し、「日本に居住する朝鮮人が朝鮮民主主義人民共和国の公民としての正当な権利をもっていることを認め」るべきだと主張したのだ。北朝鮮が在日朝鮮人を在外公民と認定したのはこの時が初めてだった。これを契機に在日朝鮮人組織の指導部の間で議論が起こった。

共産党指導部は当初、声明を支持するのは民族的偏見のあらわれと批判した。だが一九五五年一月一日、「極左冒険主義」路線を改める考えが示され、その直後、「在日朝鮮人運動について」という文書で、「在日朝鮮人に日本革命の片棒をかつがせようと意識的に引き廻すのは、明らかに誤りである」と、従来の方針を全否定した。この路線転換を受け、民戦は五五年五月二四日の第六回全国大会でそれまでの運動を総括して、解散して新組織を創設することを決議した。党も七月二四～二五日に開かれた民族対

策部（民対）全国代表者会議で、民対の解消と在日朝鮮人党員の離党を確認した。そして二五〜二六日に総連の結成大会が開かれたが、この時に、六名から成る中央常任委員議長団の一人に選ばれたのが韓徳銖だった。

こうして結成された総連だが、結成大会で再び、共産党指導下での在日朝鮮人運動を根本的な誤りととらえるか否かが問題化した。総連内は、在日朝鮮人を北朝鮮の海外公民と位置づけ、いかなる時も北朝鮮の旗を掲げるべきと主張する韓徳銖たち「先覚派」と、幅広い統一戦線を形成するために旗は心の中で掲げればよいと考える「後覚派」とに分裂したが、金日成首相が先覚派の路線を支持したことで、先覚派の優位が決定した。そこで先覚派は後覚派に、徹底的な自己批判と祖国への忠誠を強制する運動を展開し、この過程で数千名もの会員が総連を去った。さらに五七年三月から六月にかけて、「学習組」という、北朝鮮体制と金日成に忠実な活動家へと思想改造するための非公然組織が制度化された。

こうして、金日成体制の総連版と言うべき韓徳銖体制が確立されていく過程で強大な権力を握るようになったのが、金炳植《キムビョンシク》である。大衆運動や抗日闘争の経験は皆無で、組織の要職に就いたこともなかったが、五八年五月二七〜二八日の総連第四回全体大会で、総連の理論的研究機関である朝鮮問題研究所所長に抜擢された。韓徳銖の姪の夫というだけの理由による人事だった。この大会ではまた、議長団制が正副議長制に変更され、韓徳銖は単独の議長に就いた。金炳植はその後、五九年六月一〇〜一二日の総連第五回全体大会で総連中央の人事部長という要職に就くと、その立場を最大限に利用し、意見の異なる人々に「宗派」のレッテルを貼って自己批判と忠誠を強制した。金達寿も著書『朝鮮』（五八年）で、金日成と朝鮮労働党以外の独立運動家や組織、特に朴憲永《パクホニョン》一派に言及したことが問題視され、一年近くも理不尽な批判を受けた。

金達寿はそんな仕打ちを受けながらも、北朝鮮や総連を「祖国」のようなものと思い続け、一九五九年一二月に始まった帰国事業に対し、同年二月から事業の意義を訴えるエッセイや談話、ルポルタージュ、小説を精力的に発表した。その後も、日韓会談や日韓基本条約（六五年六月二二日調印）に反対する大会や、在日朝鮮人の祖国往来の自由を求める活動など、組織から参加を要請されれば、可能な限り応じた。「それが当時における私の「活動・実践」のひとつだったからである」と、彼は自伝に記している。

他方、金達寿は、一九六〇年四月に起こった四月革命で李承晩政権が倒されてから、六一年五月に朴正熙らが軍事クーデターを起こすまでの約一年間を除き、朝鮮南部－韓国の軍事独裁体制を、「暗い朝鮮」、「刑務所のようなもの」、「カンコクはカンゴク」など極めて否定的な表現で攻撃した。韓国の学生、知識人、野党勢力による日韓条約反対デモがピークに達した翌日の六四年六月四日、韓国の学生デモを素材に、「随証治之」という題名の小説を書こうと思いたった。「随証治之」は、「玄海灘」の続編「太白山脈」の参考にするつもりで買った本からとった言葉で、症状がわかれば処方がわかるという意味である（「証に随《したが》って之を治す」）。八月二二日の日韓会談反対デモに参加して負傷したソウル大の学生・金東根を主人公とするものだが、デモの日付や主人公はフィクションである。神奈川近代文学館「金達寿文庫」に小説の冒頭、原稿用紙一八枚分が残っている。しかし彼は、「非力」だったために、それ以上は書けなかったと語っている。韓国社会を実見できないために、という意味なのだろう。

在日朝鮮人文学組織に目を転じると、総連第五回大会直前の五九年六月七日に在日本朝鮮文学芸術家同盟（文芸同）が結成された際、金達寿は副委員長になった。しかしすぐに辞めたと思われる。金達寿によれば、その後、六二、三年頃、総連中央の文化部長か次長の張徹《チャンチョル》が名古屋から上京した際、「さきの『批判』のこともみんな知っていますし、〔中略〕いつまでもそうしていては、あの『批判』もなかったこと、払拭することはできないでしょう。そのためにも、あなた自身が文芸同中央へ出てきてくれることです」と言われた。金達寿は、「私に対する「批判」攻撃は、いわゆる中央の段階ではうやむやとなっていたが、そのキャンペーンの波及は広く深く、地方における朝総連関係者たちは、依然として私をそういう目でみている者が多かった」ことや、古くからの友人だった許南麒が委員長を務めていたことから、非専任副委員長を引き受けた。給料が出ない代わり、週に一、二度、朝鮮中央会館の三階にあった文芸同の事務室に顔を出せばよいという話だった。しかしそのうち、月に一、二度開かれる文芸同の常任委員会にも出席を求められるようになった。彼は深い考えもなく、言われるままに出ていたが、のちに、「朝総連中央文化部と文芸同とは、そのことで私に対する「指導」を強めようとしていた」ことを知った。

実際、六〇年代を通じて韓徳銖－金炳植体制による「唯一指導体制の組織原則」は強固になり、連盟員の活動は大幅に制限・禁止された。その中にあって金達寿は、総連の許可なしに文筆活動を行えた、ほぼ唯一の例外的存在だった。韓徳銖や許南麒など総連の最重要人物と知己の関係にあったことにより、それが可能だったのは疑いない。とはいえ、金達寿も妨害を免れず、講演会が何度も中止に追いこまれたり、雑誌が廃刊に追いこまれた。総連や文芸同に無給与で関わり、筆一本で身を立てていた彼には、妨害による経済的損失は大きな打撃だったはずである。こうした軋轢に苦しめられながらも、彼は総連を去らなかったが、六八年頃に非専従副委員長を辞した。しかし総連との溝は埋まるどころか、韓徳銖と金炳植との権力闘争（金炳植事件）に巻き込まれたあげく、あくまで伝聞だが、七二年六月二七〜三〇日に開かれた総連第九期第三次中央委員会で「不平・不満、変質者」として除名された。「金達寿文庫」の切り抜きによれば、除名を伝える記事は、『東和新聞』に掲載された。記事の右横に、「72・8・3（木）東和新聞（大阪で入手）」と記されているが、正確な書誌情報は不明である。なお、除名処分に関しては、韓国で先に報道されており、『東亜日報』八月一日や『京郷新聞』八月二日に記事が出ている。金達寿は別のエッセイでは、一〇月上旬頃に韓国の新聞社の東京特派員から除名を知らされたと記している。いずれにせよ、彼は八月三日から一〇月上旬の間に、自分の除名処分を伝え聞かされた。

『鶏林』と『朝陽』

追想集『張斗植の思い出』巻末の年譜によると、金達寿たちと『民主朝鮮』に携わっていた張斗植は、四八年八月末に神経痛のため民主朝鮮社を退社し、大阪に転居して静養した。五一年に完治すると単身上京して、目黒で金両基《キムヤンギ》と共同事業を興した。その後、同年一一月までに、墨田区向島で、独力で事業を始めて成功した。

金達寿がそんな彼に新雑誌を創刊する話を持ちかけたのは一九五八年半ば頃である。朝鮮戦争末期の五三年四月末に日本に密航し、五八年三月に法政大学を卒業した尹学準《ユンハクジュン》の「張斗植の死」によれば、彼が金達寿に連れられて初めて張斗植と会った際、金達寿は鞄から『学之光』を取りだして見せた。『学之光』は法政大学朝鮮文化研究会が五七年一一月に創刊した雑誌で、尹学準はその研究会や雑誌編集の中心人物の一人だった。金達寿は、「若い世代の間でこのような新しい動きがある、この際われわれも雑誌を一つだしたらどうだろうか」と話し、張斗植が「それでは一つやってみるか」と応じたことで、『鶏林』が創刊されることとなった。その場で、職が決まっていなかった尹学準を編集スタッフにすることも決まった。奥付上の編集兼発行人は張斗植で、財政はすべて彼が負担したが、実質的な編集長は金達寿が務めた。発行所の鶏林社は墨田区寺島町一－二の張斗植の自宅に置かれた。「創刊のことば」に、「いまこの日本には約六〇万の朝鮮人が住んでおり、日本人とともに日々の生活を営んでいる。われわれはこのあいだに〝相互理解〟という一つの橋をかけたい。そうして、一衣帯水の関係にあるとはいいながらも、そこはまだ〝暗い〟朝鮮と日本とのあいだにまでこの橋をかけわたし、われわれは、その上のささやかな一灯の道しるべとなろうとするのである。さきにわれわれが「民主朝鮮」を刊行したのもこの願いからにほかならなかった」と記されている。『民主朝鮮』の理念を引き継ぎ、日本人と朝鮮人との相互理解の助けになることを目指したことが窺える。

　全号を通じて張斗植の自伝「私の歩いてきた道」と朴春日《パクチュンイル》の評論「日本文学における朝鮮像」が連載された。また趙奎錫《チョギュソク》「金史良登場前後」「日本のなかの朝鮮人」「金史良の登場と私」（一～三号）、姜魏堂「私の『朝連』時代」（二号）、金達寿「わが家の帰国」「回覧雑誌のころ」（ともに四号）など、貴重な個人的記録も掲載された。

　二号から帰国事業に関する記事や、北朝鮮の急速な発展を伝える短信が掲載された。『鶏林』も帰国事業の一翼を担おうとする姿勢のあらわれだが、これは日韓情勢と裏腹の関係にあった。一九五八年一一月六日夜、金達寿宅で編集会議が開かれ、第二号で半年前に再開された日韓会談を取り上げようという話になった。しかし裵秉斗《ペビョンドゥ》という人物が、「もしいまのかたちで日韓協定が成立するとしたら、われわれ在日朝鮮人はどうなるか」と話すと、一同は黙ってしまった。この年の六月一一日、日本側の主席代表だった澤田廉三外務省顧問が「日韓会談政府代表を囲む会」で、「三十八度線を鴨緑江までおしかえし、そこに〔運命線を〕設けることは、日本外交の任務であり、また日韓交渉の目的である」と発言し、『アカハタ』がこれを暴露した。また七月五日には、日本政府が大村収容所にいた北朝鮮帰還希望者の一部を釈放する方針を確認した。これに対し、韓国政府は、彼らを北朝鮮に帰還させようとする限り、李ライン(五二年一月に韓国政府が一方的に設置を宣言した海上の主権線)内で拿捕した漁船の乗組員を日本に帰さないと強行に反発し、第四次日韓会談は暗礁に乗り上げていた。「われわれ在日朝鮮人はどうなるか」という発言と、その場にいた者たちの反応は、こうした状況の中、日韓会談を推進するために在日朝鮮人が再び政治的に犠牲にされるのではないかという切実な不安のあらわれだった。

『鶏林』はまた、独自の販売ルートの開拓を試みた。「本社は各地に支社・支局を設置する。今日までのところふつうにおこなわれている雑誌や書籍の販売配布方法は、これを東販や日販といった取次会社におろし、そこから小売店をへて読者の手にわたるということになっているが、本社はこの方法のみにはたよらず、本社独自の販売・配布方法を確立しようとするものである」。これに対して総連の中央宣伝部は、「雑誌「鶏林」(発行所　東京)というのが発行されている。われわれはこの雑誌についてもまた、機関において取扱うとか、同胞に対して勧誘をするとか、配布、読者獲得、財政協力、その他一切しないということを明白にする」という公文を出すなど、販売ルートの確立を妨げた。

結局、『鶏林』は五九年一二月の五号で終刊を余儀なくされた。尹学準はのちに、「内容の問題ではなかったと思う。要するに組織のものが許しもえずに自分たちで雑誌（たとえとるに足らぬ小文芸冊子でも！）を出すということが、まつろわぬ者の行為とみなされたのである」（「張斗植の死」）と、怒りを込めて記している。

『朝陽』は、リアリズム研究会の在日朝鮮人の同人や会員が主体となって、一九六三年一月一日に創刊された雑誌である。創刊号の「編集後記（創刊のことば）」には、『現実と文学』（九四頁参照）と別に、この雑誌を出す理由について、次のように述べられている。「在日朝鮮人同人・会員のばあいは、会が目的としていることのほかに、この日本社会で、また独自の要求をも持っている。そこでリアリズム研究会同人会は、いろいろと検討の結果、在日朝鮮人同人・会員を中心とする本誌「朝陽《ちょうよう》」を新たに発足させることとした」（ルビ原文ママ）。

雑誌の編集長を務めたのは鄭貴文《チョングィムン》、一九八八年に高麗美術館を開館した鄭詔文《チョンジョムン》の兄である。一六年に慶尚北道《キョンサンブクド》醴泉郡《イエチョングン》憂忘里《ウマンリ》に生まれ、二五年に両親や鄭詔文と〈内地〉に渡ったのち、丁稚奉公をしたり徴用工として働いた。〈解放〉後の日本での活動は不明だが、遺稿集『日本のなかの朝鮮民芸美』（八三年）巻末の略歴によると、「団体役員」を務めていた。東大阪市に暮らし、食堂を営んでいた。近所には司馬遼太郎が住んでおり、散歩中に顔を合わせる間柄だった。金達寿によれば、彼は「文学青年だったということもある男」で、金達寿「と接することで自分も「作家」になりたい」と考えていたらしい。実際、鄭貴文は六二、三年頃から創作活動を始めた。「私は四十なかばにして小説なるものを書き始めたばかりだったから「朝陽」を主宰することによって、勉強したいという願望を持っていた」。こうして創刊された『朝陽』は隔月刊で発行されることとなった。在日朝鮮人主体の雑誌だが、執筆者の全員が在日朝鮮人だったわけではない。リアリズム研究会の日本人同人・会員のほか、宮田節子〔朝鮮史研究者〕や大村益夫〔朝鮮文学研究者〕がエッセイを寄せている。

「「朝陽」を主宰することによって、勉強したいという願望を持っていた」という言葉どおり、鄭貴文は創刊号に短編「傷痕」を、二号（六二年三月）に「民族の歌」の連載第一回を発表した。他方、金達寿は創刊号に「高麗神社と深大寺」を発表した。埼玉県高麗村の高麗神社と調布市の深大寺が、古代の朝鮮半島といかに深い関係にあるかについて述べたエッセイである。この他、朴春日の連載「戦後日本文学における朝鮮像」や、金史良の思い出を語った霜多正次「学生時代の金史良」（二号）、金達寿が朴永泰《パクヨンテ》の筆名で、日本で発刊された朝鮮関係の出版物を集めた「朝鮮文庫」を作ることができないかという夢を語った「「朝鮮文庫」への夢」（二号）が目を引く。

しかし『朝陽』は、『鶏林』と同様、総連からの攻撃により、すぐに廃刊を余儀なくされた。鄭貴文〔『日本のなかの朝鮮文化』『日本のなかの朝鮮民芸美』〕によると、この間の事情は次のとおりである。『朝陽』創刊直後、総連中央の文化部から使者が来て、同誌が中央委員会で問題になっていることを伝えた。この人物は二号を刊行した際にもやって来て、「中央委員会が大荒れに荒れて、総連そのものが空中分解する岐路に立たされている」と訴えた。そこで金達寿、張斗植、鄭貴文は会合を持った。鄭貴文は、創刊時に、「どのような圧力にもたじろがないと誓い合っていたので、それが崩れるようなことはありえない」と考えていた。ところが会合の中で、「総連を生かすのか、それとも「朝陽」を続けるのか」という二者択一へと話が進んでいった。先述のように、鄭貴文は『朝陽』を主宰することで文学を勉強したいと考えていたので、どちらかを選ぶという意見には反対した。だが結局、「総連を生かす」ことになり、

『朝陽』はわずか二号で終わった。

金嬉老事件

一九六八年二月二〇日夜、一人の在日朝鮮人が静岡県清水市のナイトクラブで暴力団員二名をライフルで殺害し、翌二一日、同県榛原郡本川根町の寸又峡温泉「ふじみや旅館」で経営者や宿泊客ら一三名を人質に籠城する事件が起こった。いわゆる金嬉老《キムヒロ》事件である。

事件を知った金達寿は、「ああ、またか――」という気持ちで、事件から目を背けていた。しかし文芸評論家の西田勝に誘われて銀座の東急ホテルに行くと、十数名の日本人が集まっていた。遅れてホテルに到着した仏文学者の鈴木道彦によれば、誰かは不明だが、金達寿の他に朝鮮人は二名いた（『越境の時』）。そこでは金嬉老が訴える在日朝鮮人差別の問題を日本人自身の問題として受けとめねばならないと、熱い議論が交わされた。その結果、自分たちが全面的に支援するので自決を思いとどまって法廷で闘うよう金嬉老に呼びかけること、のちに弁護人を務めることになる弁護士の山根二郎、角南俊輔、斎藤浩二および文芸評論家の伊藤成彦の四名が、金嬉老に会いに行くことが決まった。

二三日正午、NHKテレビニュースに社会学者の日高六郎、伊藤成彦、金達寿など一六名が出演して、三分間に渡って金嬉老に自首の呼びかけを行った。その後、先の四名と金達寿は新幹線に乗り、午後九時半すぎに寸又峡に着いた。彼らは金嬉老自身の案内で旅館に入り、事情を話すとともに当人から身の上話などを聞いた。翌二四日、金達寿たちは改めて「呼びかけ」を受け入れるよう説得したが、金嬉老は拒絶した。四名はその日のうちに東京に帰り、金嬉老は逮捕された。四月一二日に金嬉老公判対策委員会が発足すると、金達寿はジャーナリストの岡村昭彦、朝鮮問題研究家の佐藤勝巳とともに特別弁護人に名を連ねた。七月二三日に第一回公判が開かれたが、特別弁護人を認めるか否かをめぐって紛糾した。八月一三日、金達寿に限って特別弁護人に認められたが、その後、岡村と佐藤も認められた。ちなみに金達寿は、公判が始まる前後、金嬉老に、二百字詰めの原稿用紙三〇枚ほどの長い手紙を送った。これから日本の多くの弁護士や文化人その他が君を支援するために動くだろうが、君は「決していい気になってはならない」という内容だった。

裁判が始まると、金達寿は金嬉老の名前を何と読むのか――日本語読みするのか朝鮮語で読むのか――や彼の国籍についてどう考えるのかを検察官に問いただし、また在日朝鮮人としての立場から、自分たちが日本社会でどのような状況に置かれて暮らすことを余儀なくされているかを証言した。金達寿は、ほとんど毎週のように委員会の会議に出席するなど、積極的に活動した。とはいえ彼自身は、「たといどのようなことがあろうと、人間が人間を殺すという行為を認めるものではありません」という立場だった。このため彼は後年、周囲に次のように漏らしていたという。「金嬉老事件のときは辛かった。在日を代表して彼を説得するよう、周りの日本人に言われてね」。

一九六〇年代後半頃まで、金達寿は、在日朝鮮人組織から距離を置いて日本社会に発言できる、ほとんど唯一の在日朝鮮人知識人だった。それゆえ彼は、望むと望まざるとにかかわらず、日本社会から在日朝鮮人の代弁者という役割を期待された。「金嬉老事件のときは辛かった」という発言からは、日朝・日韓関係や在日朝鮮人をめぐる問題が生じた場合には、常に公人として発言したり活動せざるを得なかったこと、そしてそれが私人としての彼に、時に大きな苦悩をもたらしたことが窺える。

〈解放〉後の兄妹の生活・母の死・離婚

〈解放〉後、いったん朝鮮に帰ったが日本に戻ってきた孫福南は、妻を亡くし独身者となった達寿と暮らした。戦争中から借りていた横須賀市郊外の畑を耕したり、海水を煮詰めて作った塩を近所の農家に持っていって物々交換するなど、一時も休むことなく働いた。彼女は、民族運動に奔走し小説を書く達寿が何か意味のあることをしているらしいことは理解していた。また彼女自身も朝鮮人学校をめぐる闘争や朝鮮戦争反対集会などに熱心に参加した。だが収入が伴わなかったため、何のために達寿が熱心に活動しているのかは想像の範囲を超えていた。連日のように達寿に愚痴を言い、母子はよく喧嘩をした。濁酒や料理を売る中、福南は客との付き合いで酒とタバコを覚えた。その一方、極貧生活を送る達寿を絶えず心配した。「母とその二人の息子」（五四年）によれば、声寿は戦後の農地改革で福南の借りていた田圃を手に入れて、人を使って米を作るなどしており、「電話をすれば酒屋が酒でもビールでももってきて勘定をきかずにおいてい」くほど暮らし向きはよかった。またミョンス宅も夫の鄭朝和が「運送トラックをもつてそれをうごかしてかなりよくやつて」いた。福南は彼らの家に行くたびに食べ物などを持ち出したため、声寿やミョンスの家族から警戒されるようになった。なお声寿の子供のうち、三女の千恵は一九四五年三月一四日（戸籍による）に亡くなったが、四人はすくすく育った。他方、ミョンスは、五〇年代後半までに五人の子供の母親となった。

「母とその二人の息子」によると、一九五〇年末に達寿が再婚すると、福南はミョンス宅に身を寄せた。五一年頃に還暦を迎えると、「五百余の朝鮮人同胞が集つて、盛大」に祝ったという。その後、帰国事業が始まる頃までに福南は声寿宅に移った。帰国事業の受付が始まると、声寿の一家は全員が帰国を申請した。特に次男の英明が最も積極的で、早くから決意を表明していた。彼が帰国船に乗ったのは確実だが、時期は明らかではない。ミョンスの一家は、鄭朝和の母や兄などが「南朝鮮」で暮らしており、近い親類に官吏になっている者がいるため申請できず、達寿に何度も、「わたしもいつかは、兄さんたちについて北へ帰ろうと思うけど、あとからでも帰れるでしょうね」と心細そうに尋ねた。達寿の一家も申請しなかった。彼はその理由について、今はまだ日本でやり残したことがあるので、それを終えてから一人の労働者として帰るつもりだと語った。息子の章明は帰国を希望していたが、達寿はもう少し日本で学ばせることにして東京の私立高校に通わせた。達寿の二人の従兄弟（金鶴寿・長寿兄弟と推定）のうち兄はすでに亡くなっており、弟は帰国船に乗った。達寿は、六一年五月六日の第五七次帰国船に親族が乗ったと述べているが、それはこの従兄弟のことだろうか。妻の崔春慈の方は、弟が六〇年五月に帰国船に乗った。

一九六〇年前後から達寿の暮らし向きは徐々に良くなっていったが、福南はそれを信じず、相変わらず貧乏暮らしをしていると思っていた。「文筆を持つものは、昔からそういうものなのだよ」と言うのだった。そして一九六五年六月一八日、福南は声寿宅で、子供たちやその家族に見守られて息を引き取った。七四歳だった。亡くなる直前まで、「朝鮮へ帰りたい、故郷の山や川をもう一目、この目で見たい」と願い続けたが叶わなかった。許南麒が日本語の追悼詩「母よ」（もとの詩は朝鮮語で書かれたが、朝鮮語の原題は不明）を創作し、葬儀場で朗唱した。この詩は六月三〇日、劇団民芸の宇野重吉により、NETテレビ（日本教育テレビ、現・テレビ朝日）で紹介された。

福南の死去と前後して、金達寿は一九六五年六月頃に練馬区早宮四－八－二に引っ越した。この住居のことは不明だが、彼は二年ほどでこの家を追い出された。原因は彼の浮気である（尹健次『「在日」の精神史2』）。劇団民芸の看板女優で、金達寿と深い交流のあった北林谷栄の家で働いていた、付き人の日本人女性と関係ができたらしい。激怒した崔春慈が家を売りに出した後、彼はその女性と暮らしたようだが、詳細はわからない。七〇年一二月に調布市に転居するまで、『文芸家協会ニュース』などに住所変更の通知は出ていない。六九年に雑誌『日本のなかの朝鮮文化』が創刊（後述）された当時から編集や事務を務めていた松本良子は、金達寿は雑誌創刊当時、「京都の嵯峨野、好きな〔弥勒菩薩〕半跏思惟像のある広隆寺近くに仕事場」を持ち、「月のうち半分ぐらいは京都ぐらしだった」（「『日本のなかの朝鮮文化』の十三年」）と記しているので、この仕事場で暮らしたのかもしれない。彼は弥勒菩薩の微笑を秘かに「絶対の微笑」と名づけ、この像を見るためだけに京都を訪れるほど魅了されていた。その熱が高じて、友人に頼んで近所にアパートを借りて仕事場にしたという。しかしいつでも見に行ける状況になるとそれほど通わなくなり、足が遠のいていった。

他方、崔春慈は六七年頃に金達寿と離婚したあと、再婚せず一人で暮らしたが、彼への想いは消えなかったようだ。こんなエピソードが残っている。七四年七月二七日から三〇日の間、金達寿は鶴見俊輔、針生一郎、李進熙と、中央区銀座の数寄屋橋公園で韓国の詩人・金芝河《キムジハ》の釈放を訴えるハンストを行った。同月一七日から一九日に金石範、金時鐘、李恢成、真継伸彦、南坊義道が行ったハンストの第二弾である。李進熙の妻の呉文子《オムンジャ》によると、ハンスト中に一人の女性が金達寿に熱いお茶を差し入れに来た。彼女が去った後、李進熙が金達寿に「あの妙齢の女性は誰なのか」と尋ねると、彼は「別れた女房だよ」と答えたという。その女性は崔春慈だった。

崔春慈は晩年、杉並区の養護老人ホーム・浴風会松風園で過ごしたが、二〇〇四年五月二日に急性呼吸不全で亡くなった。七七歳だった。尹健次は次のように記している。

崔夫人は離婚して三七年ものあいだひとり暮らしをし、晩年はホームで精神疾患・不眠・徘徊の孤独な日々であったという。遺品のなかにはわずかばかりの預金と地金およびコイン、それに金達寿と並んで撮った楽しそうな、夫婦円満そのものの写真が一枚だけ残されていた。最後の最後まで、彼女にとっては、金達寿が生きがいだったのではないか。最後に看取ったのは、私の妻だけであった。出棺に際して見送ったのは妻と私の二人だったが、献体に廻される遺体搬送車が老人ホームを出て東京医科大学に向かうとき、女の、とくに「朝鮮の女」の哀しみを感じざるをえなかった。私にとっては、決して忘れられない記憶である。

（『「在日」の精神史２』）

金章明の結婚、孫の誕生、父子間の葛藤

崔春慈と離婚した後、彼は七〇年一二月頃に調布市西つつじヶ丘一－二六－二に、七四年七月頃に調布市菊野台三－一七－一二に転居し、さらに七五年一二月頃に調布市東つつじヶ丘三－一五－二三に二

数寄屋橋公園での金芝河ら救援のハンスト（1974年）
右から，李進熙，金達寿，針生一郎，鶴見俊輔

階建ての一軒家を購入して移り住んだ。東つつじヶ丘への転居は、息子の章明が五歳年下の金隆代と結婚したことに伴うものだったと思われる。一階に茶の間と台所があり、その奥に章明夫婦の部屋が二つ、そして二階は金達寿の書斎と寝室、トイレという間取りだった。七六年九月九日に未那、七九年一〇月二〇日に未耶という二人の孫娘が生まれ、達寿は祖父になった。

この時期の一家の様子を映したカラーグラビアが、いくつかの雑誌に載っている。『アサヒグラフ』には五人が夕食を囲んで団欒している様子が、『中央公論』には達寿が書斎の椅子に座って二人の孫娘を抱きかかえている姿と、自宅前の道路で三輪車にまたがっている二人の孫娘を達寿が玄関先で見守っている様子が、『週刊朝日』には書斎のソファーに座って二人の孫娘を両脇に抱きかかえている達寿と、隆代が映っている。どの写真も達寿の表情は晴れやかで、幸福に満ちている。

達寿たちが東つつじヶ丘に転居するのと前後して、李進熙の一家が調布市国領町に引っ越してきた。京王線で二駅という近さだったことから、本格的に家族ぐるみの付き合いが始まった。呉文子によれば、李進熙夫妻は金達寿に会いに行くときは駅前でケーキを買って持参し、孫娘を抱き上げて可愛がったという。李進熙夫妻はまた、孫娘のために庭で遊ぶブランコをプレゼントした。この近い距離から金達寿や章明一家の私生活を見ていた呉文子からの聞き書きと筆者の調査内容を総合し、金家の様子などを見ていきたい。

章明は、東京経済大学を卒業後、総連系の会社である同和信用組合（一九七二年に朝銀東京信用組合に改称）の貸付係に勤めた。他方、金隆代は高校卒業後、章明より一年遅れて同組合に入社し、経理課で働いた。部署は違うが仕事上のつながりがあったため、章明は隆代を知って好意を抱き、初デートで深大

東つつじヶ丘の自宅庭にて．右は金隆代（1980年）
金達寿の左後方に李進熙からプレゼントされたブランコが見える
［金隆代氏提供］

寺に行った際、満開の桜の下、彼女にプロポーズした。隆代は章明のことをほとんど何も知らない状態だったが、彼女の父親が金達寿の本をよく読んでいてファンだったことから順調に話が進み、李進熙が仲人になって七五年九月二三日に結婚式を挙げた。

章明は結婚後も朝銀に勤めたが、隆代は退職して専業主婦になった。達寿は昼頃に起きて朝食（ご飯、スープ、キムチ、他）を取り、午後四時ごろに昼食（麺類と果物）、夜八時ごろに章明と晩酌したあと、明け方まで仕事を続けるという生活を送った。隆代が作る料理は編集者などの来客からも好評だった。原稿は隆代が清書した後、達寿が確認して封筒に入れ、隆代が郵便局に持っていった。原稿を隆代に渡すときは、必ずと言ってよいほど朝鮮の歌謡を鼻歌で歌った。

達寿は、水戸黄門や大岡越前など勧善懲悪ものの番組を好み、必ずと言ってよいほど見ていたという。焼き芋屋の声がうるさくて仕事に集中できず、二階から怒鳴ったところ、「俺も仕事だ！」と怒鳴り返されたという笑い話もある。

しかし金家の幸福な時期は長くは続かなかった。まず金達寿は、総連を除名された後も長らく、総連からの物理的な暴力との絶え間ない緊張関係の中で生活せねばならなかった。実際、彼は総連から身を守るために、玄関先に金属バットを常備していた。李進熙もまた、外出の際には置き手紙を残し、家族に、その日のうちに戻らなかったら警察に捜索願を出すよう厳命するという生活を送った。もちろん金達寿や李進熙だけでなく、彼らの家族もこの緊張した状態の中で日々を過ごさねばならなかった。呉文子は、家族の精神的負担は相当なものだったと語っているが、章明の一家も同様に、精神的に相当な緊張を強いられたことは想像に難くない。こうした状況に加え、幼くして父親を亡くした達寿には、ロールモデルとしての「父親」像が欠けていた。そのため彼は、「父親」としてどう章明に接してよいのか、よくわからなかった。もちろんロールモデルとなる「父親」像がなくても「父親」の役割を立派に果たす男性は数多くいる。しかし達寿はそういうタイプではなかった。

他方、章明は、会社では出世頭だったが、達寿と総連との対立に巻き込まれて冷遇された。章明にとって達寿は尊敬する父親であり、日本社会と在日朝鮮人社会にまたがって活躍する人物であると同時に、自分の昇進を阻む存在でもあった。総連には、除名されたり離脱した者を「変節者」や「裏切り者」とし、その親族を幹部職に登用しないという「幹部原則」があった。この「幹部原則」のために、章明は会社で、同僚や後輩の昇進を横目で見るほかない状況に置かれたのだ。頭では父親の決断や社会的な活躍を誇りに思いながらも、この状況が章明にもたらす精神的苦痛は相当なものだっただろう。晩酌をともにしつつも達寿は仕事の話をほとんどせず、章明は言葉を選びながら話をしたという。

こうしてお互い、腫れ物に触らずという関係にあったが、ついに父子が正面から衝突する日がきた。一九八三年のある日、些細なことで諍いになった際、章明が達寿に積年の不満を吐き出したのである。達寿は激怒したが、章明は最後まで謝らなかった。この喧嘩が原因で同居を解消することとなり、章明は妻子を連れて高田馬場の社員寮に移った。その後、章明は朝銀から子会社への出向を命じられた。他方、達寿は八三年一一月頃、中野区中野五‐五二‐一五‐一〇〇七のマンションに転居した。ここが彼の終の棲家となった。別々に住むようになった後も、隆代はマンションに通って達寿の世話をし、原稿を清書した。そして二人の娘が学校帰りに来てから、一緒に社員寮に帰った。

一九八八年一二月、金達寿は中野共立病院に入院し、胆石摘出の手術を受けた。ところがこの時に胃潰瘍が発見され、一ヵ月後に再び手術を受けた。術後の彼は、体に何本もの管を通され、酸素吸入器をつけた状態で、三ヵ月間ほど生死の境をさまよった。無意識に管を外そうとしたり、酸素吸入器を頭に乗せようとしたため、看病する家族はその度に手を押さえたり、吸入器を口に戻さねばならなかった。のちに達寿にその話をすると、「夢の中で、頭に鎧をかぶり、馬に乗って戦っていた」と答えたという。

八九年六月に退院すると、九月九日、高円寺駅の北側にあった焼肉店「二楽亭」で快気祝いが行われ、家族や友人たち十数名が集まった。この時、ようやく達寿と章明の父子の心が通じ合ったという。しかし、章明は、出向先の子会社を辞めた後、人生が上手くいかず、達寿も、章明の心の傷を癒す術はわからないままだった。そして達寿が退院してしばらく後、再び父子の関係がこじれた。孫娘は最後まで彼のマンションを訪れたが、隆代がマンションに通って原稿を清書することはなくなった。

章明一家との同居生活が、金達寿に充実した私生活をもたらしたことは間違いない。しかし公的活動に目を転じると、「密航者」や「太白山脈」という長編を著したものの、リアリズム研究会の結末から窺えるように、一九六〇年代を通じて彼の文学活動は大きな行き詰まりを見せた。総連との軋轢も深まり、除名という形で訣別する結末を迎えた。だが、「日本と朝鮮、日本人と朝鮮人との関係を人間的なものにする」ための彼の活動は、ここで終わらなかった。古代日朝関係史に、彼は新たな活動の場を見出すようになったからである。

第四章　文学から古代日朝関係史へ

古代日朝関係史への関心の芽生え

金達寿は、〈解放〉から一九五〇年代前半を通じて文学活動や政治運動を活発に展開したが、その中で新しい領域が視界に入り始めた。古代日朝関係史である。

金達寿は、古代史に関心を持つようになった原体験として、小学生の時に「国史」の授業で〈神功皇后の三韓征伐〉を習ったことと、一九四九年三月頃の奈良・京都旅行を挙げている。しかしそれらは事後的に見出された原点に過ぎない。『民主朝鮮』七号（四七年九月）に、日鮮同祖論者として著名な金沢庄三郎や、考古学者の梅原末治の論考が掲載されたことはあるが、朝連や朝鮮人学校への弾圧や朝鮮戦争下における在日朝鮮人運動に忙殺され、さらに「五〇年問題」に翻弄されていた時期の彼には、古代史について考える余裕などなかった。実際、金達寿は、日本国家の成立以前に「日本の各地に多くの扶余族だの新羅人だのの移住があった」こと、彼らが「日本人でもなければ扶余人でもなく、おそらく単に族長に統率された部落民として各地にテンデンバラバラに生活して」いたこと、その彼らが後に「日本人になった」ことを指摘した坂口安吾の「高麗神社の祭の笛」（五一年）を発表時に読んでいたが、当時はその内容をまったく理解できなかった。

そんな金達寿が古代日朝関係史にあらためて目を向けるようになったのは、五〇年代半ば頃からと推定される。たとえば「日本の冬」（五六年）には、主人公の辛三植が、ある日本人言語学者の党員から、

「ワッショイ」の語源が朝鮮語のワッソ（来た）であると教えられたことを思い出す場面が書かれている。また著書『朝鮮』（五八年）の冒頭で、石田英一郎・江上波夫・岡正雄・八幡一郎共著『日本民族の起源』（五八年）の文章を長々と引用した上で、「何よりも朝鮮、ことに百済、新羅と日本の飛鳥・奈良時代との文化史的なつながりをみれば」、「われわれはそこに一衣帯水の関係というより、それがまったく同一なのを見出すのである」と、朝鮮の歴史を日本の歴史との関係から眺める態度を提示している。

『朝鮮』の中で特に重要なのは、大和朝廷に「優遇重用」された者だけが「帰化人」ではなかったと述べている点である。その一例として彼は、「私が現にいま住んでいる武蔵野の、高麗若光《ママ》王を先頭とする一七九九人の高句麗人」を挙げている。「もとの高麗郡、いまの埼玉県入間郡日高町にはいまでもこの白鬚サマ（若光王のこと）を祭る高麗神社があり、韮塚一三郎の調査研究『武蔵野における朝鮮文化』によると、それの「あるところ帰化朝鮮人、すなわち高麗人が居住した遺蹟とみなすことができ」るというこの神社」の、五八代続いている「高麗家系譜をみると、ここからわかれている（朝鮮の族譜でいうと別派をなした）姓氏だけでも次のようなものがある。高麗井（駒井）、井上、新、神田、新井、丘登（岡登、岡上）、本所、和田、大野、加藤、福泉、小谷野、阿部、金子、中山、武蔵、芝木などなど」。この記述の目的は、これらの名字を持った人々を朝鮮人と認定することではなく、「自然科学的な概念をもってする人種」と、「歴史的な概念による民族」との差異を明らかにし、自分が『朝鮮』で問題にするのはあくまでも「歴史的な概念による民族」としての朝鮮人の歴史や文化であることを説明するところにあった。しかし、そうであっても、彼がこの時期すでに、大和朝廷に「優遇重用」されなかった無数の「帰化人」を視野に入れていたことは注目してよい。

さらに金達寿はこの頃、旅先でたまたま買った『大和めぐり』という旅行案内書に、飛鳥地方の「帰化人は奈良朝末期になっても、高市郡の人口の八割ないし九割を占めていたという」と記されているのを見つけた。この一文の出典は『続日本紀』の宝亀三年（七七二年）の条だが、これを読んだ彼は驚きを隠せなかった。この文章を文字どおり受けとれば、日本国家が成立したとされる時期から数百年が経った八世紀後半になっても、「「大和朝廷」のあった飛鳥の地には、いわゆる「帰化人」のほかにはだれもいなかった」ことになるからだ。とすると、〈三韓征伐〉を行ったり、〈任那日本府〉を経営した「日本人」とは、いったい誰のことだったのか――。

こうして五〇年代半ばから生じた「帰化人」への関心や、「歴史」を「自分なりに消化して、自分の言葉でかくという」困難な作業を通じて『朝鮮』を執筆したことにより、金達寿は徐々に古代日朝関係史に足を踏み入れていった。

歴史への関心の深まり

一九六〇年代に入ると、彼は近代以前に日本に来て定着したり、関東大震災時に虐殺された朝鮮人のことを書くようになった。小説「備忘録」（七九年）によれば、帰国船を見送る中で、彼らの歴史を何らかの形で残していくべきだと考え始めたことも、その要因になったようである。「在日朝鮮人といってもその歴史は長く、五、六十年にもわたるので、一方では死に絶える者も年々ふえているものと考えなくてはならなかった。死んだ者はもとより、帰って行った者もそれぞれみな長恨の歴史を持っていたが、その自分をふたたびこの地で語ることはない。／いわゆる聞書き、記録といわれるものでもいい、私は彼らのそれをいまのうちにできるだけ書いておくべきではないかと考えた。で、私はほかの朝鮮人文学者仲間たちにもそのことを話し、また、自分にもそれを課したのだった」。

たとえば「密航者」（六〇〜六三年）は、李承晩政権時代に多くの韓国人が日本に密航した社会状況を背景にした小説だが、第四章で「帰化人」をめぐる物語が長々と繰り広げられる。また「公僕異聞」（六五年）では、語り手の「私」が「和田次郎太」なる奇妙な「公僕」の名字がなぜか気になったが、ある時、自分がかつて和田を、高麗家から分かれた「帰化人」の名字の一つと書いたことがあることを思い出して驚く場面がある。その際に、『朝鮮』で高麗王若光などの「帰化人」に言及した文章が、そのまま引用されている。

近世の朝鮮人を主題にした小説としては、「苗代川」（六六年）がある。金達寿が一九六六年一月三日に友人たちと鹿児島の苗代川を訪れ、第一四代陶工沈寿官《ちんじゅかん》に会った時のことを描いたものである。苗代川は豊臣秀吉の朝鮮侵略の際に連れてこられた朝鮮人が定着した地域の一つで、沈寿官は同地で最も有名な陶工である。また関東大震災時の朝鮮人虐殺に焦点を当てた小説には、「中山道」（六二年）や「慰霊祭」（六三年）がある。ちなみに六三年は関東大震災から四〇周年にあたり、二月二五日に日朝協会が関東大震災朝鮮人犠牲者委員会を設けたり、姜徳相《カンドクサン》「関東大震災に於ける朝鮮人虐殺の実態――特に四十周年を記念して」、松尾尊兊「関東大震災下の朝鮮人虐殺事件（上下）」、姜徳相・琴秉洞《クンビョンドン》編『現代史資料6　関東大震災と朝鮮人』などの論文や資料集が刊行された。金達寿も日朝協会の会員たちと千葉県船橋市に調査に行っている。

他方、エッセイでは、もっぱら古代日朝関係史が話題に挙げられている。「日本のなかの朝鮮文化」(六二年)では、荒木万寿夫文部大臣の、「自分たち日本民族の進んだ文化は先祖の努力のたまものだ、朝鮮人やアフリカ土人などに生まれなくてよかった」という〈失言〉を取り上げ、奈良を中心にした日本の国宝級文化財の数々はみな朝鮮から渡来したものか、渡来した技術者の手によることがはっきりしていると述べた上で、荒木のいう「日本民族」の「先祖」とは何者なのかと問うた。『朝陽』に発表した「高麗神社と深大寺」(六三年一月)もこの系列のエッセイである。金達寿によれば、一九六三年に岩波新書で『高麗神社と深大寺』の出版が企画されたらしいが、実現しなかった。

しかし、この時期の金達寿はまだ、「古代朝鮮人の足跡とその遺産とは、そのほとんどが奈良・京都に集中しており、当時の辺境であった関東・東京はのちの、いわば朝鮮三国(高句麗・百済・新羅)の興亡にともなう、一部遺民たちの移住の地にすぎなかった」と述べたように、のちに彼が〈帰化人史観〉と批判することになる、大和朝廷中心主義的な歴史観にとらわれていた。また『朝鮮』で主張した、「自然科学的な概念をもってする人種」と「歴史的な概念による民族」との区別も曖昧なままだった。

ともあれ、以上から明らかなように、金達寿の「日本の中の朝鮮文化」の探究は、まず武蔵国における朝鮮文化遺跡と、秀吉の朝鮮侵略時に連行された陶工の足跡を訪れることから始まった。このうち武蔵国については、先述した高麗村への旅行や、自身が〈内地〉に渡ってきてから住み続けてきた神奈川県や東京都への関心に由来すると思われる。また苗代川の陶工については、同地出身の姜魏堂に誘われて訪問したのがきっかけと推測される。しかしそれら以上に決定的だったのは、鄭貴文・詔文兄弟との交流だったただろう。

鄭貴文は、先述のように、『朝陽』で編集長を務めたので、金達寿とは遅くとも一九六二年までには出会っていた。これに対して、金達寿と鄭詔文が出会った時期は明らかではない。鄭貴文によれば六〇年代初め以前から、鄭詔文は金達寿や考古学者の李進熙と交遊があった。他方、備仲臣道は『蘇る朝鮮文化』で、在日本朝鮮文学芸術家同盟（文芸同）にいた金達寿は全国をめぐってカンパを集めていたが、六三年に京都を訪れた際に鄭貴文の紹介で鄭詔文に会ったと記している。

鄭詔文は一九四九年頃に、京都の東山三条にパチンコ店を開いて以後、事業家としての道を歩んでいたが、五五年に東山区縄手通りの骨董店「柳」で、朝鮮王朝時代の白磁の壺と出会い、次いで知り合いの大工からも壺を買い取ったのを契機に、「病気」を自称するほど本格的に朝鮮の美術品の収集に没頭した。彼の妻の呉連順《オヨンスン》も収集に理解を示し、連れ立って古美術商めぐりをするおしどり夫婦ぶりは有名だった。

備仲によれば、鄭詔文は金達寿と初めて会った際、「先生のご本はおもしろいことありませんなあ」と言ったが、金達寿は、「これはおもしろそうな男だ」と思ったという。また鄭貴文については、先述のように文学青年という印象を持っていた。他方で鄭兄弟も金達寿の古代史への関心に共感し、三名で連れ立って骨董店や朝鮮に関する展覧会をめぐったり、日本各地の古代文化遺跡を探訪するようになった。いつ頃からは不明だが、朝鮮の古美術品に造詣の深い李進熙も、鄭詔文の「古美術顧問」のような存在として同行したり、鄭詔文が買った美術品の鑑定役を務めるようになった。

『日本のなかの朝鮮文化』創刊と初期の活動

〈解放〉後長らく、在日朝鮮人が日本語で書いた文学作品は日本文学か朝鮮文学かという議論が続いた。その際に必ずといってよいほど言及されたのが金達寿の小説だった。その後、一九六〇年代に、彼らの文学活動やその作品を、「在日朝鮮人文学」として捉える視座が定着した。この意味で金達寿は、「在日朝鮮人文学」という独自の文学ジャンルの創出者と言えるほど特別な存在だった。六〇年代後半からいわゆる一・五世から二世世代の在日朝鮮人文学者が台頭し始めても、それに変わりはなかった。リアリズム研究会を主導し、「密航者」や「太白山脈」（六四〜六八年）という長編を書き上げた彼の文学活動は、多くの文学者や読者から更なる拡がりと深化を期待された。

しかし当人は、一・五世から二世世代の台頭と入れ替わるように文学から離れ、古代日朝関係史へと活動領域を移し始めた。そのことを示すものとして、金達寿が鄭貴文・詔文兄弟と作った雑誌『日本のなかの朝鮮文化』（六九年三月二五日創刊）がある。一九六八年夏、三名は佐賀県の古代文化遺跡を探訪した。その帰り、金達寿は、雑誌でも出して、自分たちが探訪している文化遺跡などについてもっと多くの人々、特に日本人に知ってもらいたいと語った。すると鄭詔文が、いくらぐらい掛かるのかと尋ねた。金達寿が概算を示し、「支出一方の赤字雑誌と考えなくてはならない」と言うと、鄭詔文は、「それだったら、それ、おれが出そうじゃないか」と応じた。鄭貴文も「ああ、それはいい。そうしてくれ」と賛同し、「おれにもそれに何か書かしてもらいたい」と述べた（『わが文学と生活』）。同誌の編集実務を担当した松本良子によれば、このやりとりが雑誌創刊の発端となった（『日本のなかの朝鮮文化』の十三年」）。しかし雑誌の発行には、財政のほかにさらに二つの大きな壁を超える必要があった。その一つは総連の許可を得ることだった。

金達寿は、文芸同などの傘下団体を飛び越えて、直接、韓徳銖の諒解を取りつけようと試みた。慣れない朝鮮語で上申書を書き、李進煕に字句を修正してもらった上で、総連副議長の許南麒を通じて提出した。一週間ほど後、金達寿が許南麒に会いに行くと、「韓議長は、あれ、許可できない、と言った」が、「といって、許可しないとも言わない、とも言ったよ」と、笑いながら告げた。許可しないと言ったところで、金達寿は止めないだろうから、ということだった。こうして一つ目の壁は乗り越えられたが、実際に創刊されると、総連は様々な形で圧力をかけ、廃刊に追いこもうと画策した。

もう一つの壁は、在日朝鮮人が自分たちに都合のいいように文化遺跡や文献資料を解釈していると誤解されないため、日本人学者の協力を得ることだった。そこで金達寿が目を付けたのが、当時、京都大学教養学部助教授で、『帰化人』（六五年）を著していた上田正昭だった。金達寿はまず、一九六五年に立命館大学で開かれた上田の夏期講習に、鄭兄弟を連れて参加した。次いで、六七年に開かれた朝鮮史研究会の後に行われた「京都の中の朝鮮文化遺跡めぐりツアー」にも、鄭兄弟と参加した。こうして上田は金達寿や鄭兄弟と知り合い、雑誌に関わるようになったが、このことで上田も総連から干渉を受けた。総連の関係者三名が、ある時、上田の研究室を訪れて、「先生、こういう諸君とは縁を切って下さい」と言ったというのである。これに対して上田は、「友情の方が大切です」と退けたという。他方、上田とともに雑誌に深く関わった司馬遼太郎には、顔見知りだった鄭貴文が協力を要請した。司馬は、「どうせ三号でつぶれる」と思いながらも、「パチンコ店や食堂を経営している親父がこういう雑誌を作るのも面白い」と考えて、協力を約束した。以後、上田と司馬は、雑誌に毎回のように登場したばかりか、様々な形で雑誌を支え、非公式的に「顧問」と呼ばれるほど密接な関係を保った。特に、「文章を書くという仕事以外のどういう集団活動にも参加しないという原則」を持っていた司馬にとって、この雑誌への参加は、「そういう私的な規律に例外をつくった唯一の事柄」だった（『歴史の交差路にて』）。

こうして二つ目のハードルも乗り越えた彼らは、京都市北区柴竹上岸町一五の鄭詔文宅の車庫の上に部屋を作り、「日本のなかの朝鮮文化社」の事務所とした。社名は金達寿の提案で、彼が『民主文学』一九六八年一月号に発表したエッセイの題名を使った。創刊号の発行部数は千部で、一般書店に卸す流通ルートではなく、京都市内の知り合いの書店や古書店、および彼らが個人的によく通っていた京都や東京の小料理店に置いてもらった。金達寿は、「はじめは全体として五〇部か、一〇〇部も売れればいいかな」、「十年くらいのうちには何とかなくなるはずだ」という思いだった。ところが『読売新聞』『毎日新聞』『神戸新聞』に創刊号の、『朝日新聞』『読売新聞』『図書新聞』に二号の紹介記事が掲載されたことにより、全国から注文が殺到し、創刊号は五百部増刷、二号からは発行部数が二千部へと倍増した。その後、一三号（七二年三月）より社名が「朝鮮文化社」に変更され、二四号（七四年一二月）から事務所が京都市北区田中門前町二八－一〇に移転した。創刊号の奥付には編集兼発行人として鄭貴文の名前だけを記したが、三号（六九年九月）から編集人が鄭貴文、発行人が鄭詔文となり、一五号（七二年九月）から鄭詔文が編集兼発行人となった。鄭貴文の妻は総連傘下団体の大阪支部の幹部、二人の娘は朝鮮人学校教師、息子は朝鮮大学に在籍していたため、総連はまず彼らに強く圧力をかけた。その上で鄭貴文

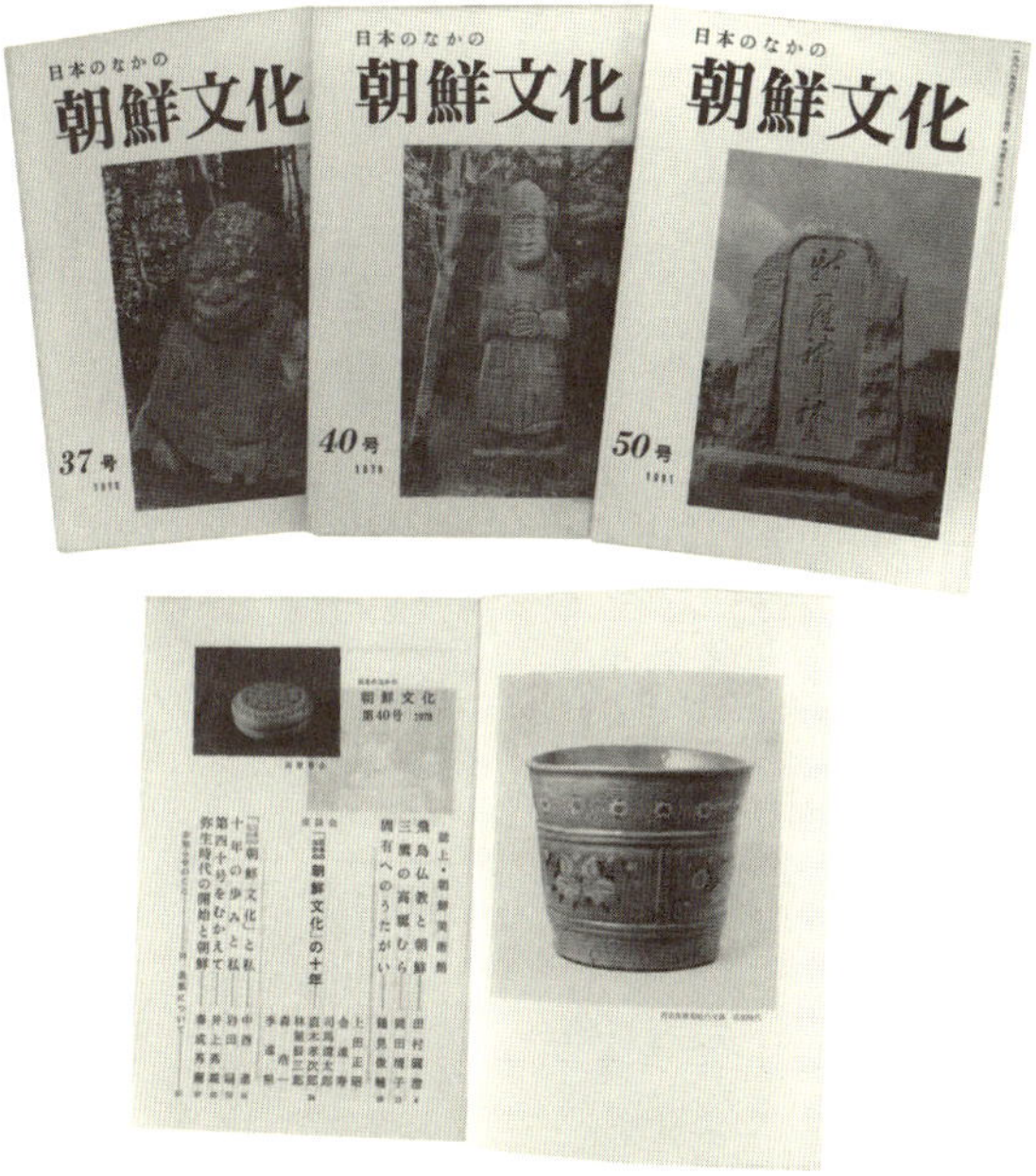

『日本のなかの朝鮮文化』

九州有田の取材（1968年）
右から，鄭貴文，鄭詔文，金達寿

を呼び出した。二、三度目の呼び出しの際、彼は、相手が「手の内を知っているつもりで対したので、面倒におもい、そのうちに雑誌から手を引く」と軽はずみな返事をしてしまった。これが総連と朝鮮文化社の双方で大きな問題になって狼狽し、社から離れたのである（「日本のなかの朝鮮文化」）。このような経緯で奥付から名前は消えたが、あくまでも表向きのことで、鄭貴文はその後も同誌にエッセイや小説、インタビューなどを発表した。この他、朝鮮大学教員だったために名前は出せなかったが、李進熙も創刊号から雑誌に参加しており、編集のほか、座談会の司会を務めるなどした。

事務や編集作業は、先に名前を挙げた、「劇団民芸の北林谷栄のところに来ていて、当時はある音楽事務所で働いていた、会津出身の松本良子」に金達寿が頼んで務めてもらった。松本は市役所に勤めながら熱心に演劇活動を行っており、北林が出た映画にエキストラで出演したこともある。その縁で「北林谷栄のところ」に出入りするようになったらしい。ところが松本は雑誌編集の経験が全くなく、原稿と写真と割付用紙を渡された時には途方に暮れたという。その後、二六号（七五年六月）から李光江《りみつえ》が編集スタッフに加わった。李光江は明治大学史学地理学科考古学専攻（二部）在籍時に李進熙の授業を受け、卒業後、「東アジアの古代文化」が行った九州の装飾古墳めぐりに参加した際に朝鮮文化社に誘われた。当時、朝鮮文化社では、「日本のなかの朝鮮文化十周年記念事業」として、『日朝関係史事典』の編纂刊行を企画していた。分野を問わず、朝鮮に関するあらゆる事柄を集めた、総合的な事典を作ろうとしたのである。この事典の第一回編纂委員会が開かれた七五年二月八日から、李光江は朝鮮文化社に関わった。しかし項目が際限なく増えていき、編纂出版の費用が、資金提供者である鄭詔文の、朝鮮に関する美術館を作りたいという夢の障壁となりかねないほど膨大になることは明らかだった。そのため事典の刊行は時期尚早という声があがり、編纂委員会はわずか二回で終わった（りみつぇ「幻の『日朝関係史事典』」）。李光江はその後、『日本のなかの朝鮮文化』の編集スタッフとして、本格的に働くようになった。

　松本は、創刊当初から、編集や雑誌のレイアウト、座談会のテープ起こし、さらに後述する「日本のなかの朝鮮文化遺跡めぐりツアー」で配布するレジュメに添えられた地図を作製するなど、文字どおり朝鮮文化社に欠かせない裏方役を務めた。李光江も、日本エディタースクールに通った経験を生かし、松本を大いに助けた。遺跡めぐりツアーでは、申込み受付・バスの手配・参加証の発行などを担当した。

　編集会議は月に一度、社の事務所で開かれ、鄭貴文のみ時おり欠席したが、それ以外のメンバーやスタッフは必ず出席した。次号で何を取りあげるかという大きな枠組みは金達寿の発案により、座談会の出席者や原稿の依頼者を誰にするかは、金達寿と李進熙が候補者を挙げて決めていった。送られてきた原稿は、やはり金達寿と李進熙が目をとおしてチェックし、掲載の可否を決めた。その際、原稿を依頼した者が公的な発言と私的な発言を使い分けたことは、彼らを大いに悩ませた。旅先で出会った「地方の学者や研究家、社寺の宮司、住職といったひとびと」は、自分たち以上に歴史の矛盾を説いたが、「雑誌に載せたいということで執筆を依頼し、原稿をもらってみると、従来の歴史書と変わるところがなく、「むしろより肩をいからせたものとなっていた」と、鄭貴文は嘆いている（「日本のなかの朝鮮文化」）。専門の古代史研究者も、この使い分けと無縁ではなかった。門脇禎二は同誌の一二号（七一年一二月）に発表した「蘇我氏の出自について」の冒頭で、次のように自己批判している。「ことに最近、本誌の敬畏すべき活動と役割も含めて、朝鮮及び朝鮮史への差別的なみ方を改めるべきだとする声が強くなったが、新しい主張と自分の旧説とのかかわりや否定を明らかにしたうえで新見解の〔ママ〕展開するというやり方をしているのはほとんどない。いわば、旧説は旧説のままとして、それを云い書きした当人が、いわばなし崩し的に新しい見解へ転進しているのである。それも一つのやり方とは思うが、わたくしは当面の主題にかかわってくる問題についての古く誤っていた点を、この機会にまず明らかにしておきたいと思う」。アマチュアの歴史愛好家と違って専門の学者が安易に新説を主張するのは難しいが、門脇が敢えてこのように宣言したことは、古代史研究の言説空間に、〈皇国史観〉的発想が深く根づいていたことを示している。

さて、雑誌の創刊号には雑誌刊行の目的や編集方針などが、巻頭言や編集後記に掲げられるものである。しかもそれらの文章は大抵、意気込みに溢れている。だが『日本のなかの朝鮮文化』の刊行目的は、創刊号の編集後記に鄭貴文が記した、「私たちは、私に即していえば、自分の民族の文化というものを知らなさすぎていた」という自己反省の弁と、二号以降、断続的に編集部からの「通信」欄に記された、「「日本のなかの朝鮮文化」は日本にある朝鮮の文化的、歴史的遺跡などを明らかにすることによって、両国・両民族の自主と連帯とに寄与しょう《〔ママ〕》とするものであります」といった、読み手を刺激しないものになっている。これは日本人と総連の両方からの反発を避けるために採られた表現である。この配慮は執筆者の構成からも窺える。在日朝鮮人が主体となって発行・運営された雑誌であるにもかかわらず、全五〇号を通じて在日朝鮮人の執筆者は、金達寿、李進熙、鄭兄弟の他には、金達寿の古代史研究やこの雑誌に触発されて、奈良・大和文華館で開催中だった「日本・朝鮮の工芸品展」を見に行った随想を寄稿（五号に掲載）した林英由《イムヨンユ》だけで、あとはすべて日本人なのである。二号に劉寒吉という人物、四号に姜魏堂の文章が掲載されているが、劉寒吉はある日本人のペンネームであり、姜魏堂も、彼が文章の冒頭で、自分は薩摩焼の「原産部落に生まれた〝日本人〟である」と書いているため、やはり日本人であると、四号（六九年一二月）の編集後記でわざわざ断っているほどである。ただし読者投稿欄には、在日朝鮮人からの便りが掲載されており、「日本のなかの朝鮮文化遺跡めぐりツアー」（後述）の現地レポートの中にも在日朝鮮人の参加者が登場する。

初期の座談会や論考は、朝鮮との関係を抜きにして日本の歴史を考えることはできないという、現在では当然となった前提から議論を始め、様々な具体的な事例を通して古代における日本列島と朝鮮半島の関係を論じたものが多い。たとえば創刊号の上田正昭・金達寿・司馬遼太郎・村井康彦「座談会 日本のなかの朝鮮」では、秦氏《はたうじ》や漢氏《あやうじ》を中国の王朝の始祖に結びつける、日本社会の思考の在り方への批判が出された。また古代に日本列島に渡ってきた人々が一括りに「帰化人」と呼ばれていることに、金達寿が疑問を提起した最初も、この座談会だった。

金　〔前略〕ぼくは新聞で〔滋賀県の穴太《あなお》古墳のことを〕知ったのですが、その新聞記事がおもしろいんですね。ある新聞によると、この古墳は新羅と隋からの帰化人のものだというんです。隋とはずいぶんおかしな話だと思いますが、（笑い）なかには、ただ、中国からの帰化人うんぬんというのもあります。まあ、それはともかく、京都へ来たついでにきのう行ってみました。ところが、ここからは須恵器が出ているんです。須恵器が出るとなると、これは中国とは関係ないことになると思いますが、それよりも、ぼくはいま何でこんなことをいいだしたかといいますと、いわゆる「帰化人」という問題なんです。誰でもふつう帰化人、帰化人といっておりますけれども、日本のばあい、これはいったいどこからが帰化人で、どこまではそうではないのではないかということなのです。ぼくはだいたい、大和政権が確立される以前のものはこれを渡来人といい、それら以後のもの、つまり、時代が飛鳥から奈良へ移る以後のものを帰化人といっていいかと思いますが、これについてはみなさんどう思われますか。

ここから明らかなように、彼は国家としての「日本」が成立する以前に日本列島に移住した人々を「渡来人」と呼ぶべきだと主張したにすぎず、「帰化人」の語を使ってはならないと言ったのではない。この提言に、司馬は即座に、「帰化という言葉の入ってきたのもずっとあとです」と賛同した。上田も、「帰化」という言葉は『日本書紀』に登場するが『古事記』にはないと述べ、「渡来人」という言葉にも問題はあるがと留保をつけながらも、両者を区別する必要がある点では同意した。

その他、古代と近世の日朝関係史を中心に、様々な分野で日本と朝鮮の関係を公的・私的に研究している研究者や、松本清張や岡部伊都子などの文筆家、古代の伝説の研究者や言語学者、さらにアマチュアの郷土史家や歴史愛好家など、多種多様な書き手の文章が掲載された。内容も、武蔵野・近江・備前・周防・河内などにおける古代の「帰化人」の広がりを概観したもの、山城の高麗寺、摂津の百済寺、信州の善光寺、旧山口県左波郡の大日古墳、琵琶湖の大通路古墳、房総の芝山古墳、石上神宮の七支刀、「天女伝説」や妙見信仰など、多種多様な遺跡や文物を通して、古代の日本における「帰化人」の存在の大きさを述べたものなど、非常に多岐に渡っている。

焼物や民芸品に関する論考やインタビュー記事も掲載された。この方面で精力的に活動したのは鄭貴文である。朝鮮の美術品や民芸品の収集家を訪ねて話を聞いたり、鳥取の民芸美術館を訪問して記事を書いた。これを皮切りに、豊臣秀吉の朝鮮侵略の際に連れてこられた薩摩の陶工や、やはりこの時に持ち帰られた金属活字に関する、研究者や民芸家などの論考や座談会が載った。なお、鄭貴文は八～一〇号（七〇年一二月～七一年六月）に、「日野と小野」という小説を連載している。このことは、初期にはまだ、雑誌の方向性が固まっていなかったことを示している。

『日本の中の朝鮮文化』シリーズの始まり

金達寿は、『民主文学』一九六九年三～五月号に、越前地方の古代文化遺跡を探訪して紹介する紀行文を連載した。第一回の題名は「朝鮮史跡の旅」だったが、「「朝鮮史跡」ということばは正確さを欠き、誤解をあたえるかも知れない」という指摘を受けた。文化財保護法では、「貝づか、古墳、都城跡、城跡、旧宅その他の遺跡で我が国にとつて歴史上又は学術上価値の高いもの」の中で、特に重要なものを「史跡」としている。「史跡」は「我が国」の重要な文化財を指す用語なので、朝鮮からの「帰化人」の遺物を「史跡」と呼ぶのは不正確ではないか、という意図だったと推測される。「いったいどこからが帰化人で、どこまではそうではないのではないか」という問題意識を持って古代文化遺跡を探訪した金達寿が、この指摘に納得したとは思えないが、第二回から題名を「朝鮮遺跡の旅」に変更した。

その後、金達寿は、鶴見俊輔と対談した（『思想の科学』六九年九月号に掲載）際、「朝鮮遺跡の旅」について語ったところ、鶴見は興味を示し、自らが創刊し、編集委員をつとめる『思想の科学』で連載するよう持ちかけた。こうして同誌の一九七〇年一月号から、やはり「朝鮮遺跡の旅」と題する紀行文の連載が始まった。相模国を皮切りに、関東地方に残る、「帰化人」の手によるものとされた様々な古代文化遺跡を探訪した様子を記したものである。連載第一回から同行したのは阿部桂司（＝安部桂司）。先述した現代文学研究会で事務局を担当した人物である。安部が南牛の筆名で発表したエッセイ「金達寿を想い起こす！　その三」（二〇一三年二月）によると、『朝鮮』で金達寿を知り、六二年にリアリズム研究会に顔を出したのを機に交流が始まり、六八年頃から金達寿と旅行をするようになった。六一年から通産省傘下の研究施設である東京工業研究所に勤め、金達寿宅のあった練馬区の北東の板橋区に住んでいた。当時の公務員は、給与は低いが休暇が多く、年間二〇日に加えて一週間の夏期休暇を取得できたため、金達寿の誘いに容易に応じることができたという。「朝鮮遺跡の旅」の最初の同行者が彼だった理由の一つは、安部によれば、二人のこうした関係の近さと彼の時間的余裕にあった。しかも彼はたんなる同行者にとどまらず、必要な資料を準備したり、疑問点を調べるなど、大いに金達寿を助けた。「阿部君をもし助手だということができるとしたら、こんな名助手はほかにはいないにちがいない」と、金達寿は記している。さらに金達寿には別の思惑があった。肩書きである。安部は、「朝鮮遺跡の旅」第一回で訪れた秦野市の役所でのやりとりについて、次のように回想している。

当時の金達寿の名刺は「きむたるす」とひらがな明記のものであった。萩原遼、西岡力、恵谷治など日本社会では三字姓名の人は朝鮮人と疑われるらしい、〔中略〕よく、金達寿は三文字を日本社会は差別すると怒っていたが、たしかに、薩摩藩では三島〔奄美大島・徳之島・沖永良部島〕の住民には

一字姓を強要したと伝えられている。〔中略〕

金達寿のお供で旅をした、と思われがちだが、市役所、町村役場では、常に南牛の名刺が先に出された。なかには、金達寿の名前を知っている職員もいたが、この旅の当初はまったく無名の人であった。金達寿の名刺を出したという記憶がないのだ。

〔中略〕

商工観光課の係員に出されたのは「私たち」の名刺、「きむたるす」というひらがなの肩書きのない名刺と、通産省技官の私の名刺であった。

〔中略〕

旅の冒頭から金達寿が名刺に拘っていることが推察できる。それにしても教育委員会へ南牛を行かせて自身は避けている。「きむたるす」の名刺に商工観光課の訝しげな表情を浮かべたのであろう。金達寿は相手する日本人の表情に対して時には必要以上に敏感であった。

（「金達寿を想い起こす！　その三」）

金達寿は一九六〇年代に全国各地の古代文化遺跡を探訪する過程で、役所・役場の職員や社寺仏閣・古墳などの管理者、郷土史家など、訪問先の日本人からスムーズに協力を得るため、社会的に通用する肩書きの必要性を痛感するようになった。彼は七一年度から七六年度、そして七九年度後期に法政大学文学部文学研究科で非常勤講師を務めたが、その最大の目的も肩書きを得ることにあった。真尾悦子は金達寿の追悼文で、彼の講演を聞いたあとで控え室に行った際、彼が、「肩書きを、法政大学講師としないと通用しない。作家・金達寿ではダメなんです」と言ったと回想している（「風の夜」）。

「朝鮮遺跡の旅」は一九七〇年一〇月、『日本の中の朝鮮文化』の題で刊行された。当初は別の出版社から出す予定だったが、講談社から出された。日本固有のものと考えられている古代文化遺跡が実は「渡来人」による遺物だったという、当時としては刺激的な内容だったために右翼団体からの抗議を恐れ、「備忘録」（七九年）によれば、編集部では対策会議が開かれた。しかしいざ出版してみると、恐れていた抗議は皆無で、逆に金達寿の自宅や講談社には、同書を絶賛する日本人読者からの手紙や読者カードが千通以上も届いた。本の感想だけでなく、案内するからぜひ取材に来てほしいと連絡先を添えたり、『日本の中の朝鮮文化』で訪れた地域にはこういう重要な古代文化遺跡があるのに、それを見逃していると叱咤して、詳細な資料を送ってくる者もいた。

『日本の中の朝鮮文化』には巻数が表示されていなかったことからも窺えるように、金達寿は当初、古代史研究を続ける予定はなかった。だが一般読者のみならず、友人や知人の中にも、この仕事に重要性や斬新さを認める者が少なくなかった。たとえばこの本を謹呈された本多秋五は、「趣味と学問と生計の道とを一本に練り堅め、一生かかってもタネの尽きない商売を見つけた男万歳」という趣旨の礼状を送った。「羨望にたえなかった」と、金達寿の追悼文に記している（「ある日の金達寿君」）。また鶴見俊輔は、金達寿が、「横道にはいりこんで、ちょっと抜け出られなくなったというわけですよ」と語ったのに対し、「それ以上のライフ・ワークがどこにありますか」と、目を怒らせて言った。こうして金達寿は、膨大な量の愛読者カードや手紙、友人の理解や激励に力を得て、探訪地域を日本全国に広げていき、「帰化人」の残した文化遺跡と考えられてきたり、日本固有の文化と見なされてきたものの大部分が、実は「渡来人」の手によるものだったという確信を強めていった。

取材メモはあまり残っていないが、神奈川近代文学館「金達寿文庫」所蔵のものを見る限り、取材期間は一～二週間程度である。必ずしも連載順に各地を探訪したわけではなく、別の用事での旅行のついでに探訪した時も多い。たとえば、近畿地方の古代文化遺跡について連載していた一九七〇年末から七一年初めにかけて、九州に取材旅行をしたメモが残っている。取材旅行は公共交通機関だけでなく、同行者の車やタクシーも利用しており、地域によって走行距離は膨大になった。たとえば六九年一〇月三日から一七日にかけての山陰・山陽地方の取材旅行では、大阪から車で一日百数十キロメートルを走り、合計では一九九三キロメートルにも達したと、メモに記されている。タクシーでの取材旅行では一日に三万円もかかった時もあった。取材メモの多くは二百字詰め原稿用紙が用いられており、メモの段階ですでに紀行文としての体裁が整っている。

さらに金達寿は、『日本の中の朝鮮文化』シリーズを連載するうちに、古代史家としての安吾の業績を知った。そのきっかけは、松本清張と水野祐の対談「古代史の謎」（七〇年）と門脇禎二の先述の論文「蘇我氏の出自について」である。どちらも、蘇我氏が百済系の出自であることを論じたものである。これらを読んだ金達寿は、別の仕事で半藤一利と一緒になった際、蘇我氏が朝鮮からの渡来人であることを最初に言いだしたのは松本清張ですけど……と言った。すると半藤は、それは坂口安吾ですよ、と答えたという。このエピソードは七一年秋から七二年春頃のことと推定される。これ以後、金達寿は、「古代史家坂口安吾の復活」（七三年）や「歴史家としての坂口安吾」（八六年）などで古代史研究家としての安吾の仕事を絶賛し、日本の古代史研究は安吾から出発せねばならない、自分の研究は安吾がやったことの続きでしかないと語った。実際、安吾の古代史研究を知っている人の目には、金達寿が安吾の影響を受けて古代史研究を始めたように見えてもおかしくない。だがそれは事実に反する。たしかに金達寿は、古代史研究家としての安吾を知ってからは、安吾を大いに意識しただろう。しかし古代史研究における金達寿の態度は当初から一貫しており、安吾の影響下で行われたものではない。

古代史研究の動機と問題意識

ところで、金達寿が「朝鮮遺跡の旅」の企画を思いついた動機や、古代日朝関係史に対する問題意識は、どこにあったのだろうか。これについては、「朝鮮遺跡の旅」を『日本の中の朝鮮文化』の題で単行本化した際に付け加えられた「まえがき」に詳しい。

もちろん、私はひとりの文学者ではあっても、けっして歴史学者といえるようなものではない。しかしながら、私は朝鮮と日本とのそれに関するかぎり、これまでの伝統的な日本の歴史学にたいして、ある疑問を持っていることも事実である。疑問というのは、一つはまず、日本古代史における朝鮮からのいわゆる「帰化人」というものについてである。端的にいえば、これまでの日本の歴史では、まだ「日本」という国もなかった弥生時代の稲作とともに来たものであろうが、古墳時代に大挙して渡来した権力的豪族であろうが、これをすべて朝鮮を「征服」したことによってもたらされた「帰化人」としてしまっている。ここにまず一つの大きなウソがあって、今日なお根強いものがある日本人一般の朝鮮および朝鮮人にたいする偏見や蔑視のもととなっているばかりか、日本人はまたそのことによって自己をも腐蝕しているのである。

金達寿は、「帰化人」に対する「伝統的な日本の歴史学」の言説空間を批判するにあたり、「あくまでもそのような「帰化人」としているこれら日本の歴史学者や、考古学者たちの研究にしたがってする」方法を採った。実際、「朝鮮遺跡の旅」には、専門の研究書や町村史、辞書類から、観光案内のパンフレットや社寺仏閣の由来書まで、多種多様な文章が膨大に引用されているが、それらはほぼすべて日本人が書いたものであり、在日朝鮮人や韓国・北朝鮮の学者のものは非常に少ない。しかも（在日）朝鮮人の文章を引用する場合には、必ず日本人の文章も一緒に引用した。さらに彼は日本人の文章を通して、「古代、これら朝鮮からの「帰化人」といわれるものたちがのこしたもののほかに、「日本の文化遺跡」はいったいどこにあるのか」と疑問を提示するにとどめ、自説の主張は抑えた。雑誌『日本のなかの朝鮮文化』と同様、彼が在日朝鮮人だという理由で、「朝鮮民族が日本国家を作った」式の自民族中心主義の表出として読まれるのを避けたかったからである。彼の考えではそれは、「まだ「日本」という国もなかった弥生時代の稲作とともに来たものであろうが、古墳時代に大挙して渡来した権力的豪族であろうが、これをすべて朝鮮を「征服」したことによってもたらされた「帰化人」」とする〈皇国史観〉の裏返しでしかない。

金達寿の考えでは、彼が探訪している「朝鮮遺跡」は、国家としての朝鮮や朝鮮民族とは何の関係もない。朝鮮半島や日本列島に未だ国家が形成されておらず、「朝鮮民族」や「日本民族」という民族観念を持つ以前に朝鮮半島から日本列島に渡ってきた人々が残した遺物だからである。この点に関して、たとえば彼は、柳宗悦が、「中でも国宝中の国宝と呼ばれねばならぬものの殆ど凡ては、実に朝鮮の民族によって作られたのではないか。〔中略〕それ等は日本の国宝と呼ばれるよりも、正当に言えば朝鮮の国宝とこそ呼ばれねばならぬ」と主張したのに対し、人種と民族を混同していると批判して次のように述べた。「たしかに人種は古代朝鮮から渡来したものと同じですが、しかしその後の長い歴史と風土とによって形成された民族ははっきりと別なものになっているからです。ですから柳氏のこれは、「実に朝鮮渡来の人々によって作られたものではないか」となるべきものだったのです。したがって、「それ等は日本の国宝と呼ばれる」ものとなっているのです」。こうした混乱を避けるためにこそ、「渡来人」と「帰化人」を区別する必要性を訴えたのである。

さらに渡来人の手による古代文化遺跡が、国家としての朝鮮や朝鮮民族とは何の関係もないという視座は、古代の「帰化人」への差別を近現代の在日朝鮮人への差別と結びつける在り方への批判につながる。この点に関して金達寿は、一九七二年一一月一一日に東京の信濃町で催された、寺子屋思想講座・古代史教室の第一回公開講座「日本の古代文化と「帰化人」」で、次のように語っている。

ここで一つのエピソードを話しますが、ある日ぼくをたずねて来たある雑誌の編集者が、こういうことをぼくにいいました。

この編集者は、そのまえにある学者をたずねてからぼくのところに来たものだったのですが、編集者はさきのそこでこれからぼくをたずねる予定だというと、その学者は注意してこういってくれたというのです。「このごろ古代史についてもいろいろいっている金さんには、『帰化人』ということばを使うと怒るから気をつけたがいい。それは『渡来人』といわなくてはいけない」(笑い)と。

いま、ぼくも笑って、そしてみなさんも笑いましたが、これはどういうことでしょうか。ぼくが怒ると思われたことには、いまもいいましたように、古代朝鮮からのいわゆる「帰化人」ということばにはおのずと蔑視観がこめられているからなのですが、しかし考えてみれば、これはまったく、それこそおかしなことではないでしょうか。

といいますのは、そのいわゆる「帰化人」とは、これまでみてきたことでも明らかなように、あなた方日本人の祖先ではあっても、ぼくとは直接何の関係もないわけです。なぜなら、ぼくは朝鮮で生まれ、そして数十年前にその朝鮮からやって来ている朝鮮人であって、そのいわゆる「帰化人」の子孫でも何でもない。

しかしながら、日本人であるみなさんは、その「帰化人」の子孫であるかも知れない。ですから、蔑視のこもったその「帰化人」ということばを、もし怒るとすれば、それは日本人であるあなた方のほうでなくてはならない。

そうではないでしょうか。もう一度いいますが、朝鮮人であるぼくと、古代のその「帰化人」とは、直接何の関係もないのです。

この学者が「帰化人」や「渡来人」という語に対してどのような立場を取っている人物なのかは不明だが、当時は彼のように、「帰化人」は差別的な意味合いを持つ用語なので、(在日)朝鮮人の前でこの言葉を使うと、彼らに対して蔑視の感情を持っていると受けとられかねないと考える日本人は多かった。古代の日本列島には様々な地域から様々な人々が渡ってきていたにもかかわらず、この学者の「忠告」から窺えるように、「帰化人」という語で指示される対象は、実質的には朝鮮半島から渡来した人々にほぼ限定されていたからである。したがって、「帰化人」という語の差別性を批判する者の多くは、この言葉が在日朝鮮人など日本国内の民族的マイノリティーや、「帰化人」の子孫とされた被差別部落民などに対する日本人の差別意識を再生産するから用いるべきではないと主張し、「帰化人」が日本人の祖先だったことや、古代における彼らの重要性を強調した。

しかし金達寿が言うように、「帰化人」と呼ばれた人々が外国人ではなく日本人であったなら、彼の前で「帰化人」という語を使うことが彼への差別につながると考える必要はない。彼は亡くなるまで日本に帰化しなかったから、語の定義上、「帰化人」ではないからである。また彼の言う「渡来人」は、あくまでも国家としての日本の成立以前に日本列島に渡来した人々を指す用語なので、一九三〇年に〈内地〉に渡ってきた彼は「渡来人」でもない。これは彼と同様、国家としての日本が成立して以降に渡日し、帰化せずに日本国内で生活している在日コリアンも同様である。さらに、すでに帰化した在日コリアンやその子孫、コリアンと日本人の間に産まれた子供も、やはり日本という「国家」や民族としての「日本人」が成立した後に生まれた人々である点で、七〇年前後に一般的に用いられていた意味での「帰化人」、すなわち朝鮮侵略時に連れてこられた奴隷や中国皇帝からの贈り物とは歴然と異なる存在である。

こうして金達寿は、古代の「帰化人」が、近現代のマジョリティーである日本人とではなく、在日朝鮮人や被差別部落民などの民族的・社会的マイノリティーと結びつけられてきたことが、「今日なお根強いものがある日本人一般の朝鮮および朝鮮人にたいする偏見や蔑視のもととなっているばかりか、日本人はまたそのことによって自己をも腐蝕」する源泉となっていると主張し、その自己差別を再生産する論理構造が、ほかならぬ日本人によって創り出されたものであることを、日本人が書いた文章を引用して考察し論証しようとした。それを通じて、「日本と朝鮮、日本人と朝鮮との関係を人間的なものにする」ことを目指したのである。

古代史ブームの中で

一九七二年三月二一日、高松塚古墳から、「飛鳥美人」で知られる装飾壁画や豪華な副葬品が発見された。二七日から新聞などで報道が始まると、日本中が古代史ブームに沸いた。装飾壁画は日本初の発見だっただけにどこから影響を受けたかが問題になり、発見直後から少なからぬ学者が、朝鮮三国とりわけ高句麗との関連性に言及し、そのコメントが新聞各紙に掲載された。『朝日新聞』のように、報道直後から「渡来人」の語を用いた新聞もあった。当時、こうした文化遺跡はほぼ無条件に中国との関連を示すものと見なされ、マスメディアでもこの見解に沿って報道されるのが普通だった。それを考えると、高松塚古墳をめぐる報道は特筆に値する。

装飾壁画や副葬品の発見後まもなく、中国や朝鮮三国との関連性をめぐって学者の間で議論が始まったが、多様な研究が細分化されたまま行われ、相互に学問成果を参照してこなかったことへの反省が唱えられた。そこでこれを機に、国内の古代史研究や考古学はもちろん、古代の服飾や絵画、風俗など様々な分野の専門家が集まった討論会やシンポジウムが開催され、それをまとめた著書や学術報告書が次々に出版された。さらに八月二一日に設置された第一回高松塚古墳総合学術調査会は、九月三〇日から一〇月一〇日にかけて総合学術調査を行ったが、そこには韓国・北朝鮮・フランスの学者も参加した。特に金錫亨《キムソッキョン》を団長とする北朝鮮社会科学院の社会科学者代表団の来日は初めてのことだった。金錫亨は一九六〇年代に、古代の日本列島は朝鮮三国に分割支配されていたとする「日本列島分国論」を唱えた歴史学者である。彼の説は、四八年に江上波夫が提唱した、古代の日本はユーラシア大陸から渡ってきた騎馬民族が征服して打ち立てた国家とする「騎馬民族征服説」とともに、大きな波紋を投じた。また高松塚古墳と直接的な関係はないものの、総合学術調査の実施中に、七一年四月に朝鮮大学を辞めた李進熙の『広開土王陵碑の研究』が出版されたことも見逃せない。彼は〈任那日本府〉経営が動かせない歴史的事実だったことを示す根拠とされてきた広開土王陵碑の拓本を比較検討し、碑文の文字の一部が、陸軍砲兵中尉の酒匂景信により、日本に有利になるよう改竄されたという説を打ち出した。これもまた日本の歴史学界に大きな衝撃を与えた。

こうして、高松塚古墳の装飾壁画や副葬品の発見を契機に、古代の日本文化の形成をもっぱら中国からの影響としてきた通説が問い直されるとともに、日本国内の学問領域を超えた学者の交流のみならず、日本と南北朝鮮の学者による交流の端緒が開かれた。また一般の人々にも、古代における朝鮮半島からの「帰化人」の存在に目を向けさせ、彼らの技術や文化の固有性と重要性を認識させるきっかけとなった。

この追い風に乗って、金達寿は単著『日本の中の朝鮮文化』シリーズの著者としても、雑誌『日本のなかの朝鮮文化』の編集長としても活躍した。前者については、「朝鮮遺跡の旅」関東編に続いて関西編が『思想の科学』に連載された。日本人が書いたものを通じて語らせるという手法は変わらないが、「渡来人」の語を積極的に用いたり、〈帰化人史観〉への批判が強まっており、金達寿の自信が随所に窺える。関西編は一九七〇年九月から七三年一二月まで連載され、『日本の中の朝鮮文化』第二〜四巻としてまとめられた。いずれも連載が一区切りするとすぐに出版され（講談社刊）、売れ行きも好調だった。その後、連載誌が『季刊歴史と文学』に移ると、「遺跡紀行　日本の中の朝鮮文化」の題名で、七四年三月から七六年三月にかけて、北陸地方と丹波のほか岡山や広島を中心とする山陽地方の古代文化遺跡を探訪し、それぞれ『日本の中の朝鮮文化』第五巻と第六巻として刊行された。こうして金達寿は古代文化遺跡の新たな価値を知らせるとともに、地域の研究会や役所内の郷土史編纂の担当部門など、非常に限られた範囲にしか知られていなかった、各地域の郷土史家や歴史愛好家など在野の人々を結びつける役割を果たした。

他方、雑誌『日本のなかの朝鮮文化』の誌面や論調も大きく変化した。朝鮮渡来の人々を抜きに日本国家や文化の形成を語ることはできないという認識が座談会の出席者や執筆者に共有され、それを前提とした議論が展開されるようになったのである。

古代史に関する議論と並行して、焼物や民芸、朝鮮通信使など、近世の日朝関係に関するトピックスも扱われ続けた。特に鄭詔文が二四号（七四年一二月）に発表したエッセイ「沖縄の李朝の炎――私の古美術散歩」は、その後、「私の古美術散歩」というコーナーとして、二九号（七六年三月）から陶芸家の八木一夫が担当するようになり、三三五号（七七年九月）まで連載された。八木が七九年に死去したのち、四五～五〇号（八〇年三月～八一年六月）まで、鄭貴文がそのコーナーを引き継いだ。

しかしそれ以上に重要なのは、朝鮮文化社が主催者となって様々な企画を催すようになったことである。まず一九七二年四月九日、「日本のなかの朝鮮文化遺跡めぐりツアー」の第一回が実施された。これは金達寿と上田正昭を臨地講師として、日本各地の古代文化遺跡をめぐろうというツアーである。在日朝鮮人の作家と日本人の歴史学者という講師の組み合わせ自体、このツアーが、「「日本のなかの朝鮮文化」は日本にある朝鮮の文化的、歴史的遺跡などを明らかにすることによって、両国・両民族の自主と連帯とに寄与しょう《〔ママ〕》とするものであります」という雑誌の刊行目的を実践する活動であることを示している。第一回のツアーは、高松塚古墳から装飾壁画が発見された直後だったこともあり、定員百名のところ五百名以上もの事前申し込みがあった。そこでやむを得ず、定員を二百名に増やしたが、『毎日新聞』が集合時間と場所を明記して記事を発表してしまったため、事前申し込み者だけが持つ参加証を持参していない参加希望者が続々と集まり、地元の警察が急きょ交通整理にあたらねばならないほどの盛況ぶりを見せた。ツアーはその後も年に二～三回の頻度で開催され、八一年五月一七日の第三〇回まで続けられた（上田によればその後も二回行われたようだが、不明）。李進熙や森浩一などが講師役を務める場合もあったが、最も人気を集めたのはやはり金達寿と上田のコンビで、「金節・上田節」と呼ばれて好評を博した。

ツアーのうち一四回については、現地レポートが『日本のなかの朝鮮文化』に掲載された。現地レポートの中には参加人数が書かれていないものも多いため、各回の参加人数は不明だが、上田によれば、

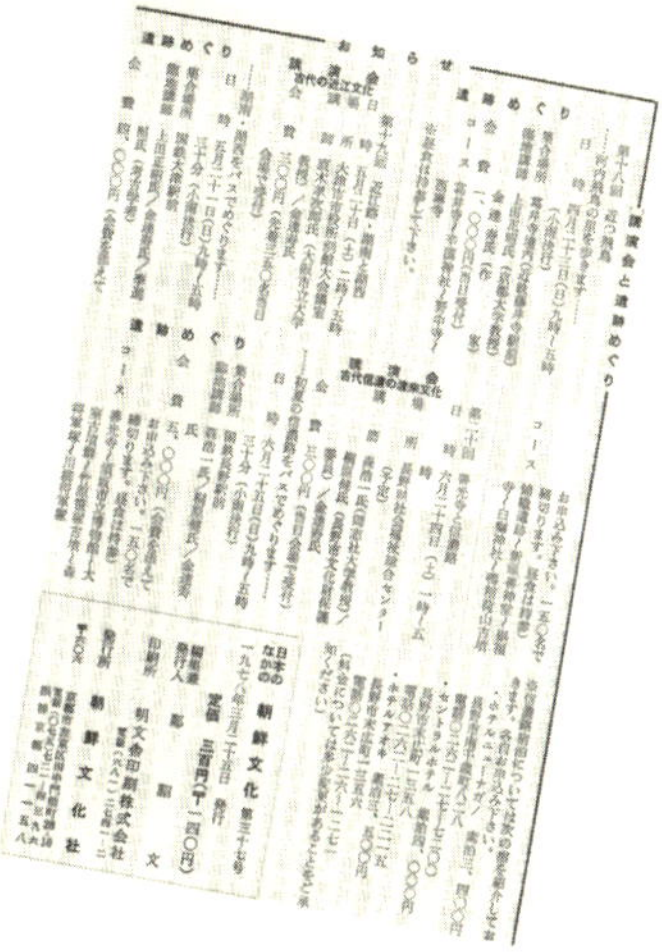

金達寿の臨地講師姿（足立龍枝氏提供、1979年撮影と推定）と遺跡めぐりツアー広告

多い時で五百名、少ない時は五〇名ほどだった。参加人数の差はツアーの場所によるものであり、人気がなくなったからではない。李光江によれば、ツアーには常に、定員をオーバーするほど参加の申込みがあった。特に『朝日新聞』にツアー開催の記事を出した時は、申込みの数が大きく増えた。日本人と在日朝鮮人の参加者の比率は不明だが、在日朝鮮人は多くて二割ほどだったようだ。ちなみに、『日本のなかの朝鮮文化』の定期購読者は少なくとも五～六百名ほどいたが、在日朝鮮人の定期購読者も、やはり二割程度だった。ツアー参加者の多くは年長者で若者は少なかった。ツアーの性格から参加者は男性ばかりと思われるかもしれないが、女性も少なくなかったようだ。共同通信社の藤野雅之は、但馬地方をめぐった第一四回のツアー（七六年一〇月三一日開催）について記事を書いて以来、ツアーのレポートを『日本のなかの朝鮮文化』

に書くようになったが、彼によると、女性の参加者は、旧制女学校時代に〈皇国史観〉を教えられた世代が多かったという。雑誌やツアーの知名度が高まると、ツアーだけでなく、その前日に講演会が催される場合もあった。講演会も聴講者数は不明だが、出雲の古代文化遺跡をめぐったツアー（第一五回。一九七七年四月二四日）の前日に島根県民ホールで開かれた講演会には、約六百名の聴講者が集まったことが記録されている。翌日のツアーの参加者は一五〇名ほどなので、総じてツアー参加者より講演会の聴講者の方が多かったと推測される。

『日本のなかの朝鮮文化』掲載の座談会と論考は、一九七二年一一月と七三年二月にそれぞれ、中央公論社と新人物往来社から刊行された。出版記念を兼ねて、司馬遼太郎、上田正昭、金達寿が発起人となり、七三年二月二四日、中央公論社ビル大ホールで「雑誌『日本のなかの朝鮮文化』を励ます会」が催された。和歌森太郎、松本清張、竹内好、井上光貞、中野重治、旗田巍、岡本太郎、陳舜臣など多様な分野の著名人や関係者など約一八〇名が鄭兄弟をねぎらい、単行本の刊行を祝した。

会の冒頭、司馬は鄭詔文について、次のように紹介した。「この人は朝鮮総連に属しておりまして、朝鮮総連というのは社会主義国家の日本における団体でございますから、プライベートの刊行物を出すことは好ましくないとされておるわけです。ところが鄭詔文さんはこういう雑誌を出したものですから、たいへん叱られまして、いまのところ叱られっぱなしの状態であります。そういう意味から申し上げましても、まったくこの雑誌には政治色がないということになるわけです」。竹内は、「初めは趣味雑誌かと思いまして、道楽でやってるのかと思いましたが、だんだんにそうではなくて、これは日本でいちばん革命的な雑誌であると思うようになりました」と語り、それを受けて中野も、「あれが革命的なのたならば、革命というものはたいへん楽しくて、ためになるものだと思っております」と場を盛り上げた。司馬と上田は、現在の朝鮮ブームは一、二年もすれば終わるだろうと語ったが、むろんこれはこの雑誌の役割が終わるという意味ではない。一時期のブームに流されることなく、従来の刊行姿勢を堅持してほしいという激励を込めた発言である。この後も座談会は三冊、論文集は二冊、両社から刊行された。

一九七五年には四~九月の毎月第三土曜日の夜、京都市上京区の社会福祉会館で文化講座「日本と朝鮮」が開講され、末川博、上田正昭、森浩一、金達寿、飯沼二郎、林屋辰三郎、司馬遼太郎が講師を務めた。この講座も好評で、七六年五~一〇月に第二期が、七七年五~一〇月に第三期が開講された（講師は一部を除いて非固定）。さらに雑誌に、座談会の代わりに公開シンポジウムも掲載された。シンポジウムは地方の市教育委員会が主催したものと、市教育委員会と朝鮮文化社や「東アジアの古代文化を考える会」など在野の研究会が共催したものがあった。シンポジウムの翌日に、「日本のなかの朝鮮文化遺跡めぐりツアー」が行われる場合もあった。この他、三〇号（七六年六月）を記念して論文が募集され、二編が佳作に選ばれた（入選作なし）。

ちなみに、「東アジアの古代文化を考える会」は、一九七二年一一月一三日に江上波夫を会長として発足したが、会の名付け親も江上を会長に推薦したのも金達寿である。初代事務局長の鈴木武樹は七二年春~夏頃、「天皇陵古墳を発掘する会」を作ろうと思っているので参加してほしいと金達寿を誘ったが、即座に断られた。鈴木はその後、「天皇陵古墳顕彰会」を作るからと再び金達寿を誘い、金達寿は会の名称を「東アジアの古代文化」にしてはどうかと提案した。鈴木はまたも金達寿に会長になるよう頼んだが、やはりその場で断られ、代わりに江上が推薦された。こうした経緯で同会が発足したのである。

高松塚古墳から装飾壁画などが発見されて以後、雑誌『日本のなかの朝鮮文化』の方向性は明確化し、動かせない歴史的事実とされてきた〈神功皇后の三韓征伐〉や〈任那日本府〉経営、「帰化人」という用語などへの問い直しが積極的に展開されるようになり、〈皇国史観〉の根幹を大きく揺るがした。また先の諸企画から窺えるように、古代史ブームが沈静化した後も、誌上での批判を自分の問題として考える読者層は、着実に厚くなっていった。鄭詔文が財政を一手に引き受ける同人雑誌であることに変わりなかったが、『日本のなかの朝鮮文化』の存在感は、商業誌や学術雑誌に勝るとも劣らないものとなった。実際、同誌はもともと四〇号（七八年一二月）で終刊するつもりだったが、終刊を惜しむ多くの声に後押しされ、五〇号（八一年六月）まで刊行された。この間、李光江は体調を崩し、四二号（七九年六月）で編集スタッフを辞めて東京に戻った。

金達寿は、単著『日本の中の朝鮮文化』シリーズや、雑誌『日本のなかの朝鮮文化』を舞台とする様々な活動を通じて、文化遺跡めぐりツアーの参加者などから、「あなたは小説も書くんですか」と尋ねられるほど、急速に古代史研究家として認知されていった。のみならず、森浩一によれば、彼の古代史研究は大学の学生にまで、多大な影響を与えたという。

金さんは小説家と言おうか、古代史家と言おうか、たとえばわが大学でゼミをやっておりますと、突然学生が「これから金達寿流の発想に切り替えます」と堂々とやり出すのです。これはぼくのところの大学だけかと思っていると、ある時東京大学の井上光貞さんと一緒になったら「東大でもまったく一緒だよ」ということで、井上さんがどう言おうと「金さんはこう言っている」ということで、金さんの学説というものはなかなか風靡しています。
これは四年ほど前のことですが、しかし現在もそれがどんどん続いているのですね。
（『わがアリランの歌』を出した金達寿の会」での発言）

森のこの発言は、金達寿の古代史研究が専門家にも無視できないものとなり、従来の日本古代史研究の方法に飽き足らなかった多くの学生たちの目に新鮮に映ったことを、如実に示している。

司馬遼太郎との交友

『歴史の交差路にて』後書き（「両氏と私」）や『街道をゆく』によれば、司馬遼太郎は、「昭和四十年代の暑い日」、京都で開かれた、新雑誌創刊のための会合に出席した。一九六八年の夏頃と思われる。上田正昭なども参加したその場で、司馬と金達寿は初めて顔を合わせた。司馬によれば、金達寿は笑顔で「キム・ダルスです」と挨拶し、金達寿によれば、司馬は「やあ、やあ、キムダルスさん。お作はずっと前から読んでおります」と爽やかな挨拶をしたという。

司馬は敗戦直後に新聞記者を勤めていた頃から金達寿の小説を読んでおり、「長編『玄海灘』（昭和二十七～二十八）へとつづく、骨格の雄大な初期作品群を読まされていたころは、仰ぎ見る思いでいた」。金達寿は司馬よりも三歳年長に過ぎなかったが、この時期の印象が強く、初対面の席では金達寿が老大家に見えて、「長者に対するにふさわしい礼をとった」。その後、子供の頃から友達だったように親しくなったが、「金達寿氏に対しては、平素も敬語をつかい、酒を飲むときも下座にすわり、長者というほど重くはないが、兄事する礼をとってきた。かれが儒教の国の人だからである」。このため、年齢差など無いに等しいと思い直してからも同格の気分になれず、金達寿を「大将」と呼んだ。また司馬は、「漢字共有国の姓名や地名は、日本人の場合、原則として奈良朝につたわった呉音か、平安期につたわった長安音（漢音）でよむこと」が自然だと考えていたが、金達寿だけは例外的に「キム・ダルス」と読んだ。「ダルスという響きが音感として好きだし、またそう読むことが日本文壇のならわしでもある」というのがその理由だった。

司馬は金達寿が『日本の中の朝鮮文化』を「朝鮮遺跡の旅」のタイトルで『思想の科学』に連載を始めた翌一九七一年一月から、『週刊朝日』に「街道をゆく」の連載を始めた。『日本の中の朝鮮文化』は、「街道をゆく」の二番煎じと思われるかもしれないが、二つの紀行文の連載が始まった時期を見ると、それが誤りなのは明らかである。連載にあたり、『日本の中の朝鮮文化』をどれほど意識したかは不明だが、連載初期には金達寿の名前が頻繁に登場する。のみならず、出雲には金達寿や李進熙と一緒に取材旅行に行き、先に「街道をゆく」に発表した司馬の文章を、金達寿がそのまま『日本の中の朝鮮文化』シリーズの連載に引用することもあった。

司馬はまた、日本のなかの朝鮮文化社が毎年の春と秋に、京都の洛北や洛西でひらいた花見や紅葉狩りに夫婦で参加した。宴が盛り上がり、朝鮮楽器を打ち鳴らして踊りの輪ができると、上田とともに司馬も輪に加わって一緒に踊った。

一九八一年六月に『日本のなかの朝鮮文化』が終刊した後も、司馬は陳舜臣を交えた鼎談『歴史の交

日本のなかの朝鮮文化社主催の野遊会で踊る参加者たち
左から三人目が司馬遼太郎．他に司馬夫人，姜在彦の顔も見える
［竹中恵美子氏提供］

差路にて』や、後述する座談会『日韓　理解への道』で金達寿と一緒に仕事をしたり、折に触れて手紙をやりとりするなど、公私にわたって交流を続けた。

一九九五年暮れ、金達寿は、『この国のかたち』四巻をもらったことへのお礼に、同書に収録された「日本人の二十世紀」の中で、司馬が「西洋人の観念には、神という絶対の存在」があるように思うと指摘したことに対する感想を添えて送った。すると司馬から九六年一月一七日付で手紙が届いた。正月早々から司馬夫妻と若い編集者で横須賀を歩き、「このまちは、『わがアリランの歌』の作者のまちだ」と言ったりしたこと、「絶対と相対の問題」を読んでくれたことへの礼が述べられていた。最後に、「こんどは鎌倉など、相模湾ぞいを歩こうと思っています。むろん、鎌倉文士の跡をしのぶつもりではなく」と記されたが、司馬はそれから一ヵ月も経たない二月一二日に死去した。そのためこの手紙が、二人の最期の交流となった。しかしこの手紙から、司馬と金達寿との、子供の頃からの友達だったような親しさが、最後まで変わることなく続いたことが窺える。

『季刊三千里』創刊

一九七〇年前後、国際情勢は大きく変化しつつあった。アメリカ大統領リチャード・ニクソンは、六九年七月に「ニクソン・ドクトリン」を発表し、ベトナム戦争からの撤退や中国との関係改善に乗り出した。その背景には、海外での過度な軍事費の支出と、ベトナム戦争の長期化によるアメリカの経済力の弱体化があった。七二年二月にはニクソン大統領が訪中、同年九月には日本と中国が国交を回復した。

沖縄が日本政府に「返還」されたのもこの年である。冷戦構造に根本的な変化はなかったものの、世界的にデタント（緊張緩和）の動きが進んだ。こうした国際情勢を背景に、七二年七月四日、韓国と北朝鮮の当局が、ソウルと平壌で同時に、「七・四南北共同声明」を発表した。外国勢力の干渉なしに自主的かつ平和的方法で統一を実現し、思想や理念を超えた民族的大団結を図るという内容だった。しかし、共同声明に謳われた南北統一への道のりは、七三年六月に朴正熙大統領が、北朝鮮と韓国が互いの国家を承認し合い、国連への同時加盟を提案したのに対して、金日成国家主席が「高麗連邦共和国」という国号のもとに南北朝鮮を統一し、一つの国家として国連へ加盟すべきと反論するなど、結局は両国の主導権争いの中に埋もれてしまった。

しかし金達寿たちは、七・四声明を前向きに受け止め、韓国と北朝鮮および日本と南北朝鮮、日本人と朝鮮人との架橋を目指して、七五年二月、徐彩源《ソチエウォン》を社主に、金達寿、李進熙、姜在彦、李哲、朴慶植、金石範、尹学準の七名を編集委員に『季刊三千里』を創刊した。彼らは皆、総連で活動していたが、一九六〇年代後半から七〇年代初めに離脱したり除名された人々である。創刊時からスタッフだった佐藤信行によれば、「『季刊三千里』創刊にあたって編集委員会で繰り返し確認されたことは、この雑誌を同人雑誌にしないこと、日本の社会、日本の学界に問題提起をしていける雑誌とすること」だったが、朴慶植と尹学準は同人誌を作ると思っていたらしい。尹学準は七四年二、三月頃、金石範に、「このたび雑誌を出すことになるので、是非参加してほしい」。「金達寿といっしょにやるが、主に尹学準個人の発表の場となる同人誌のようなもので、この自分のためにも是非金石範に参加してほしいし、それは金達寿の意向でもある」ともちかけた（金石範「鬼門としての韓国行」『国境を越えるもの』）。さらに金石範は、金時鐘も『三千里』創刊の段階で、尹学準と大阪で会い、長篇詩の連載をたのまれたときに、はじめて金達寿がやっているのを知ったが、それまでは尹学準の個人誌だとばかり考えていたという」と記している。この認識の違いから、まず朴慶植が七号（七六年八月）で編集委員を辞め、続いて尹学準も一三号（七八年二月）で辞めた。

会合の中で雑誌の性格をめぐる基本的な原則が作られたほか、社長に李哲が、また金達寿の強い主張もあって編集長に李進熙が、副編集長に尹学準が、それぞれ就くことも決まった。ただし李哲が社長というのは名目上で、実際の社長は当初から徐彩源だった。また李進熙は、一年限りという約束で編集長を引き受けたのだが、結果的に最終号まで務めることになった。編集実務は佐藤信行が担った。佐藤は、鈴木武樹が一九七二年五月に開いた寺子屋思想講座で李進熙が講師を務めた際に知り合った人物で、同社で唯一の日本人スタッフとなった。事務と会計は当初、詩人の姜舜《カンスン》の娘が担当したが、一年ほどで結婚して退社した。七五年四月から権玲子が事務を務めたが、彼女も一年ほどで辞めた。さらに後任になった全和子《チョンファジャ》も七七年一〇月初めに結婚し、七八年六月頃に退社した。彼女と入れ替わりに、NHKに朝鮮語講座の開設を要望する会の運動（後述）にボランティアで参加し、三千里社を訪れていた魏良福《ウィヤンボク》が入社して、ようやく体制が落ち着いた。営業は呉英彬《オヨンビン》が担当していたが辞め、九号（七七年二月）から高《コ》二三《イサム》（のち新幹社代表）が務めた。これ以後、佐藤が編集、魏良福が編集と事務、高二三が編集と営業という体制で雑誌を支えた。この他、内川千裕（新人物往来社編集者。のち草風館社長）、草野権和（のち『人間雑誌』編集長）、小出基一（フリーの校正者）が、外部スタッフとして編集や校正作業を助けた。

一九七四年九月初め、新宿区西大久保一－四五九アゼリア東広ビル六〇八号に事務所を置いた。東広

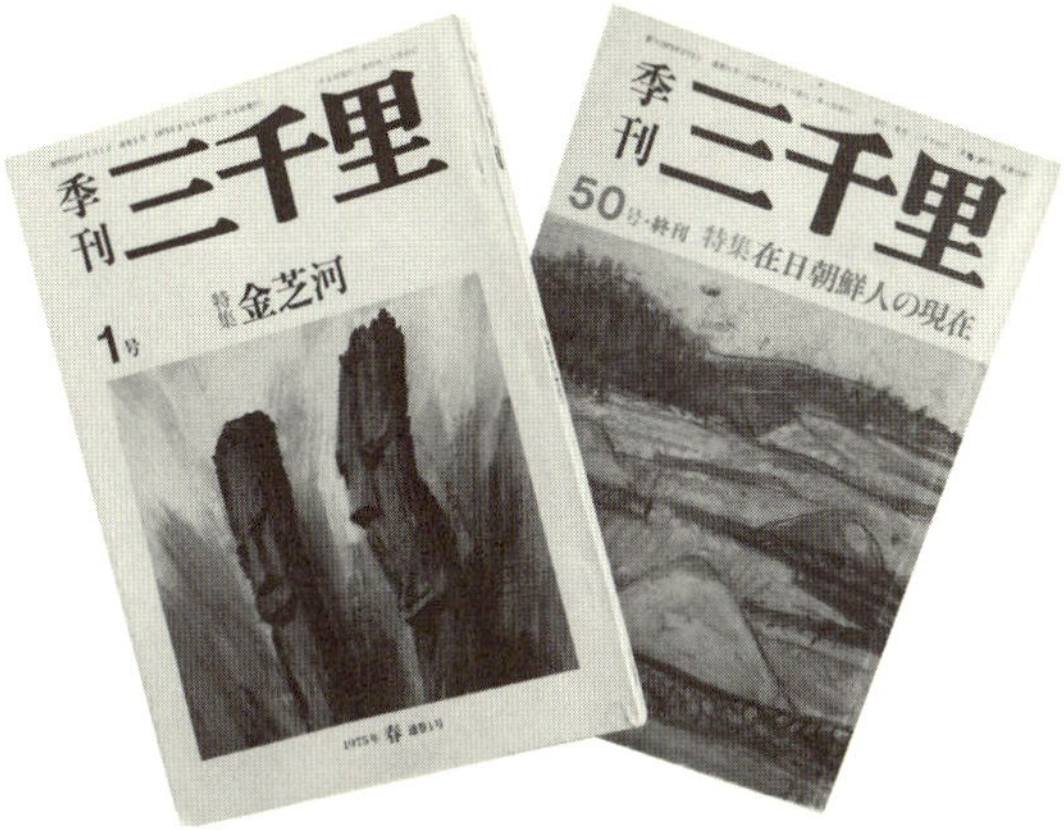

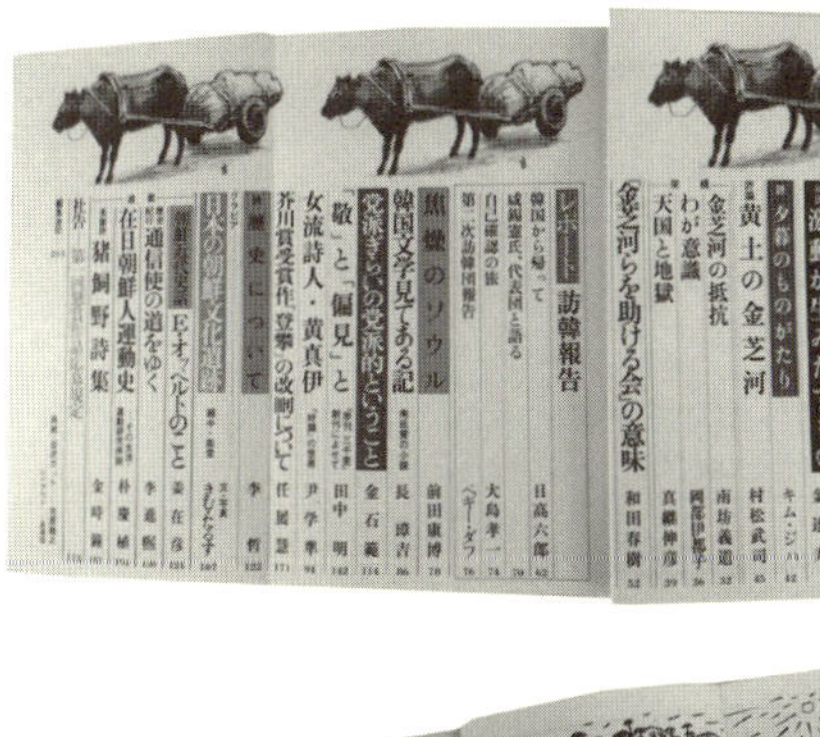

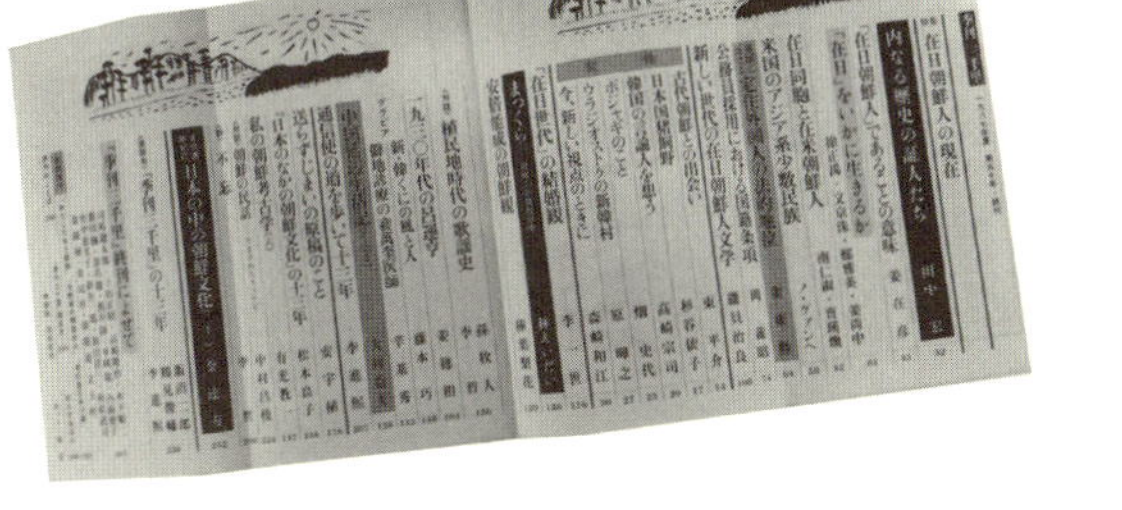

『季刊三千里』(創刊号と終刊号の表紙と目次)

ビルには毎日新聞の東京西支局が入っており、彼らは事務所開きをするとすぐ支局に挨拶に行った。李進煕は自伝『海峡』で、総連の妨害を想定して事務所探しには格別の神経を使ったと語っているが、日本の新聞社が入っているビルなら、そう簡単に連盟員は押しかけられないだろうという意図だったと推測される。その後、七八年七月一日に住居表示が変更されたのに伴い、同社の住所は新宿区歌舞伎町二―四二―一三アゼリア東広ビル六〇八号となった。事務所の片隅には畳が三枚敷かれており、姜在彦は編集会議で上京すると、ここに布団を敷いて宿泊した。

　創刊号の特集が、韓国における民主化闘争のシンボルで、文学活動を通じて朴正煕政権を批判し死刑宣告を受けていた、詩人の金芝河に決まるのに時間はかからなかった。しかし一九七四年一二月、発売元となるはずの講談社から断りの連絡が入った。同社の雑誌『現代』のレポーターだった太刀川正樹が、ソウル大学に留学中だった徐勝《ソスン》と徐俊植《ソジュンシク》の兄弟が七一年に「北のスパイ」として逮捕された事件を取材していた最中に、やはり「北のスパイ」として逮捕されて重罪を宣告されていたため、韓国側の心証を悪くしたくないという配慮からのようだった。そこで彼らはすずさわ書店に発売元を引き受けてもらい、創刊号を出した。一万三千部を刷ったが、二週間も経たずに書店から追加注文が殺到し、三千部を増刷した。多くの読者からカンパが寄せられたことも編集委員を大いに勇気づけた。三号から発売元も三千里社になった。雑誌はその後、毎号平均一万部を刷り、五千部を実売、残りは在庫にし、注文に応じて販売する方法を取った。

　李進煕が執筆した「創刊のことば」には、「『季刊三千里』には、朝鮮民族の念願である統一の基本方向をしめした一九七二年の「七・四共同声明」にのっとった「統一された朝鮮」を実現するための切実な願いがこめられている」と、雑誌の理念と基本原則が掲げられた。「これまでの経験にてらして、われわれにはさまざまな困難が予想される」が、「朝鮮と日本との間の複雑によじれた糸を解きほぐし、相互間の理解と連帯とをはかるための一つの橋を架けて行」くこと、そのために「在日同胞の文学者や研究者たちとの輪をひろげてゆ」くとともに「日本の多くの文学者や研究者とのきずなをつよめ」、さらに「読者の声を尊重し、それを本誌に反映させる」ことが明記された。

編集会議は毎月開かれ、編集委員もスタッフも全員、欠かさず出席した。金達寿は一度だけ、兄の家で行う祭祀と日程が重なったために欠席した。徐彩源によれば、「編集会議はおおむね乙女の如くはじまるのでありますが、いつの間にかそれが怒号、嘆息のうちに終わるのであります。そこでは君子の面影などは全然ありませんで、たぎる思いは青年志士の慷慨にも似た高まりで終わるのであります。ときとして床を踏み、サクを裂かんばかりの状況にあいなるのであります」(「感謝のことば」)という様子だった。特集のテーマや執筆依頼者は、最終的には編集委員が決めたが、スタッフにもしばしば意見を求めた。

総合雑誌にふさわしく、日本と朝鮮に関わる論説から詩・小説まで、多種多様な分野の記事や文学作品が掲載された。これらの原稿を厳しくチェックしたのは李進熙である。彼は『季刊三千里』が同人雑誌と思われないよう神経を配った。編集スタッフや外部スタッフの内川などに校正を任せきりにせず、自ら全ての原稿に目を通し、誤字・脱字などをチェックした。執筆者に修正を求めたり、依頼原稿なのに没にすることさえあった。特に(在日)朝鮮人の執筆者には厳しかったようである。その代わり、ベテランも新人も一律に、四百字二千円という破格の原稿料を出した。当時、岩波書店の『世界』の原稿料が二千円で、それに倣ったのである。雑誌の運営に毎月百万円ほどの赤字が出たが、すべて徐彩源が補填した。

一九七〇年代の『季刊三千里』の活動で、注目すべきものが三つある。第一に、NHKに朝鮮語講座の開設を求める運動である。四号（七五年一一月）に掲載された金達寿と久野収の対談で、久野が「朝鮮人のみなさんと協力して、NHKに朝鮮語講座をおくよう運動を起こしましょうや」と提案し、金達寿が「それはいいですね。大賛成です」と応じた。これと前後して、『朝日新聞』一一月二六日号の「声」欄に、高淳日《コスニル》の投書「NHKは朝鮮語講座を開設して」が載った。彼が経営する焼肉店「くじゃく亭」にはNHKの幹部やディレクターなどが訪れており、高は彼らに朝鮮語講座の必要性を訴え、一九七三年からは同店で朝鮮語講習会を開いていた。他にも各地でいくつか自主的に朝鮮語講座が催されていた。そこで中野好夫、久野収、金達寿が呼びかけ人となり、彼らを含む四〇名の知識人や学者によって、「NHKに朝鮮語講座の開設を要望する会」が結成された。事務局は三千里社の事務所に置かれ、事務局長は矢作勝美が務めた。彼らは三万八千筆余りの署名を集め、講座の開設を申し入れた。これに対し、NHK側は、すでに外国語講座を週に五〇時間放送しており、これ以上は枠を増やせないと回答した。だが枠以上に問題だったのは、「朝鮮語」と「韓国語」のどちらの名称を採用するかということだった。要望する会は、「朝鮮語」は北朝鮮ではなく統一朝鮮の言語なので、「朝鮮語講座」とすべきだと主張した。これに対して民団は、「韓国語講座」とするよう要望し、団員を動員して一三万筆もの署名を集めた。名称をめぐる対立は韓国政府まで巻き込んで一〇年近くも続いたが、最終的に八四年四月から、「안녕하십니까《アンニョンハシムニカ》?〜ハングル講座〜」の名称で、テレビとラジオの講座が始まった。講座のテキストの創

刊号は、テレビとラジオを合わせて一五万部を刷ったが、すぐに売り切れ、五万部ずつ増刷するほどだった（南相瓔「ＮＨＫ「ハングル講座」の成立過程にかんする研究ノート」）。

第二に、八号（七六年一一月）の「在日朝鮮人」特集である。朝鮮半島で生まれ育ち、植民地時代や〈解放〉後に〈内地〉／日本に渡ってきた一世世代にとって、最終的には朝鮮半島の故郷に帰るのが当然だという思いは、抜きがたい感覚として身体に刻まれていた。総連も民団も、在日韓国・朝鮮人を、あくまで一時的に日本に居留している人々と位置づけていた。これに対して姜在彦は「在日朝鮮人の六五年」で、在日朝鮮人の歴史を振り返った上で、一九七四年四月現在、日本生まれの在日朝鮮人が全体の七五・六％にものぼること、これに出生地不詳の人々を加えると、祖国を知らない世代は約八〇％に達するのではないかと推計した。その上で、在日朝鮮人社会は「構成の中堅層の交替によって、まさに構造的に変化してきており、在日朝鮮人問題の性格そのものも、もっと複雑に変わってきている」（傍点原文ママ）と述べ、この構造的変化を踏まえると、民族意識の風化現象、婚姻のかたち、祖国の統一によって在日朝鮮人問題はおのずから解消するのかどうか、といった様々な問題が考えられるし、また現実に提起されていると主張した。そして最後に、「日本社会からも疎外され、祖国をも知らない若い世代の今後のあり方と運命にかんする問題は、在日朝鮮人全体の中心問題としてもっと真剣に論議され、運動としての対策と方法が研究されなければならない深刻な問題といわざるをえない」と締めくくった。七〇年一二月に朴鐘碩《パクジョンソク》が日立製作所ソフトウェア工場を相手取って就職差別の訴訟を起こしたことや、七六年に金敬得《キムギョンドク》が司法修習生になる条件とされてきた帰化を拒否し、国籍条項の撤廃を求めて最高裁に申し立てを行ったことに象徴されるように、二世以降の世代は日本社会に対する権利意識に目覚めつつあった。姜在彦の論はこうした状況を念頭に置いたものである。この後、一二号（七七年一二月）で再び「在日朝鮮人の現状」特集が組まれ、佐藤勝巳、吉岡増雄、扇田文雄が、それぞれの立場から、在日朝鮮人二世以降の意識や生活の変化に、日本社会と在日朝鮮人組織の両方が取り組むとともに、年金など様々な制度を改革する必要を訴えた。

第三に、日本社会や日本人の中に根深く残っている朝鮮観——朝鮮民族には自力で社会や文化を発展させていく力はなく、中国や日本が導いてやらねば何もできないという〈他律史観〉・〈停滞史観〉——の是正に取り組んだことである。八〜一六号（七六年一一月〜七八年一一月）にリレー連載された、金達寿、李進熙、姜在彦、姜徳相の「教科書のなかの朝鮮」は、この課題を集中的に取り上げたものである。日本の高校で採用されていた歴史教科書のうち、検定をめぐって裁判中だった家永三郎が執筆した『新日本史』（三省堂）を含む主要な八種類を取り上げ、そこに朝鮮の歴史や文化、日本との関係などがどのように描かれているかを、朝鮮半島にも日本列島にも国家のなかった縄文・弥生時代から植民地時代まで、丹念に比較検討したものである。連載後、一九七九年四月、講談社から、『教科書に書かれた朝鮮』として出版された。八二年夏、韓国や中国などアジア諸国から、日本の歴史教科書の記述を批判する声が一斉にあがったが、『季刊三千里』では、そうした批判を七六年という早い時期から行っていたのである。

この他、（在日）朝鮮人の文学作品を読んだり、朝鮮の歴史や朝鮮語の講習を行っている全国各地のサークルの紹介や、中国やソ連、アメリカなど、世界各地で暮らしているコリアンの歴史と現在の状況を記したルポルタージュなども興味深い。これらの仕事はいずれも、「朝鮮と日本との間の複雑によじれた糸を解きほぐし、相互間の理解と連帯とをはかるための一つの橋を架けて行」くという、雑誌の理念に合致する。

皮肉なことに、この理念が最も達成されなかった領域が、同時代の日韓・日朝関係だった。編集委員は統一朝鮮を自らの基盤と定め、韓国にも北朝鮮にも偏らない姿勢を堅持する立場から、『季刊三千里』を通じて朝鮮半島の現状を広く伝えることを目指した。だが当時の韓国と北朝鮮の政治体制および日本政府と両国の関係、両国の現状を知るために利用できる情報量の差は、「朝鮮と日本との間の複雑によじれた糸を解きほぐし、相互間の理解と連帯とをはかるための一つの橋を架けて行」くという目的を達成する上で大きな障害となった。創刊号で金芝河特集を組んで以降、韓国については毎号のように金芝河や金大中《キムデジュン》の動向に関する記事、毎日新聞外信部記者の前田康博やK・Iの現地レポート、在日韓国・朝鮮人留学生の逮捕を糾弾し釈放を訴える声明、国家保安法などの法制度、白楽晴《ペンナクチョン》などいわゆる四・一九世代の評論や小説の翻訳・紹介など、幅広い分野の文章が掲載された。他方、北朝鮮については、紹介記事はおろか言及すら皆無だった。また韓国の現地レポートや論考では、朴正熙大統領や金芝河・金大中など、ごく一部の人物がクローズアップされる傾向が見られる。維新体制下で韓国の民衆が苦しむ様子は伝えられたが、民衆の姿は抽象的なイメージにとどまっており、彼らの「顔」が浮かび上がってこない。七〇年に韓国の郷里を訪れた徐彩源を除いて、編集委員の誰も朴政権下の韓国社会を実見できずにいたという事情が、彼らの認識を表層的にしていたことは否定できないのである。

もちろん編集委員の中に、生まれ育った故郷に帰りたいと思わない者は誰もいなかった。また知的活動の面からも、彼らはその必要性を痛感していた。たとえば金達寿は、「玄海灘」執筆後に続編「太白山脈」に取りかかる旨を宣言していたが、小説にリアリティーを与えるためには現地取材をしなくてはどうにもできず、年に数度、ほとんど気が狂いそうな状態に陥った。李進熙も中国・吉林省にある広開土王陵碑の研究を発展させるため、姜在彦も一九三〇年代の満州における抗日パルチザンの実態解明に取り組むため、やはり現地取材がどうしても必要だった。文学活動を通じて済州島四・三事件を告発してきた金石範や金時鐘や、詩人の李哲も、訪韓の必要はないとは考えなかっただろう。しかし「朝鮮」籍である彼らには、いったん日本国外に出ると帰国できる保証がなかった。また反共を国是とする軍事独裁体制下の韓国に行けば、「北のスパイ」として逮捕される危険性が非常に高かった。実際、七〇年代、韓国に留学した在日朝鮮人学生が、「北のスパイ」として逮捕され、ろくな取り調べもなく死刑や重罪を宣告されるケースが続発していた。さらに彼らを含む多くの在日朝鮮人は、自分の郷里のある祖国は韓国でも北朝鮮でもなく統一朝鮮だと考えており、統一されるまで朝鮮半島の地を踏まないと固く決心して、日本で亡くなった者も少なくなかった。

このような状況でも金達寿は機会を見つけて訪韓しよう何度か試みた。しかしすべて失敗に終わった。反対に韓国筋から訪韓を持ちかけられたことも何度かあった。だが政治的に利用されることを恐れて彼の方で拒絶したり、金芝河の釈放と引き替えなら、という交換条件を出したが容れられなかった。このように在日朝鮮人は日本と韓国・北朝鮮の政治事情に振りまわされ、往来の自由は極端に制限されていたのである。しかし一九八一年三月、金達寿・姜在彦・李進熙と三千里社社長の徐彩源は訪韓する。彼らはどのようにそれを決断するにいたったのだろうか。

第五章　訪韓とその余波

訪韓

一九八〇年は韓国と北朝鮮の両方で、大きな出来事が起こった年だった。

まず韓国では、一八年間もの長い間、政権の座を維持してきた朴正熙大統領が、一九七九年一〇月二六日、KCIA（韓国中央情報部）部長の金載圭《キムジェギュ》に射殺された。韓国社会は騒然とし、八〇年五月、全羅《チョンラ》南道《ナムド》で、四月革命を彷彿させる、学生を中心とした市民による民主化を求める闘争が起こったが、韓国軍に壊滅させられた（光州《クワンジュ》事件）。九月一七日、内乱を誘発したという罪状で軍法会議が開かれ、金大中に死刑、文益煥《ムンイクファン》牧師ら二三名に懲役二～二〇年の判決が下された。そして弾圧を主導した全斗煥《チョンドファン》保安司令官が、九月一日に大統領に就任した。全斗煥政権は、朴正熙政権に勝るとも劣らない強力な軍事独裁体制を堅持しようとした。しかし光州事件の弾圧や、特に金大中の死刑判決に対して国際社会からの非難を受けると、態度を軟化させて、翌年一月に無期懲役に減刑した。ところが日本の知識人の中には、光州事件で死刑宣告を受けたソウル大復学生の鄭東年《チョンドンニョン》ら三名が、金大中の身代わりに処刑されるのではないかという話が広がった。

他方、北朝鮮では、一九八〇年一〇月一〇～一四日の朝鮮労働党第六回大会で、金正日《キムジョンイル》が政治局常務委員（序列四位）・書記局書記（序列二位）・軍事委員（序列三位）に選出された。朝鮮労働党の三大中枢機関であるこれら三つの委員会すべてに名を連ねたのは、金日成と金正日の二名だけだったため、金正日が金日成の後継者に正式に選ばれたことを国内外に示す人事と見なされた。金達寿は、社会主義を自称する国で指導者が世襲制で選ばれるなどあるべきではないとコメントを出した。もはや彼は、北朝鮮に完全に幻滅し、すでに訣別していた総連と合わせて、いかなる未来も見出せなくなった。

こうした朝鮮半島情勢の中、一九八一年二月二六日夜、遅ればせの新年の挨拶を交わすため、金達寿、姜在彦、李進熙が広島の徐彩源宅を訪れて会食した。金達寿『故国まで』（八二年）によれば、徐彩源の故郷が光州事件の起こった全羅南道にあったことから、金大中や、先の三名の死刑囚のことが話題になった。そうしてしばらく話すうち、金達寿は突然思いついて、姜在彦と李進熙に、鄭東年たち三名の死刑囚の減刑を要望するために自分たちが訪韓するのはどうかと切り出した。二人はすぐに賛成し、徐彩源も、そういう話なら自分も何か手伝わせてほしいと言った。これをきっかけに彼らは話し合いを行い、最終的に、在日朝鮮人死刑囚も含めた、「「死刑囚」を中心とする全「政治・思想犯」に対して減刑を「請願」する」ことで話がまとまった。

数日後、徐彩源が駐日韓国大使館に「請願」の話を持ちかけたが、全く相手にされなかった。しかしその後、光州事件の三名の死刑囚などの政治犯に対してなら「請願」を受けつけると態度が変わった。その一方で在日朝鮮人「政治・思想犯」については、政治犯ではなく国家保安法違反の「スパイ」だから応じられないとも回答してきた。実際、三月三日に全斗煥が第一二代大統領に再選出されると、それを記念して五二二一名もの政治犯に対する大規模な恩赦が実施されたが、国家保安法違反などの容疑で服役中の在日朝鮮人「政治・思想犯」には恩赦が適用されなかった。このような状況の中、服役中の在日朝鮮人「政治・思想犯」が明日にでも処刑されるのではないかと新聞記事などで取りざたされたこともあって、金達寿たちは危機感を募らせていった。そこで改めて駐日韓国大使館と交渉したところ、「請願」のための訪韓が認められた。この日について、『故国まで』には三月一四日と記されている。しかし神奈川近代文学館「金達寿文庫」の、韓国政府が発給した金達寿の旅行証明書を見ると、ビザの発給日は三月四日となっている。

それはともかく、その時に交わされた「合意メモ」が『故国まで』に引用されている。

一、名称　在日僑胞受刑者たちに対する寛容を請願する僑胞文筆家たちの故国訪問団。

二、目的　⑴日本の文学界、学界で活動している文筆家として、在日僑胞受刑者に対する寛容な配慮を法務部長官に請願する。⑵故国の変貌を実見するとともに、古代遺跡を見学し、故郷を訪問する。

三、訪問先・見学先　⑴法務部長官。⑵当局が許可する産業施設、扶余《フヨ》・南原《ナムオン》・光州・慶州の古代遺跡および文化施設。⑶各自の故郷。

四、費用その他　一切の費用は自費とし、故国での行動は公開とする。政治的問題については言及しない。（ルビは筆者）

これは最終的に交わされた「合意メモ」と思われるが、「金達寿文庫」には交渉途中のものと思われるメモ（原文は朝鮮語／韓国語）も残されており、それを見ると微妙に削除されたり変更された箇所がある。まず、「目的」だが、「金達寿文庫」のメモでは「日本の文学界、学界、言論界で」云々と記されて

訪韓時の記念撮影（1981年）
右から，姜在彦，崔永禧，金達寿，徐彩源，李進熙

いるが、「言論界で」の部分に×印がつけられている。また「訪問先・見学先」では「扶余・南原・光州・慶州の」という部分に、やはり削除を示す傍線が引かれている。しかし『故国まで』の「合意メモ」に記されているのを見ると、この点については金達寿たちの要求が通ったものと思われる。さらに「金達寿文庫」のメモでは、「目的」の項目と「訪問先・見学先」の間に「構成」・「時日」という二項目が記されている。このうち「構成」には「金達寿、姜在彦、李進熙」とあり、また「時日」では、もともと「三月一九日〜二八日」と記されている日付に斜線が引かれて「三月二〇日〜二七日」と変えられている。おそらく金達寿が『故国まで』に引用した際に省略しただけで、韓国大使館と交わした「合意メモ」にも、この二項目は記されていたと思われる。このうち、「時日」については、何も問題はない。しかし「構成」に徐彩源が含まれていないのはなぜなのか。彼は金達寿たち三名と違い、「日本の文学界、学界で活動している文筆家」ではないが、『季刊三千里』社長であることを念頭におけば、「構成」に含まれていなければ訪韓できなかったのではないかと思う人が少なくないだろう。しかしここには裏取引めいた政治的事情は何もない。というのも彼は、それ以前に韓国籍を取得しており、韓国大使館に特別ビザの発給を申請する必要がなかったからだ。

こうして金達寿、姜在彦、李進熙、徐彩源は、国家保安法違反などの容疑で、死刑や無期懲役を宣告されて獄中にいる在日朝鮮人「政治・思想犯」の助命や減刑を請願するという〈目的〉で訪韓することになった。駐日韓国大使館は、日本に戻ってからは何を言っても構わないが、それまでは訪韓について内密にするように申し入れていた。当人たちも横やりが入って訪韓が不可能になることを恐れ、事前に、訪韓の目的はおろか、訪韓すること自体、『季刊三千里』編集委員など、極めて少数の人にしか話さなかった。では訪韓を伝えられた編集委員や編集スタッフは何を思い、どう反応したのだろうか。

佐藤信行によれば、一九八一年三月一四日頃に開かれた編集会議で、金達寿たちは訪韓について伝え、李哲と金石範に一緒に訪韓するように誘った。これに対して二人は、納得はできないが行くのは仕方がない、自分は行かないと答えた。二人とも特に反対する様子はなかったという。佐藤自身は、政治犯云々ということでではなく、故郷に帰るという理由で訪韓してほしいという気持ちだった。

高二三によれば、一九八一年二月の編集会議で訪韓のことを聞かされた。当時、『季刊三千里』は、韓国の民主化運動と連帯する人々と総連から離脱した者から支持される、非常に希有な雑誌だった。のみならず、総連の連盟員の中にも、三千里社を秘かに支持する者が少なくなかった。このため高は、彼ら支持者を捨ててまで訪韓すべきなのかという思いだった。しかしこのときの編集会議では、金石範が、金達寿たちの訪韓に反対する一方、高たち編集スタッフに、韓国政府と政治的取引をしてでも金達寿たちが故郷に帰りたいと思う気持ちを理解すべきだと語ったという。当時の韓国は、そのような政治的取引なしに在日朝鮮人が行ける場所ではなかったのである。

金石範「鬼門としての韓国行」(『国境を越えるもの』所収)によれば、彼は一九八一年二月上旬、新宿の居酒屋で金達寿から訪韓とその目的を聞かされた。金石範は同行を断り、『太白山脈』の続編執筆のためという個人的立場で行くことを勧めた。そしてその目的であれば、訪韓後、自分が総連からの防波堤となって金達寿をどこまでも擁護すると語った。彼はその後も金達寿や姜在彦に再考を促したが、訪韓の目的が「請願」であることが動かせないものになると、金達寿たちの訪韓前に、訪韓後に自分は編集委員を辞めると伝えた。「私が金達寿に一人の作家の立場で行くことをすすめ、そして『三千里』編集委員たちの韓国行に反対したのは、それが『三千里』を韓国政府への「土産物」として背負って行くことになるのであり、少なくとも創刊当時からの『三千里』の姿勢、「北」に対しても「南」に対しても批判的なその立場が崩れて、〝骨抜き〟の存在にならざるを得ないのを懼れたからだった」。

こうした編集委員やスタッフの思いを振り切るかたちで、金達寿たち四名は、一九八一年三月二〇日から二七日にかけて、全斗煥政権下の韓国を訪問した。韓国国内では彼らの訪問は、「在日左傾史学者」が「韓国新政権の在外韓国人に対する帰国緩和措置」を受けて行われたと報道され、「請願」については何も触れられなかった。二一日午後に催された懇談会を新聞記者団やテレビカメラマンなどが傍聴するなど、メディア関係者と顔を合わせる場面はあったが、韓国滞在中に、金達寿たちが報道陣に目的を話す機会は与えられなかった。

二〇日の午後一二時半に金浦空港に到着した彼らは、午後三時に法務部を訪問し、長官に金達寿、姜在彦、李進熙が連名した「請願書」を提出した。しかしその後、彼らは、在日韓国・朝鮮人受刑者やその家族に面会することも見舞うこともなかった。受刑者や家族と面会すれば、日本に戻ったあとで、総連や様々な「救う会」のメンバーなどから、「全斗煥政権の意向を受けて、受刑者たちに転向をすすめて歩いた」と批判されるのは、火を見るより明らかだと、金達寿たちは考えたからである。

「請願書」を渡すという第一の目的を果たした彼らは、第二の目的である韓国各地の産業施設や古代文化遺跡など文化施設の見学や、学者や知識人との面会および懇談、故郷訪問の旅に出発した。「金達寿文庫」に「三千里誌筆陣　滞韓日程」が残されている。「三千里誌筆陣」とあるが、この「滞韓日程」は、駐日韓国大使館からあらかじめ、訪れたい場所や会いたい人物のリストを提出するよう求められたのに応じて金達寿たちが渡したメモに基づいて、韓国側が作成したもので、表題は韓国側が付けたものである。これを『故国まで』と照らし合わせると、事実としては同書に記された通りと推測される。同書には、彼らが訪韓を決意するまでの経緯から滞韓中の行動、そして二七日午後二時に釜山の金海《キメ》空港から大阪行きの飛行機に乗るまでが詳細に記録されている。登場人物や地名などは全て実名、韓国各地をまわるルートも「滞韓日程」と同一で、予定の変更も『故国まで』に記された通りである。なお、旅費や滞在費、各地をめぐるために借りたマイクロバスの代金などは、すべて金達寿たちが出し、韓国政府からは一銭も受けとらなかった。

韓国旅行のうち、金達寿に関する事柄を拾い出してみよう。まず訪韓二日目の二一日午後、先述の懇談会の前に、金達寿たち一行は、当時は景福宮にあった国立中央博物館を見学した。このとき彼らは、「第三世界演劇祭」の取材で韓国に来ていた共同通信社の藤野雅之に会った。藤野は滞在中、新聞の一面トップに、金達寿たち在日の左翼僑胞作家が訪韓したという記事を見た。記事には細かい日程まで出ていた。驚いて、日程に記された時間に博物館の玄関に行って待っていたのだ。滞韓日程がどの新聞に出ていたのかは不明だが、藤野は、「金さんがこういう時期に、こういうかたちで訪韓するとは思ってもいなかったので、聞きたいことはいっぱいあったが、「日本に帰ったらゆっくり話を聞かせてほしい」とだけ言って、その日は一緒に中央博物館で朝鮮通信使絵巻などを見学して別れた」(「金達寿さんの思い出」)。藤野によれば、金達寿、姜在彦、李進熙はソウル滞在中、テレビの特別生番組にもゲストとして出演したらしいが、急な番組出演だったためか、新聞のテレビ欄に該当する番組は見あたらない。番組内で懇談会の様子が映されたのかもしれない。藤野の記憶では、ＫＢＳの番組だったようである。韓国

京城日報社時代の下宿のあった場所（2016年撮影）

人の多くは当時、全斗煥政権を快く思っていなかったため、特に韓国人知識人の中には、金達寿たちの姿を冷ややかな目で見る者が少なくなかったという。

三日目、ソウルを離れる前に、彼が京城日報社に勤めていた時期に下宿していた家を訪れた。表札が変わっており、門前の左横に新たに植え込みがあったため、金達寿は少し自信がなかったが、中に入ってみると当時の下宿がほぼそのままの姿で残っていた。二〇一六年三月時点でこの場所には瓦葺きの平屋の家が建っている。だが敷地内に当時の下宿の原形をとどめている部分があるのかどうかは不明である。

一行はその後、韓国西部の忠清南道《チュンチョンナムド》から全羅南道の光州を経て順天の徐彩源の故郷で一泊した。ホテルは徐彩源の弟の徐《ソ》巨源《ゴウォン》が手配した。三月二四日朝、金達寿は麗水・順天事件に思いを馳せながら、順天市内を歩き回った。その後、慶尚南道の昌原工業団地を見学する前に、途中にある金達寿の故郷・亀尾村を訪れた。あまりにも風景が変わっていたことと、気が高ぶっていたことから、いったん通り過ぎて馬山市内まで行ってしまった。彼は慌てて引き返してもらい、中里駅の副駅長に亀尾村の場所を尋ねた。

「あそこが亀尾洞ですね」と前方の右手を指さし、自分の生まれた集落をたしかめさせてもらった。その駅からは、歩いても五分とかからないところだった。

だったにもかかわらず、私が中里駅とともに、そこを知らずにとおりすぎてしまったのはむりもなかった。これまで目の底にあった集落前通りのポプラ並木も、いまは跡形もなくなってしまっていたばかりか、そのポプラ並木から向こうの匡芦《ママ》川まではすべて田畑であったが、そこもぎっしりと人家が立て込んでいた。子どものころ飛びまわっていた「ドンネマダン（洞内広場）」の集落広場も人家が立て込んでしまって、マイクロバスをとめておくだけの空地しか残っていなかった。

私は気を落ち着けて、三方を小高い山に囲まれた集落前通りに立って、ゆっくりとあたりを見まわしてみた。集落奥の高台にあった私の生家、正確にいえば私の生家のあったところの家はすぐにわかった。いまはどういう人が住んでいるのか、その家は青い瓦屋根のしゃれた新しい建物となっていた。

私は、集落の左はずれを流れている見おぼえのある小川を見つけて、それに沿ったコンクリート道を、五十一年前、あるいは四十一年前の記憶をそうっとたぐりよせるようにしながら、集落のなかへ足を踏み入れた。姜在彦氏や李進熙氏など同行のみんなも、しんと黙したまま私について来た。左への路地があって、石ころを露出した土塀がある。私はその土塀に手をかけ、背のびをしてそっとなかを覗いてみた。私はぐっと胸が詰まり、思わず、

「イキィダ（これだ）！」と言ったまま、声をあげて泣きだしてしまった。祖母といっしょに暮らしていた、一間《ひとま》きりのオドマクチブ（小家）だった。

（『故国まで』。ルビ原文ママ）

懐かしい想い出のつまったオドマクチブであり、亀尾村だったが、李進熙『海峡』によれば、「里には親戚や知人がいないらしく誰も現われなかった。そのため、祖母と父親の墓がどこにあるのかを確かめることもできず、彼の「故郷訪問」は二〇分足らずで終わらざるをえなかった」。もはや亀尾村に、金達寿の郷愁を満たすものは何もなかった。李進熙と姜在彦は故郷に立ち寄らなかったが、訪韓初日、それぞれの親族が空港のロビーで彼らを出迎え、三十数年ぶりの再会を果たしていた。

こうして彼らは、一週間の滞在を終えて日本に戻ってきた。しかし彼らは韓国国内の「政治・思想犯」の状況などについて何も語ろうとせず、その代わりに韓国社会の発展ぶりと民衆の逞しい姿を肯定的に語るとともに、そうした様子を実際に見聞することなく韓国を攻撃し続けてきた自分たちの態度を自己批判する発言を繰り返した。たとえば金達寿は帰国後まもなく、毎日新聞の重村智計が行ったインタビューの中で、次のように語った。

――韓国を見て考えたことは何か。

金　民衆のバイタリティーのすさまじさだ。それと、正直いってこれまで在日朝鮮人として韓国の実情を伝える仕事をしてこなかった、と反省させられた。民衆の生活や考え方を伝えずに、軍事政権を糾弾するとか、一種の観念論に終わっていた。民衆は、政権がどう変わろうとしぶとく生きてきたし、この生きた民衆を忘れていた、と痛切に感じた。日本での韓国批判は、韓国民衆の立場に立つといいながら、タテマエの観念論でしかなかった。韓国の民衆には、納得よりも反発を生んでいたのではないか。

（「独立後初めて祖国の地を踏んで」）

司馬遼太郎をはじめ、彼らの訪韓を、勇気ある行動と讃える人物がいなかったわけではない。しかしそれ以上に、総連はもちろん、彼らを偉大な先達と仰いできた多くの在日朝鮮人や彼らに好意的だった多くの日本人も、彼らの突然の変わりように驚きとまどい、いっせいに非難の声をあげ、訪韓の真意を問いただした。

特に非難の的となったのは、彼らが、在日朝鮮人「政治・思想犯」の助命や減刑を〈目的〉に掲げながら、滞在日程の大部分を韓国各地の見聞に費やしたことだった。誰にも言えない本来の〈目的〉があったのではないか、故郷訪問の名分を得るため在日朝鮮人「政治・思想犯」を政治利用したのではないかといった憶測が飛び交った。

これらの非難に対して、三名はそれぞれに新聞記事やエッセイなどで反論した。

「〔前略〕僕らが朴政権なり全政権なりを利することを拒否してきたことの前提には、そのことで守るべきものがあったんです。その守るべきものが、少なくともこの十数年来、なくなってしまった。そのことを僕はいつか、金日成主席の後継者問題（編集部注・子息の金正日氏が後継者とみなされるようになったこと）に関して、いよいよ絶望的になったと発言しました。それが一つ背景にある。

――「北」の体制への失望？

「守るものがなくなってしまったということですよ。そのうえ、僕らが韓国へ行く、行かない、という踏み絵的議論をしていたとき、いかに拘束的観念で物を見ていたかという痛切な反省があるんです。

政権を見ずして政権を語る。アメリカ映画の一本も見ないでアメリカ帝国主義を語れないように、韓国を見ないで韓国と闘えますか。向こうも利用価値があるから入れるんでしょうが、いいじゃないですか。逆手にとることもできるんだから。それを純血主義で拒否していては、もうどうしようもない」

（金達寿［インタビュー・山崎幸雄］「朝鮮人作家・金達寿氏、三十七年ぶり訪韓後の四面楚歌」）

今回の訪韓が一部で政治的に利用され、また非難・中傷が行なわれるであろうことを私たちは十分予想していた。しかし、人命を救うのがより大切なことではないかと判断し、訪韓にふみきったのであった。生命が助かればその後に新たな展開もひらけるだろうと考えたからだが、今はただ人事を尽して天命を待つのみ、というのが私たちの心境である。

（李進熙「三月の訪韓について」）

在日朝鮮人の受刑者に対する救援活動は、従来日本人を中心としてつづけられてきており、われわれは同族でありながら、表面に立ったばあいのマイナス結果を恐れて、手も足も出せないことを情けなく思っていた。金浦空港に着くと同時に法務部長官を訪れ、三人の連名による請願書を伝達したことはいうまでもない。

韓国における共産主義への対決姿勢は、全国いたる所にかかげられている「滅共・防諜」の標語に象徴されているように、予想以上にきびしく、訪韓の目的を報道陣に説明する機会はえられなかった。国内に向けた新聞報道は、反体制派の訪韓をも歓迎するという全斗煥大統領の新しい政策によって、左翼の在日知識人たちが訪韓した、という趣旨のものであった。

全斗煥政権に体制内化されたとするこのような報道は、今後われわれの活動に種々の制約と困難をもたらし、またそれを材料にして、真意をゆがめた宣伝も予想される。しかし、あれこれ気にしていたのでは何一つ身動きがとれない。今はただ、人事を尽くして天命を待つばかりである。

（姜在彦「韓国への旅」）

しかし多くの人々は、彼らの反論を、故郷訪問を正当化するための弁解としか受け取らず、関係を絶っていった。『季刊三千里』でも金石範が、二五号（八一年二月）を最後に編集委員を辞めた。金石範によれば、その後、「二カ月ほどしてから、佐藤信行、高二三、魏良福の若い三人が〔金石範の〕家へ訪ねてきた。彼らはずっと悩んでいて、先生だけが先に辞めてしまったと私を批判し、自分たちも『三千里』を辞めたい、一人は辞表をポケットにいつも入れているんだと訴えた。私は彼らにこれまでの辞めざるを得なかった経緯などを話しながら、そのまま踏みとどまって内部でがんばってほしい、全員が辞めてしまったら『三千里』が潰れてしまうから、と、強くなだめた」（「鬼門としての韓国行」）。三名は三千里社に残ったが、高はその後、四四号（八五年一一月）で辞めている。

金時鐘も、姜在彦・金達寿・李進熙・李哲（司会）「三月の訪韓をめぐって」（『季刊三千里』二八号、八一年一一月）を読了後に手紙を送り、「総じて、無知の増幅をしているようで、やりきれなくなりました。本音、必ずしも正当ではないのですから、ご三方、いま少し沈黙されてもいいのではないでしょうか？

わけても姜、李両氏の変容ぶりは目に余ります。／ご自分らがかつて何をしていた人で、そこからの変身はなぜなのかこそ、ご両氏の執着すべき命題のはずです。まず自分らのやってきたことに責任をとりなさい。そのことをおざなりにして、〝愛族行為〟をひけらかすからおかしくなるのです」（「読者のひとりとして」『季刊三千里』二九号、八二年二月、「おんどるばん」欄に掲載）と断罪して訣別した。

なお、在日朝鮮人死刑囚のその後だが、一九八二年三月一日午後、全斗煥政権一周年を記念して彼らのうち五名の恩赦が決定したという連絡が、在日韓国大使館を通じて金達寿に届いた。彼は同日の夜に記者会見を開き、その旨を公表した。

『日本のなかの朝鮮文化』終刊

一九八一年六月、『日本のなかの朝鮮文化』は五〇号で「休刊」した。「休刊について」の末尾に、「なお、装いをあらたにした、第二次『日本のなかの朝鮮文化』を期しております」と記されたが、第二次は創刊されなかった。

金達寿の古代史研究が、金達寿という個人を媒介として、専門家とアマチュア、日本人と朝鮮人の壁を乗り越える知的ネットワークを構築したのに対して、『日本のなかの朝鮮文化』は、特定の個人や団体に偏らない、重層的で多元的な人々を結びつける舞台を提供した。そしてこの舞台を通じて、日本人と在日朝鮮人の両方を、〈皇国史観〉の呪縛から解放し、古代と近世における日朝関係を通して、新たな日本列島と朝鮮半島との関係史を眺める視座があり得ることを提示した。この点において、『日本の

『日本のなかの朝鮮文化』執筆者たち
前列左から，鄭貴文，鄭詔文，岡部伊都子，李哲，林家辰三郎，その後ろ，
司馬遼太郎，左へ，上田正昭，末川博，金達寿，その左後ろ，森浩一

なかの朝鮮文化』が果たした役割や功績は、他に比べるものがないほど大きい。

だが『日本のなかの朝鮮文化』休刊と同時に、金達寿と鄭詔文との関係は終わりを迎えた。やはり訪韓が二人を引き裂いたのだった。その後、一九八二年一一月、鄭貴文は祖母と母の遺骨を移す目的で、個人的に、故郷の韓国・慶尚北道醴泉郡憂忘里を訪問した。金達寿、李進熙、姜在彦は八四年頃に、鄭貴文も訪韓後に「韓国」籍を取得した。鄭詔文はただ一人、〈朝鮮〉籍のまま、朝鮮半島の地を踏むことなく日本で活動を続け、八八年一〇月、京都の自宅を改築して高麗美術館を開設したが、翌年二月に肝不全で急死した。訪韓後、金達寿と李進熙が鄭詔文と顔を合わせることはなかった。

鄭詔文の没後五年近く経ったころ、藤

野雅之は岡部伊都子に「鄭さんをしのぶ会をやりませんか」という手紙を出した。それが上田正昭に伝わり、偲ぶ会の開催が決まった。藤野は、一緒に開催に向けての実務を行った金時鐘に、金達寿と李進熙にも招待状を送るかどうかを相談した。金時鐘は金達寿には賛成したが李進熙には反対した。そして金達寿に招待状を出したところ、「ぜひ出席したい」という返事があった。こうして一九九四年二月二四日、偲ぶ会が催された。午前九時、林屋辰三郎、鶴見俊輔など四〇名ほどの参加者が高麗美術館に集合し、鄭詔文の墓参りをした後、京都・祇園の旅館「富乃井」で会食した。金達寿も杖をついて美術館に姿をあらわし、一緒に墓参した。彼は深々と額ずく朝鮮式の方法で参った後、長い時間、墓に手を合わせた。そして「富乃井」では、他の数名とともに鄭詔文を偲ぶスピーチを行った。藤野はのち、この墓参で「金さんと鄭さんの和解がなったように思えて、心のうちで涙にむせんだのだった」と回想している（「金達寿さんの思い出」）。

韓国に「日本の中の朝鮮文化」を紹介

金達寿は、『読売新聞』一九八二年二月四日号に発表したエッセイで、韓国の世論調査で「嫌いな国」第二位に日本が上がったことを紹介し、「両者が「嫌い」合っていることのうちには、そのような歴史教育があるのではないかと思うのであるが、しかしもしかすると、これは私の一面的な見方によるものかもしれない。そこで私は一つ提案をするが、両者がどうしてそのように嫌い合っているかということについて、このさい「デスク討論」だけではなしに、日本、韓国（朝鮮）それぞれの代表者が集まって、そのことを究明する討論会を開いてみたらどうであろうか」と提案した。それを受けて五月一五日、読売新聞社主催で、韓国から作家の鮮于煇《ソンヌフィ》と歴史学者の高柄翊《コビョンイク》を招き、金達寿、森浩一、司馬遼太郎の三名とで座談会を行った。約一二時間にも及んだこの座談会の内容は、『読売新聞』七月七〜二八日に連載された後、同社から『日韓理解への道』の題名で刊行された。現在の眼から見ると、紋切り型の日本人論・朝鮮人論と感じるところは少なくない。しかし「日韓両国の知識人が膝つき合わせ、お互い忌憚のない異見、考えを、これほど率直に語りあった例は、希有のことだった」ことを考えると、この企画の実現がどれほど画期的なことだったかが窺える。実際、単行本『日韓理解への道』まえがきによれば、「座談会の内容は当時、韓国のマスコミでも大々的に紹介され、読売新聞ソウル支局には、新聞連載を読みたいという市民、学生らが訪れ応接に追われるほどだった」。「新聞連載の大部分は、日本の外務省が韓国語に訳出し、新たに韓国向けに刊行した広報誌に転載された。また、崔慶禄《チェギョノク》駐日韓国大使からは、「お互いに理解するうえで実に有意義」との感謝状が読売新聞社に寄せられた」（ルビは筆者）というほどの反響があった。

この座談会が契機となったのか、金達寿は韓国を舞台に「日本にある朝鮮の文化的、歴史的遺跡などを明らかにすることによって、両国・両民族の自主と連帯とに寄与しょう〔ママ〕とする」ための活動を行うようになった。訪韓時に金達寿は「在日左傾史学者」（傍点筆者）と紹介されたが、実際にも韓国での彼の公的な活動は古代史研究から始まったのである。

まず、一九八二年一〇月から『週刊京郷』に「京都の開拓者は高句麗人」（韓国語。第二回以降、「京都（日本の古都）の開拓者は韓国人」と改題。少なくとも一四回連載。連載終了時期は不明）を連載した。京都における「日本の中の朝鮮文化」を、祭や神社などを通じて論じたものである。続いて八五年一〇月から八六年二月まで『朝鮮日報』に、「日本に生きている韓国」（韓国語。全四三回）を連載した。京都・奈良・大阪など関西地方と東京・埼玉・神奈川・茨城など関東地方における「日本の中の朝鮮文化」をめぐる論考である。連載終了後、韓国の伽倻と九州地方の関係についての章を付け加え、八六年一〇月に『日本の中の韓国文化』（韓国語）の題で刊行された。なお「日本に生きている韓国」の日本語版は、「今なお日本に生きる韓国（からくに）歴史探訪」の題で、『アジア公論』八六年三〜七月に掲載された。さらに九三年には、『日本の中の朝鮮文化』全一二冊を一冊に圧縮した、『日本列島に流れる韓国魂』（韓国語）が出版された。こうして彼は、韓国の雑誌や新聞、著書を通じて、「日本の中の朝鮮文化」を韓国社会に伝える役割を担った。このため韓国では彼は、「日本の中の朝鮮文化」研究の開拓者と位置づけられている。

他方、金達寿の小説は、全斗煥政権が倒れて、軍事独裁政権から民主化政権に移行した一九八八年になって、初めて公的に翻訳・出版された。現在までに、『太白山脈』（八八年）、『玄海灘』（八九年）、および小説集『朴達の裁判』（八九年）が刊行されている。『朴達の裁判』は東風社版『朴達の裁判』（六六年）の全訳である。なお、韓国で親北系や社会主義・共産主義的な作家の文学作品の出版が解禁されたのは、盧泰愚《ノテウ》政権時代の一九八八年七月一九日のことで、一般にはこの解禁措置以降に金達寿の小説も刊行されたと言われる。しかし実際には、『太白山脈』は解禁措置直前の五月下旬に出版された。解禁措置以前の刊行だったからか、同書は六月二二日、金石範『火山島』など「左翼書籍」八点とともに、韓国文化広報省から、国家保安法違反容疑で検察当局に起訴された。また八九年三月に、文益煥が北朝鮮を訪問して金日成と面会したのを受け、「容共利敵図書」として一五点の書物が捜査対象になったが、この時も『太白山脈』が含まれていた。

八〇年代の『季刊三千里』

金達寿、姜在彦、李進煕は、訪韓はあくまでも個人の資格で行ったものであり、『季刊三千里』とは何の関係もないことを強調した。しかし、少なくとも朝鮮半島情勢については、訪韓を境に『季刊三千里』の誌面や論調が徐々に変化していったことは否定できない。韓国については、創刊号から数多く掲載されてきた、韓国の軍事独裁体制を攻撃したり韓国社会をルポルタージュした記事が、二六、二七号（八一年五月、八月）あたりから急激に減り、二九号（八二年二月）以降は前田康博のルポルタージュ一本だけになった。それが三四号（八三年五月）で終わると、以後、韓国の政権や社会情勢を表立って批判する記事はなくなり、光州事件が特集されることもなかった。

他方、創刊号から皆無だった北朝鮮については、二六号に林邦夫（毎日新聞記者）のルポルタージュ「共和国の民衆生活」、三〇号（八二年五月）にチェ・ヨンホ（ハワイ大学准教授）の「北朝鮮における歴史の再解釈」の翻訳が掲載された。前者では、国家と国民が一体になって「社会主義建設への意欲と民族統一の悲願」のために尽力している様子が肯定的に描かれつつも、「理解に苦しむ行動や秘密主義」が散見されたことへの疑問が提示された。後者では、国家の歴史が金日成の主体思想に基づいて再解釈されていく過程を概観した上で、学術的な論争の慣習が一九七〇年代に放棄され、どんな重要な歴史的論点であっても論争なしに決着がつけられてしまう独善的なものに変質したと述べられた。さらに三七号（八四年二月）には、姜在彦と林誠宏《イムソングァン》の対談「「金日成主義」を問う」が掲載された。「金日成主義」を全面的に批判したもので、『季刊三千里』編集委員の、北朝鮮に対する事実上の訣別宣言である。この対談を最後に、『季刊三千里』に、北朝鮮や総連に焦点をあてた記事は一本も掲載されていない。

こうして、韓国と北朝鮮に関する記事は、訪韓後、目に見えて減り、やがて誌面から消えた。他方、アメリカやソ連、中国をはじめ、世界各地で暮らしているコリアンを取り上げた記事は継続的に掲載された。特に中国朝鮮族自治州の訪問記など、中国朝鮮族に関する記事の増加は著しい。日本人の海外旅行が容易になったことが一つの要因だが、コリアンに対する世界各国の社会制度を積極的に紹介することで、在日朝鮮人に対する日本の社会制度の遅れ・歪みを告発し、是正を求める意味合いがあったことは疑いない。高度経済成長を成し遂げてＧＮＰ世界第二位となった日本国内では、様々な局面で「国際化」が叫ばれた。しかし指紋押捺と外国人登録証の常時携帯の義務、国籍を理由とする公務員への就職制限、国民年金や生活保護といった生存権に関わる社会保障の不適用など、在日朝鮮人に対する社会制度は、「国際化」の流れに完全に逆行していた。一九七〇年代、朴鐘碩と金敬得がそれぞれこの制度と闘い、権利を勝ち取ったことは先述した。在日朝鮮人組織は、日本での生活を一時的なものとする方針を掲げ、権利要求を「同化主義」と糾弾したが、多くの在日朝鮮人は、日本での定住に傾いていくのに伴って権利要求の声をあげ始めた。

一九八〇年代に入ってこの制度的壁と闘う口火を切ったのは、八〇年九月に指紋押捺を拒否した一世の韓宗碩《ハンジョンソク》である。四七年五月に外国人登録令が公布された後、五二年四月に外国人登録法が施行されたが、この登録法で指紋押捺が強制化された。これに対して拒否闘争が展開されたが、五〇年代後半にはこの制度を拒否し続ける在日朝鮮人は皆無となった。だがそれは余儀なく受け入れた結果にすぎない。実際、三年ごとに指紋を採られること、少し外出するだけでも登録証を携帯せねばならず、警察に職務質問された際に運悪く携帯していなければ犯罪者扱いされる状況が、現実の生活でも心理的に在日朝鮮人を萎縮させた。韓宗碩の指紋押捺拒否は、こうした制度に対する不満が長年にわたって蓄積された果てに生じた。彼を皮切りに全国で指紋押捺拒否者があらわれ、さらに在日韓国・朝鮮人以外の在日外国人の間からも拒否者が出た。このことは、この制度に対する在日外国人の不満が、在日韓国人・韓宗碩ひとりのものでなかったことを端的に示している。

押捺押捺拒否者の中には起訴された者もいたが、裁判の過程で、登録切り替えのたびに収集された指紋が整理されないまま放置されていたこと、押捺者本人も閲覧できない個人情報を、警察は自由に閲覧できる状態にあったことなどが明らかにされた。行政は指紋押捺の目的を本人確認のためとしてきたが、それは完全な虚偽だったのである。

これと並行して、「外国人」を理由に、学校の教諭や郵便局員など、末端の公務員であっても採用されなかったり、かつて国民年金への加入を強く勧誘されて払い続けたにもかかわらず年金を受け取ることができないといった、基本的人権や生存権にかかわる問題が次々に露呈した。年輩の世代はこうした不平等な制度を子や孫の世代にまで引き継がせないため、若い世代は日本社会の一員としての権利を勝ち取るため、各地で勉強会を開いたり抗議デモを行った。「嫌なら出ていけ」と露骨に不快感を示す日本人もいたが、様々な形で支援する日本人も少なくなかった。そうした日本人の中に、教師や役所の職員などの公務員がいたことは、現在からみて注目に値する。『季刊三千里』は一九八三年から国籍条項や指紋押捺をめぐる記事を掲載し、三九号（八四年八月）で「在日朝鮮人と外国人登録法」特集を組んだほか、終刊号までこの問題に関する記事を掲載し続けた。こうした状況の中、金達寿は「立ち上がった若い人に従う」と決意し、八五年四月二九日、九月一八日の登録証切り替え時に指紋押捺を拒否すると宣言した。在日朝鮮人作家としては一人目である（一人目は五月一八日に宣言した金石範）。ただし、訪韓と同様に、指紋押捺拒否運動を展開している団体と連絡を取り合ったわけではなく、あくまで個人の意志で行ったものであることを自ら明らかにした。押捺を拒否した翌日、金達寿に会った佐藤信行は、「裁判になったら、ウィさんとサトウ君に任せるからな」と言われたという。

一九八〇年代に『季刊三千里』が力を注いだもう一つは、八二年に中国や韓国などのアジア諸国から非難する声があがっていた、日本の歴史教科書をめぐる問題である。先述のように、同誌では七六年から歴史教科書をめぐる議論を行っていたが、国際的な世論の盛り上がりを背景に、改めてこの問題を取り上げた。それとともに近現代の朝鮮や（在日）朝鮮人の歴史を掘り起こした論考も数多く掲載された。日本人の根深い根拠なき偏見や思いこみを糾弾するより、冷静に歴史的事実を提示することで対抗する姿勢のあらわれである。

この他、注目すべきものとして、朝鮮語の詩の原文と大村益夫の日本語訳を併記した「朝鮮近代詩選」や、朝鮮語の民話の原文と中村昌枝の日本語訳を併記した「朝鮮の民話」、藤本巧のグラビア写真「新・韓くにの風と人」、金達寿「日本の中の朝鮮文化」などが挙げられる。「朝鮮近代詩選」や「朝鮮の民話」は、カナダラ（朝鮮語の五十音）や簡単な会話に飽き足らない朝鮮語の学習者にとって、朝鮮語の文学作品に接することのできる貴重な機会になったと思われる。藤本は、植民地時代の朝鮮で、柳宗悦たち民芸運動家が歩いた道をたどる父親（出雲大社の飾り物などを作っていた木工職人で、浅川巧を追悼した柳の文章を読んで感化された）に同行し、一九七〇年（六九年は誤り）に初めて韓国を旅行した写真家である。以後、彼は韓国の、特に田舎の風景や一般の人々を撮影して写真集を出しており、金達寿には『韓くにの風と人』（七九年）を送った。藤本はまた、本の装幀などの仕事も手がけており、八二年頃、飯沼二郎が創刊した雑誌『朝鮮人』の合本の相談を受けた。飯沼に会いに行った際、藤本は七四年に自費出版した第一写真集『韓びと』を持参して見せた。すると飯沼はその場で三千里社と鶴見俊輔に電話して藤本を紹介した。こうした経緯で藤本は『季刊三千里』に連載することになった。韓国の田舎や普通の人々を撮影した写真家は、当時の日韓両国には彼のほかには誰もいなかった。そのため彼のグラビア写真とそれに添えられた説明文は、日本人や在日朝鮮人が等身大の韓国人の姿を知る上で非常に貴重なものとなったのである。

全斗煥大統領訪日と天皇の「お言葉」

一九八四年九月六日、韓国の国家元首として初めて全斗煥大統領が訪日し、皇居で歓迎晩餐会が開かれた。その翌日に首相官邸で開かれた歓迎昼食会に金達寿も招待された。しかし彼は、予定していた講演会などのため、一日から関西に行かなければいけないからと辞退した。続いて司馬遼太郎なども欠席届を出した。結局、歓迎昼食会の欠席者は、金達寿、司馬、井上靖らと石橋政嗣社会党委員長、不破哲三共産党委員長など、一八名にのぼった。出席すれば、八一年の訪韓時と同様、全斗煥政権にすり寄ったなどと非難されるのが明白だったことや、八一年以降、毎年のように韓国を訪れ、「韓国」籍に切り替えたからといって、全斗煥政権を認めたわけではないことを示す意志表示だった。

しかし、大統領訪日にからんで、金達寿が喜ばずにいられない出来事もあった。六日夜に皇居で催された晩餐会で、昭和天皇が、「我が国は、貴国との交流によって多くのことを学びました。例えば、紀元六、七世紀の我が国の国家形成の時代には、多数の貴国人が渡来し、我が国人に対し、学問、文化、技術等を教えたという重要な事実があります」と語ったことである。これについて金達寿は「天皇の「お言葉」」（八四年一二月）で次のように述べた。

〔前略〕このくだりにもいろいろと問題はあるが、しかしにもかかわらず、これはなかなかおどろくべきことであった。まずだいいち、これまでの教科書などでは四世紀となっているそれを引き下げ、「紀元六、七世紀の我が国の国家形成の時代」としたことで、いまなお問題になっている四〜五世紀の「大和朝廷」によるそれという、いわゆる「任那日本府」を天皇自ら否定したことである。

このことについては、たとえば、いま日本でもっとも多く使われている高校歴史教科書『詳説日本史』をみると、「朝鮮半島への進出」という項があってこう書かれている。著者は井上光貞、笠原一男、児玉幸多という、日本一流の歴史学者である。

「大和朝廷は四世紀後半から五世紀初めにかけて、すすんだ生産技術や鉄資源を獲得するために朝鮮半島に進出し、まだ小国家郡のままの状態であった半島南部の弁韓諸国をその勢力下におさめた。これが任那である。大和朝廷はさらに百済・新羅をおさえ、高句麗とも戦った」

典型的な皇国史観＝大和朝廷史観であるが、それがこんどの天皇の「お言葉」によって否定されることになったのである。古代日朝関係史にかかわっている私としてはやっとここまで来たかという感じでもあるが、なぜそうかというと、天皇の「お言葉」に「紀元六、七世紀の我が国の国家形成の時代には」と、はっきり述べられていたからである。したがってこれは、その国家がまだ形成されていない四、五世紀には「朝鮮半島へ進出」した「大和朝廷」などあるはずがなく、いわゆる皇国史観＝大和朝廷史観は虚構のそれであったことを語ったものにほかならなかったからである。

金達寿は、昭和天皇の「お言葉」には、まだいろいろな問題があるとしながらも、「紀元六、七世紀の我が国の国家形成の時代には」という発言を、自分の古代史研究の正しさを天皇自身が認めたものと考えずにはいられなかったと思われる。実際、彼はその後も繰り返し「お言葉」に言及し、日本人の古代史学者たちに、国家としての「日本」の成立時期について認識を改めるようにと、批判を込めて注文を出した。

『季刊三千里』終刊

一九八一年に『日本のなかの朝鮮文化』が「休刊」したのに続き、八七年五月、『季刊三千里』も五〇号で終刊した。在日朝鮮人が刊行する雑誌と言えば組織の機関誌という通念を払拭し、日本人や在日朝鮮人のみならず、在外コリアンにも広く読まれ、文字どおり一時代を築いた雑誌だった。連載後に書籍として出版されたものもあり、その数は二〇冊以上にのぼった。どれほど雑誌の水準が高かったかがよくわかる。

終刊を記念して、五月二二日午後六時より西新宿のホテルセンチュリー・ハイアットで「『季刊三千里』ごくろうさまの会」が、次いで五月三〇日午後五時半より大阪の法円坂会館で「『季刊三千里』五〇号完結記念パーティー」が開かれた。東京の会は木下順二、旗田巍ら二六名が、大阪の会は司馬遼太郎、鶴見俊輔、飯沼二郎ら三四名が発起人となり、どちらも二百数十名が参席して編集委員やスタッフ、そして徐彩源をねぎらった。

大阪の会では、「相互理解を求める日韓両民族の財産として残るだろう」（和田洋一）など、同誌の功績を評価する声があがる一方、鶴見が、『季刊三千里』の終刊は、「みた感じでいえば、花が咲いて実がなり、実がはじけて種子が落ちたのであります。私は種子には思想があるという見方をとります。『三千里』の中に蓄積された一世の朝鮮人の知恵が種子となって、やがてどういう仕方で発芽するのか……」と述べたように、二世以降の世代がどのように一世の仕事を引き継いで、新しい文化を作っていくかを期待とともに懸念する声も少なくなかった。五〇号に掲載された「『季刊三千里』終刊に寄せて」にも、少なからずそうした声が寄せられた。編集委員も同じ思いだった。李進熙は司馬への手紙に、「気になるのは、二世、三世が、一人歩きする雑誌につなげなかったことです」と記した。また姜在彦も五〇号の編集後記「終刊に寄せて」を、「願わくばわれわれがやり残したことを、若い世代がいつの日か成しとげてくれることを期待するものです」という一文で締めくくった。

『季刊三千里』完結記念パーティー（1987年）
左より，李哲，徐彩源，金達寿，姜在彦，李進熙，徐東湖，佐藤信行，魏良福

多くの人々が当時から指摘したように、二世以降の世代は価値観が多様化し、一世が育った時代には望むべくもなかった日本社会での活躍が可能になった。しかし価値観の多様化や組織からの自由により、「在日朝鮮人」の輪郭が淡いものとなっていったことも否めない。そのような時代の中で在日朝鮮人の文化や歴史はどのように継承されるのか――。李進熙や姜在彦の先の発言は、自分たちが、時代の構造的変化がもたらす在日朝鮮人社会や文化の変容に対応する見通しを提示できなかったことや、朝鮮半島の南北分断状況と、それを反映した在日社会の分裂を自分たちの世代で解決できなかったことに対する無念さのあらわれと言える。他方、金達寿は楽観的な見方を持っていた。彼は古代史研究の中でたびたび、「サラダボウル」にたとえられたアメリカの社会を引き合いに出し、一世世代は「朝鮮民族」としてのアイデンティティを

保持しているが、世代が更新されていくにつれて、「韓国・朝鮮系日本人」というべき存在となり、やがて日本人になるだろうと語った。むろんこれは同化主義の肯定ではない。「渡来人」のもたらした文化が、現在もなお日本文化の核心に残っているように、在日朝鮮人の歴史や文化も、何らかの形で残り続ける。それゆえ、仮に「在日朝鮮人」としてのアイデンティティを持つ者がいなくなったとしても、「在日朝鮮人」の歴史や文化の痕跡が残る限り「在日朝鮮人」は生き続ける、というより消えることはない、「渡来人」の痕跡を消すことができないように——窮極的には彼は、そのように考えていた。

この違いは朝鮮の儒教的伝統に対する考え方の違いのあらわれと言えるが、呉文子によれば、儒教思想や作法を厳しく教えられた李進熙と、そのような教育を受けられなかった金達寿の差異も大きいのではないかという。李進熙は祖父や父、特に祖父から、宗家の長男として幼少期から祭祀などの作法を厳しく教えられ、儒教思想に基づく振る舞いが血肉化していた。それに対し、金達寿は分家の三男で、しかも急速に家が没落して父が早くに亡くなったため、生き延びることに精一杯で、儒教思想や作法を教える者もいなければ学ぶ暇もなかったと思われる。実際、呉文子によれば、金達寿と李進熙の唯一の違いは、宗族の墓に対する考え方だったという。

李進熙は一九二九年五月、釜山の西に隣接する金海郡で生まれ、韓国建国直後の四八年一〇月に渡日するまでの一九年間をそこで過ごした。彼にとって、故郷の街並みや山河の風景、学友などは、五感で味わえるほど具体的で愛しいものだった。しかし渡日後は親北系の組織で活動したため、弟妹に迷惑をかけることを危惧し、両親の死に目にも会えなかった。儒教教育を受けた彼にとって、宗家の長男である自分が親孝行を満足にできなかったという負債感は極めて重く、墓への執着はその償いの意味が込められていたと思われる。これに対して金達寿には、宗族に対して李進熙が抱いた負債感や、故郷の風景や幼馴染みとの肉感的な結びつきは、無いとは言えないにしても、薄いものであった。金達寿が著書『朝鮮』で祭祀について述べた次の文章にも、儒教的な風習に対する彼の考え方が如実にあらわれている。

一度うえつけられた習俗というものは恐ろしいもので、私たちは現にこれを、この日本にまで引きずってきておこなっているが、しかしさいきんでは私たち兄弟ともこれがバカバカしくなり、母親が生きているあいだだけということにして、子供たちにはそれをさせず、二人だけでゴクかんたんにすませてしまうことにしている。だが、旧日本支配時代は、私たちもそれを意識的にできるだけゲンシュクにとりおこなったものである。それによって、一つの、ある抵抗感をかんじることができたからである。どうやら、植民地となることによって、これはいっそう温存され助長されたふしがある。

しかし、私はそれをおこないながらも、考えないではいられなかった。「これでは、朝鮮がホロびたのもムリはない」と。〔中略〕

しかもそのうえ新しい支配者〔日本〕もまた、ある意味では、これを温存し助長しさえした。何しろ死人を相手にやれ族譜《ぞくふ》（系譜）だ、祭事だとうつつをぬかし、「常民《サンミン》」、「白丁《ビャクチョン》」〔最下層民〕などをあげつらってはその日をくらしているものほど支配しやすいからである。そのうえさらにまた、〔中略〕抵抗というものをはきちがえた私たち自身もこれを温存し、助長したのである。

金達寿は、母の死後も、金声寿宅で行う旧正月と秋夕《チュソク》（盆）の祭祀には欠かさず参加したが、自宅ではいつ頃からか行わなくなった。なお声寿宅では、祖父母と両親の分を合わせて、祭祀を年に六回したという。金達寿はこのように、現実の変革を阻害するほど宗教的儀式に固執する精神的態度には批判的だった。

とはいえ、金達寿は、宗教的儀式それ自体を完全に無意味だと考えたわけではない。たとえば祖母については、「とくに兄からわけてもらって」（傍点原文ママ）自分で祭祀を行った。また馬山市郊外の山中の道路脇（正確な場所は不明）にある土を盛っただけの祖母の墓に、親族の中で最後まで参り続けた。さらに一九八七年には、檜城洞の山中に六坪だけ永久賃貸借する形で土地を買い戻し、父・金柄奎の墓を建てた。

物議を醸した訪韓後、『日本のなかの朝鮮文化』と『季刊三千里』という二大雑誌は終刊したが、金達寿にはまだ、「太白山脈」の続編の執筆と「日本の中の朝鮮文化」シリーズという、大きな宿題が残っていた。生死の境をさまよう大病から快気した彼は、残された時間でどのようにこの仕事に取り組んだのだろうか。

第六章　晩　年

『季刊青丘』

『季刊三千里』が終刊した際、金達寿たち編集委員は徐彩源と、少し休んでから、若い世代が前面に出る形で後継誌を作ろうと話しあっていた。ところが、『季刊三千里』終刊からわずか四ヵ月後の一九八七年九月、徐彩源は広島のゴルフ場で倒れて心筋梗塞で急逝した。金達寿、姜在彦、李進熙、李哲は一周忌を記念して追悼文集を作り、李哲を除く三名で訪韓して順天の徐彩源の墓前に捧げた。

徐彩源の死によって新雑誌刊行の企画は頓挫した。しかし、『季刊三千里』の終刊を惜しむ手紙が殺到したことや、若い世代が活躍できる新たな雑誌を用意すべきという声が高まったのを受け、一九八八年四月、金達寿、姜在彦、李進熙は、金光徳《キムグァンドク》という人物の仲介でマルハン社長の韓昌祐《ハンチャンウ》宅を訪ね、新雑誌について話し合った。徐彩源と同様、韓昌祐も在日の文化事業の在り方に深い関心を持っていたため、話は順調に進んだ。誌名は、韓国と北朝鮮の対話による統一への切実な願いを込めて、朝鮮の美称である「青丘」とすることが決まった。こうして八九年八月、韓昌祐を社長に、青丘文化社が立ち上げられ『季刊青丘』が創刊された。発行・発売所である青丘文化社は新宿区市ヶ谷本村町二－二三の京都荘ビル一階に置かれた。李進熙が終刊号まで編集長を務め、編集委員は金達寿と姜在彦、そして新たに安宇植を加えた。『季刊三千里』からの編集スタッフとしては、魏良福だけが『季刊青丘』に参加して実務を担い、のちに文京洙《ムンギョンス》と姜尚中《カンサンジュン》が編集委員として加わった（二人の参加時期は不明）。

「創刊のことば」の冒頭には、一八世紀の対馬藩の儒学者で、外交官として朝鮮王朝との善隣友好に尽くした雨森芳洲の、「誠信とは実意のことであって、たがいに欺かず、争わず、真文をもって交わることこそ、まことの誠信である」という言葉が掲げられ、「海峡をはさんだ隣国同士であるため、両民族の間には不幸な関係におちいったこともあるが、善隣友好を保った時期のほうがはるかに長かった」。「相互不信をとり除くのは、これまでの経験に照らしてたやすいことではないが、隣国を正しくみようとする人びとや若い研究者は年ごとにふえている。わたしたちは、若い世代に期待をかけ、息の長い努力をつづけたい」と、両国・両民族の関係改善と相互理解を担う雑誌の役割が示された。

『季刊青丘』の創刊は、昭和天皇の死去から約半年後のことである。日本社会では昭和の時代を総括する動きが盛んだったが、アジア諸国や在日朝鮮人社会からは、一九八〇年代後半から改めて昭和天皇の戦争責任を問い、戦後補償を求める声があがっていた。特に八四年に西ドイツの大統領に就任したヴァイツゼッカーの、戦争責任を認めてあらゆる犠牲者に謝罪する演説が話題になったことは、八五年に中曽根康弘首相が靖国神社を公式参拝したことに象徴される、過去の負の遺産から目を背け続ける日本の姿を際立たせた。そこで『季刊青丘』は『季刊三千里』に引き続き、指紋押捺や国籍条項など、現在進行形で闘われている在日朝鮮人問題に関する論考を掲載した。また創刊号で「昭和を考える」という特集を組んだのを皮切りに、強制連行・従軍慰安婦・被爆者など、戦後の日本が置き去りにしてきた様々な補償の問題も積極的に取り上げた。

第二号を刊行する直前の一九八九年一一月九日にはベルリンの壁が崩壊し、ドイツが統一された。九一年一二月二五日にはソ連邦が解体し、四〇年以上も続いた冷戦構造が終わりを迎えた。だが朝鮮半島に目を転じると、韓国が台湾、シンガポール、香港とともに、オイル・ショック以後、アジアで急激な経済成長を遂げ、政権交代も民主主義的な手続きを踏まえて行われたのに対し、北朝鮮は核開発計画を押し進めて国際的な孤立を深めていった。しかも九四年七月に金日成国家主席が死去すると、金正日が事実上の最高指導者になったが、九七年一〇月に朝鮮労働党総書記に就くまでの三年間、正式な国家元首が不在の状態となり、北朝鮮の動向はいっそう不透明になった。朝鮮の統一がドイツの統一よりはるかに困難な道のりであることは、東西ドイツと南北朝鮮の経済格差や政治体制の違いを見れば明白だったが、『季刊青丘』は、朝鮮がドイツに続くことを希求して、韓国と北朝鮮の動向に関する記事や論考を数多く載せた。北朝鮮については、金日成を非神話化する証言などが掲載されるとともに、統一への対話を拒否する頑なな姿勢を繰り返し批判した。他方、韓国についても、発展を評価する論考ばかりが掲載されたわけではないが、「一方でなければ他方」という視座に立つと、『季刊青丘』が韓国寄りに見えたことは疑いない。特に『季刊三千里』を同時代的に読んだ人たちにとってはそうだろう。

さらに『季刊青丘』では、在日コリアン社会の行く末についても、様々な意見や議論がなされた。『季刊三千里』八号（一九七六年一一月）で姜在彦が訴えた、在日朝鮮人社会の構造的変化はさらに進み、『季刊青丘』の刊行時には五世世代が生まれつつあった。これに加え、一九八九年一月一日に韓国で全国民の海外旅行自由化が実施され、多くの韓国人が渡日したことで、「ニューカマー」と「オールドカマー」という新たな区別の言葉が生まれた。もはや在日コリアン社会は明確な輪郭を失い、行く末を見定めることはできなくなった。こうした状況を受け、『季刊青丘』には在日コリアン社会を捉える新たな枠組みを模索する論考が掲載された。

古代日朝関係史や豊臣秀吉の朝鮮侵略、朝鮮通信使などの特集が組まれた他、『季刊三千里』から引き続いて、大村益夫による対訳「朝鮮近代詩選」や、朝鮮民話の対訳、飛田雄一の訳を添えた「韓国時事漫画紹介」、中国朝鮮族を中心に、ロシアや東欧、モンゴルなどで暮らすコリアンを訪問したルポルタージュ、藤本巧のグラビア写真「マッパラム——向かい風」が掲載された。「マッパラム」は、「新・韓くにの風と人」と違い、猪飼野の風景や人々を写した写真が大部分である。藤本は、朴正熙政権時代に始まったセマウル運動（「勤勉・自助・協働」をスローガンに、生活水準の低い農村を近代化する趣旨のもと、全国規模で展開された、政府主導の地域社会開発運動）の中で、かつて自分が追い求めていた風景が韓国から消えたと感じ、猪飼野にその風景を見出したのである。小説は、全号を通じて一〇本に満たず、しかもその半分以上は翻訳だった。

金達寿は一七号（九三年八月）から、『金達寿小説全集』（全七巻、八〇年）の「〈著者うしろがき〉わが文学と生活」の続きとなる「承前・わが文学と生活」を連載した他、対談や座談会に参加したり、エッセイをいくつか発表した。「〈著者うしろがき〉わが文学と生活」と「承前・わが文学と生活」は、金達寿の死後、『わが文学と生活』として青丘文化社から刊行された（九八年）。

『季刊青丘』は二〇号（九四年五月）で終刊する予定だった。しかし、終刊の噂を聞きつけた多くの読者から、「目的の半ばにも及ばぬ」、「戦後五〇年の節目を大切に考えてほしい」、「三ヵ月に一度の楽しみを奪わないで」といった電話や手紙が殺到した。また、数人の在日朝鮮人事業家が、「燈を消してはならない」と資金提供を申し出た。そこで編集委員は、ニッカンテクノの呉栄一《オヨンイル》を新たな発行人に迎え、青丘文化社の事務所を新宿区歌舞伎町二‐四二‐一三東広ビル六〇五号に移し、翌九五年二月に二一号を刊行、九六年二月の二五号まで刊行した。誌面や論調に大きな変化はないが、二一号から二四号（九五年一一月）まで連続座談会「「在日」の五〇年」が、二五号に鼎談「今日の朝鮮半島と日本」が掲載された。これまでの雑誌と違い、文京洙の記憶の限り、『季刊青丘』刊行中に編集陣で旅行をしたことはなく、集合写真を撮った覚えもないという。終刊後も記念パーティーなどは行われなかったそうである。しかし『「在日」はいま、《〔ママ〕》』などの、『季刊青丘』に掲載した論考や小説、座談会のいくつかをまとめた単行本が「青丘文化叢書」として青丘文化社から刊行された。

『季刊三千里』は、二世や三世の世代が大半を占めた時代に刊行されたとはいえ、良くも悪くも冷戦構造という固定した枠組みの中で、朝鮮半島情勢や在日朝鮮人問題を眺めることができた。それゆえ、学術的な論考を数多く載せることができた。これに対して『季刊青丘』は冷戦構造が崩壊し、東アジア情勢が極めて流動的な時代に刊行された。このためにいきおい、目まぐるしく移り変わる情勢を追いかける、時事的な論考が多くならざるを得なかった。『季刊三千里』と『季刊青丘』が、理念を同じくしながらも大きく異なるのは、この点である。

文学活動の終わり

先述のように、金達寿は遺跡めぐりツアーの参加者などから、「あなたは小説も書くんですか」と驚かれたことを気にかけ、「行基の時代」連載後も、文学活動を続けようと試みた。特に「太白山脈」の続編として構想された「洛東江」は、彼がライフ・ワークに掲げていたものであり、何としても書き上げねばという思いを強く持っていた。「洛東江」については、全斗煥が第一一代韓国大統領に就任した(一九八〇年九月一日)直後に発表されたインタビューに詳しい。

金 それは「太白山脈」という長編の続きです。〔中略〕今度は「洛東江」という題にしてかなり長いものを計画しています。「太白山脈」は自分ではライフ・ワークのつもりで、本当は朝鮮戦争が始まるまでを書くはずだったんです。というのは、南朝鮮のあの激動というのは戦後日本では想像もつかないくらいの状態でしたからね。たとえば一九四八年の四月三日に南朝鮮のみの単独選挙〔中略〕に反対した済州島での武装蜂起が起き、その年の一〇月に李承晩政権とアメリカ軍が国防第一四連隊、四〇〇〇を討伐に送るわけです。ところが、これが麗水・順天という所で反乱を起して、以後、智異山など南朝鮮の山岳部はゲリラ戦場化する。しかしこのゲリラは、一九四九年の末頃まではほとんど全滅するんです。それで、たくさんの人が死んでいる。

これがいわゆる麗水・順天事件と呼ばれるもので、済州島の場合は〔中略〕住民三〇万人のうち七万人以上が殺されています。南朝鮮全体では一三万とも、二〇万ともいわれていますが、正確には分らない。その犠牲者、これは政治的な死で、それまではみんな持ち上げていたけれども、終ってみるとなんと犬死ですよ。北からは極左冒険主義ということで、一言のもとに片付けられちゃったわけです。南ではもちろんこの事件はタブーでしょう。北からも南からも何万、何十万という犠牲者が犬死として葬られてしまう。しかし文学というものは、そういうわけにはゆかない。やっぱりそういう人々の墓碑銘を書くという、そういうこともあるとぼくは思うんです。とにかく、彼らは、愛国者であったわけです。それが、政治の風向きいかんによって翻弄されている。文学はやはり人間の問題を扱うんだから、僕はそれを書きたい。自分なりに彼らの墓碑銘を書きたい、ということが出発だったんですよね。

（「金達寿氏に聞く――光州事件の意味するもの」）

韓国からも北朝鮮からも犬死に扱いされ、歴史の中に忘れ去られた「愛国者」たちの「墓碑銘」を小説に刻みつける――これが金達寿の「洛東江」執筆の最大の動機であり、彼と文学とを結びつける最後の紐帯だった。

しかし、一九八八年七月、韓国で、まさに彼ら「愛国者」たちの実像を記録した書籍が出版された。智異山地域で展開されたパルチザン闘争に参加し、戦史記録係も務めた人物が、李泰《イテ》の筆名で出版した『南部軍』である。発売後に大ベストセラーとなり、九〇年に映画化されると、それもまた稀にみるロングランを記録した。九一年、安宇植による日本語訳が平凡社から出版された。金達寿は、自分が生きている間にこのような本が韓国で出版されると予想していなかったため、大きな衝撃を受けた。大和岩雄との対談で、「太白山脈」の続きを書くために「取材をしてみて、歴史のうえでは間違いがあるとしても、やはり小説は想像で書くもんだと思いました。そこへ『南部軍』でしょう。とても書く気になれない」と語るなど、創作意欲を失っていった。

こうして『南部軍』の出版により、金達寿と文学との最後の紐帯は切れた。以後、彼は古代史研究に専念し、小説をもっと書くべきだという周囲の声に対して次のように語ったという。「このごろ地方へ行くと、あなたは小説も書くんですかとよく言われるけど、それでいいんだ。僕は小説をずいぶん書いてきたけれど、それだけでは日本人と朝鮮人の関係が人間関係になかなか戻らないんだよ。しかし、これ〔『日本の中の朝鮮文化』〕を書いたら、考えを変えてくれる人がたくさん現れる。だから、われわれがすべき仕事として、日本人の朝鮮観を変えることが重要なウェートを占めてる〔ママ〕べきだと思うよ」（李進熙・大和岩雄「対談　金達寿氏を悼む」での李進熙の発言）。

『日本の中の朝鮮文化』完結と続編の連載

一九九一年八月、北海道・東北編の連載が終わり、『日本の中の朝鮮文化』シリーズが完結した。実に二一年という長きに渡って積み重ねられた、彼の後半生を代表すべき成果だった。最終巻である一二巻の単行本は九一年一一月二〇日に刊行された。その直後の一一月二五日、江上波夫などが発起人となり、東京のアルカディア市ヶ谷で『日本の中の朝鮮文化』完結を祝う会が開かれ、約一五〇名の友人や知人が彼をねぎらった。金達寿は、「旅が好きで二十年以上全国を歩き回り、趣味と実益が一致した仕事ができた。これもたくさんの人々の激励のおかげ。大病で生死の間をさまよい、もうだめだと思ったが、未完の仕事が気になり死にきれなかった」とユーモアを交えて挨拶した。また、「私のことを、何でも朝鮮半島に結び付けてしまうと言う人がいるが、私は日本人の学者の説を引用しているだけで、それが長続きのコツだった」と振り返った。「生死の間をさまよ」った「大病」とは、先述した、八八年一二月に入院して手術を受けた、胆石摘出と胃潰瘍である。

参席者からは、『日本の中の朝鮮文化』に対して、「菊池寛賞に値する」「いや文化勲章にふさわしい」

といった声があがった。また、詳細は不明だが、一九九二年七月五日午後一時半から池袋・東京芸術劇場でも、『日本の中の朝鮮文化』完結と「東アジアの古代文化を考える会」発足二〇周年を記念した会が開かれた。

金達寿としては、これで古代史研究を終える予定だった。しかし一九八七年から「日本の中の朝鮮文化」シリーズの連載誌になっていた『月刊韓国文化』の編集部が、「それを新たにもう少し詳しく、といってきた。それと同時にまた、韓国・ソウルの出版社である大圓社《テウォンサ》から、新しく書いたそれを一、二冊というのであった」（ルビは筆者）。そこで「「王城の地」、すなわち飛鳥・藤原京、奈良京だった大和や「河内王朝」ともいわれた難波京の河内にそれ〔連載後に明らかになった歴史学・考古学上の発見や発掘、連載時に金達寿が見落としていたもの〕が多かったので、では、古代日本のそのときどきの都だった「王城の地」をもう少し詳しく」やろうと考え、一九九一年一〇月から九四年一二月まで、『月刊韓国文化』に新シリーズ「新考・日本の朝鮮文化遺跡」を連載した。大和地方の古代文化遺跡を探訪したものである。その後、舞台を大阪に移し、九五年一月から同誌に「摂、河、泉を歩く――新考・日本の朝鮮文化遺跡」の連載を始めた。しかし九六年夏頃に体調を崩し、九六年七月の第一九回で連載を中断、そのまま再開されることなく終わった。中断の理由などについて、同誌には何も掲載されなかった。

この連載は日本では未だ出版されていないが、韓国語には全訳され、大圓社から『日本の中の韓国文化遺跡を探して』（全三巻、九五～九九年）の題で出版された。

『日本の中の朝鮮文化』(全12冊)

『日本の中の朝鮮文化』完結記念パーティー(1991年)

ＮＨＫ番組「世界・わが心の旅――韓国・はるかなる故国」

ＮＨＫ衛星第二テレビで放送されていた旅番組「世界・わが心の旅」で、金達寿を取り上げることになった。ディレクターを務めた若木香織の「番組を制作して」によれば、彼女が金達寿と初めて会ったのは、海外向けのラジオ放送・国際放送に携わっていた一九九一年夏である。番組名は不明だが、『日本の中の朝鮮文化』完結を機に、夏期特集を企画して、京都や奈良の「日本の中の朝鮮文化」を訪ねる番組を制作した。朝鮮半島向けの番組だったため、出演した金達寿には朝鮮語で語ってもらった。その後、若木は教育テレビのハングル講座に移って番組制作を手がけ、ＮＨＫラジオ・ハングル講座「わが心の故国を行く――金達寿さんの韓国への旅」（九五年八月放送、全二回）などを収録した。そんなある時、若木は「あづま」（新宿歌舞伎町にあった居酒屋。歴史学者が多く訪れ、金達寿も常連だった）で金達寿がポツリと、「〝あの海〟をもう一度渡ってみたいな」と呟いたのを耳にした。この一言が番組制作のきっかけとなり、九五年秋、取材班と金達寿はロケを行った。

番組は、一九七三年と七四年に朝鮮半島の島影を見に行った、対馬の千俵蒔山に登り、山頂に立つ金達寿を撮影した場面から始まる。そして関釜フェリーに乗って玄界灘を渡り、金柄奎が遊蕩に耽った午東洞、生まれ故郷の亀尾村や彼の戸籍を保管してある内西面の役場、檜城洞の父の墓、馬山市郊外の山中の祖母の墓などをめぐった後、古代の古墳群や慶州を訪れる。最後に解体中の朝鮮総督府を眺め、ソウルの雑踏に消えていく姿を映して番組は終わる。金達寿が船で玄界灘を渡るのは、四四年二月に京城日報社から〈内地〉に逃げ帰って以来のことであり、亀尾村の訪問は三度目である。

全編を通して、日本の植民地支配のもとで没落していった金家の歴史や、関釜連絡船にまつわる思い出が金達寿によって語られ、植民地時代の痛苦と故郷を懐かしむ彼の心情が視聴者に伝わってくる。特に涙を誘うのは祖母をめぐる場面である。生家があった場所には新しく青瓦の家が建っており、遠縁の親族が暮らしていた。しかし祖母と暮らした小さな藁葺き家は、まだほぼそのまま残っていた。金達寿は中庭に面した縁側に腰掛け、「やっぱり僕はね、おふくろやなんかもいろいろみな、母親もいるけれども、やっぱり祖母の思い出っていうのが、祖母を思いだすことが一番鮮明で……辛いときでしたからね」と語り出すが、その途端、背広のポケットからハンカチを取り出して涙を拭う。また、祖母の墓に参って草刈りをした後、「おばあさんと暮らした家はまだあります。あの家で苦労しましたね。私たちが別れてから六五年がたちました。私はまだ生きているからこうして墓参りができます」と朝鮮語で語りかける場面でも、やはりハンカチで目頭を拭う。生きるためとはいえ、最も辛く苦しい時期をともにした祖母を置き去りにして〈内地〉に渡ったことへの悔恨は、生涯、彼の心から消え去らなかった。李哲によれば、晩年の金達寿は、両親の話はあまりしなかったが、酔うとよく祖母の思い出を語り、涙したという。

「世界・わが心の旅——韓国・はるかなる故国」は、一九九六年二月一〇日午後一〇時からＮＨＫ衛星第二テレビで放映された。金達寿は番組をとても喜び、出版社の編集者たちとの親睦会の席で、ビデオを一緒に見たりもしたという。編集者たちとは、「マルハチ会」と「クモ会」という親睦会を作り、旅行するなどした。しかし先述のように、この年の夏頃に体調を崩した。このため、結果的にはこの番組での取材が、金達寿の最後の韓国訪問となった。ちなみに、姜在彦や李進熙は、「韓国」籍に切り替えた後、韓国のみならず中国やアメリカなどを訪れた。しかし筆者が姜在彦などに尋ねた限り、金達寿が韓国以外の国に行ったという話は聞いたことがないという。

死去から「金達寿文庫」開設まで

一九九七年一月一七日、金達寿は腹痛で杉並区の河北総合病院に緊急入院し、腎盂炎・肝硬変と診断された。二月にいったん退院したが、四月二九日に中野共立病院に入院し、回復することなく、五月二四日午後六時四六分に肝不全で亡くなった。七七歳だった。

臨終に立ち会った李進熙は、「金達寿さんの足跡」に次のように記している。「数日前から覚悟はしていたが、当日は朝から雨が激しかったので、それが妙に気になっていたが、同僚の魏良福さんから急報が入ったのは午後三時すぎだった。豪雨のなか東京中野の共立病院へ駆けつけると、時計の針は六時を少しまわっていた。病院についで間もない六時四六分、金さんは二人の孫娘と嫁〔未那、末耶、金隆代〕に看取られ、しずかに七七年の生涯を閉じた」。「息子の章明が病床から駆けつけたのは臨終から一時間ほど経っていた。雨に濡れ、杖をついて現われた姿がとても痛々しかった」。

金達寿は、葬儀は無宗教で簡素にし、富士の裾野の文学者の碑に葬ってほしいという遺言を残していた。そこで近親者のみの密葬とし、五月二六日午前九時から、金章明を喪主として東京都杉並区の堀ノ内斎場で葬儀・告別式を行った。ところが、七、八〇名もの友人・知人が訃報を知って駆けつけたため、二六日の新聞各紙の朝刊の訃報記事には、七月一八日午後六時から中野サンプラザで偲ぶ会が催されることが報じられた。『朝日新聞』には小田切秀雄の、『毎日新聞』と『読売新聞』には李恢成のコメントが添えられた。李恢成は、「在日一世として、祖国の民族の独立やその中での知識人の生き方を描き、組織と政治と人間というテーマで一貫して「人間の自由」という問題を追求し続けた。晩年は韓国の政権をめぐる知識人のあり方の問題で、私と金さんとは生き方が別れてしまったけれども、彼の仕事は在日全体の仕事にとっても、不朽のものだった」と語った。

翌五月二七日、『朝日新聞』夕刊に上田正昭の、『読売新聞』夕刊に小田切秀雄の追悼文が掲載され、六月に入って共同通信社の配信による川村湊の追悼文が『京都新聞』などに掲載された。雑誌では、『アプロ21』(六月)・『ＫＯＲＥＡＴＯＤＡＹ』(八月)・『新日本文学』(九八年三月)が追悼特集を組んだ他、金達寿と縁のある雑誌にいくつか追悼文が掲載された。六月二七日の夜にはＮＨＫで、「世界・わが心の旅――韓国・はるかなる故国」が再放送された。韓国政府は七月一六日、在日朝鮮人を扱った創作活動が日本人の韓国に対する意識変革に寄与した点や、「日本の中の朝鮮文化」探究を通じて日韓の古代交流史研究に貢献した点を評価し、韓国の文化勲章二等級である銀冠文化勲章の授与を決定した。

七月一八日の「金達寿さんを偲ぶ会」には二九〇名が参席し、(在日)コリアンからは順に李進熙、李哲、金太智《キムテジ》(駐日韓国大使)、姜在彦が、日本人からは順に上田正昭、鶴見俊輔、飯沼二郎、西野辰吉、「あづま」の女将の平米子、大村益夫、金達寿の単行本などを手がけた編集者の加藤勝久(講談社)、福島紀幸(河出書房新社)、柏原成光(筑摩書房)が惜別の挨拶を述べた。金太智は、惜別の挨拶とともに銀冠文化勲章を贈った。七月三〇日、ＮＨＫ教育テレビで「ＥＴＶ特集　作家・金達寿・海峡からの問いかけ」

が放送された。放送は未見だが、金達寿「の代表的な作品をやはり在日の女優李麗仙〔唐十郎の最初の妻〕さんの語りで紹介しながら、去る七月一八日に行われた故人をしのぶ会に出席した作家の鶴見俊輔さんやかつて金さんの『後裔の街』を高く評価した文芸評論家の小田切秀雄さんらの言葉を交えて、淡々と一人の在日作家の一生を描い」た番組だった（ばばこういち「『ETV特集』が問うたもの」）。

「金達寿さんを偲ぶ会」で、一周忌までに「想い出集」をという話が持ちあがり、上田正昭、小田切秀雄、鶴見俊輔、姜在彦、李哲、李進熙による刊行委員会によって、一九九八年五月二〇日、『追想金達寿』が青丘文化社から刊行された。大学時代から晩年までの写真と、偲ぶ会での惜別の挨拶、年譜、四五名の追想文が収録された。三三名が日本人、一二名が（在日）コリアンである。東大阪でも偲ぶ会が催され、一九九八年九月には大阪人権博物館（リバティおおさか）で追悼シンポジウム「日本の中の朝鮮文化――金達寿を偲んで」が開かれた。このシンポジウムが契機となり、二〇〇二年、辛基秀《シンギス》編著『金達寿ルネサンス――文学・歴史・民族』が解放出版社から刊行された。

　追想集発行日翌日の五月二一日、金達寿は静岡県駿東郡にある富士霊園内の、日本文芸家協会が管理する「文学者の墓」の第六期に葬られた。墓には名前と生没年、そして「玄海灘」の書名が刻まれた。金達寿の蔵書や原稿・手紙類・遺品など約一万点は、一九九七年九月頃、青丘文化社内に設置された「金達寿記念室」設立準備委員会にいったん預けられた。その後、神奈川近代文学館に寄贈され、二〇〇三年一一月、同館に「金達寿文庫」が開設された。

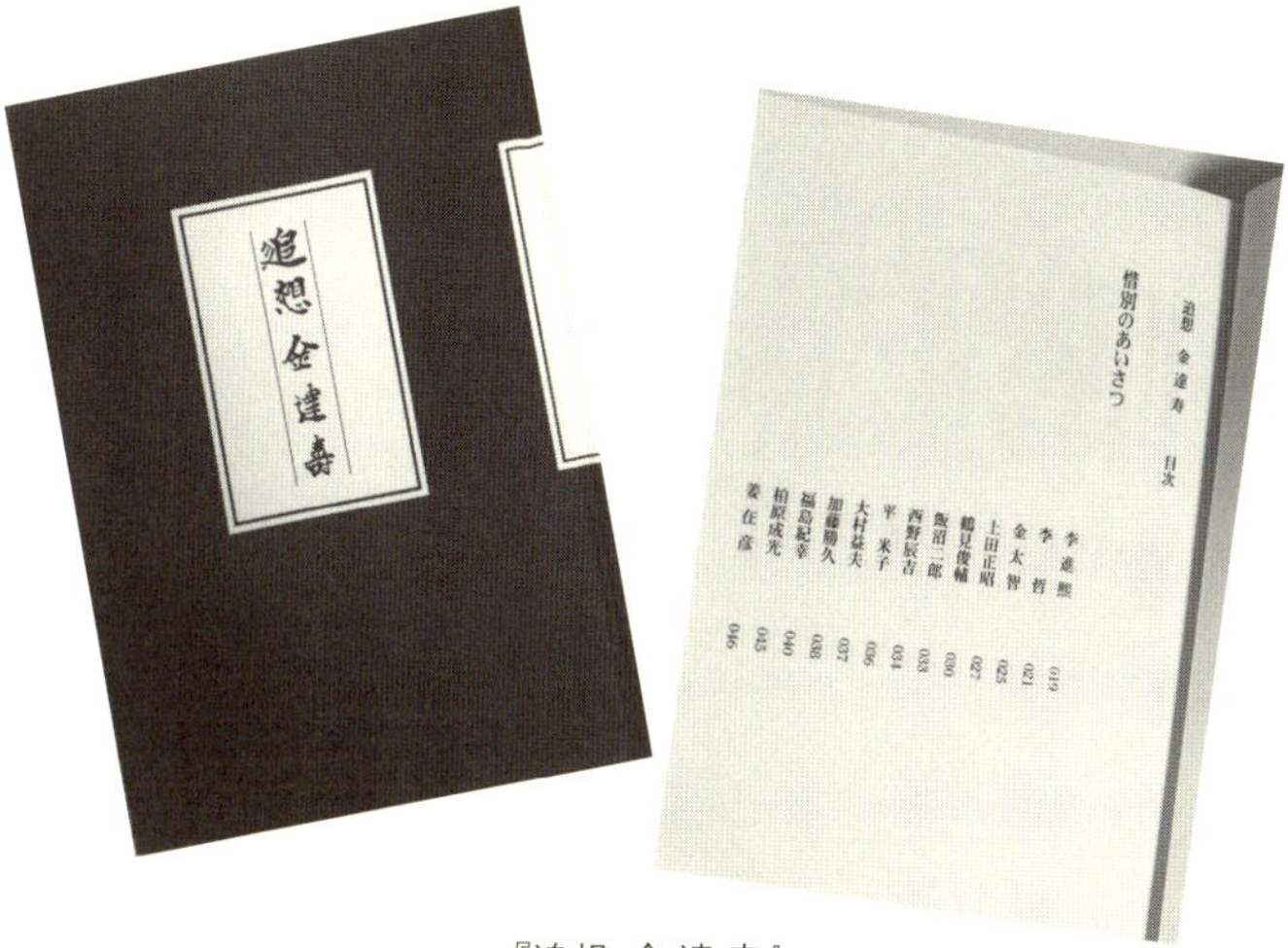

『追想 金達寿』

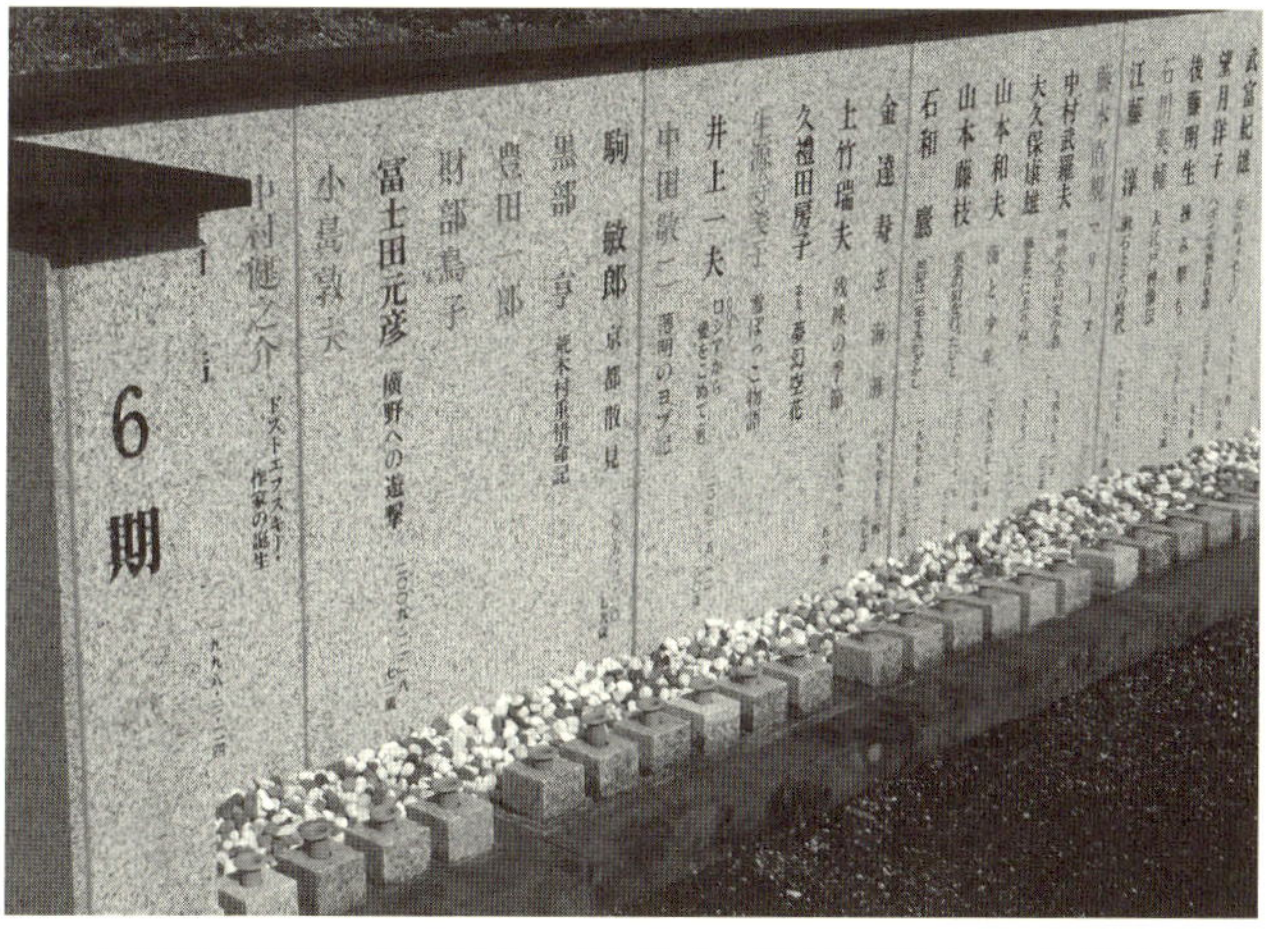

金達寿が眠る冨士霊園内の「文学者の墓」第6期（2012年撮影）

それぞれの最期

金達寿が緊急入院する直前の一九九七年一月一日、兄の金声寿が亡くなった。八三歳だった。彼は現在、母・孫福南、妻・裵隠植、長女・順子と一緒に眠っている。

金章明は六ヵ月間の入院後、二〇〇四年一〇月二四日に亡くなった。五八歳という若さだった。心の奥底に寂しさを抱えた人生だったが、入院中は妻や娘に世話され、心穏やかに最期を迎えたという。彼は母・金福順と一緒の墓に眠っている。

金達寿の兄妹で最後の一人となった金ミョンスは、長寿を全うし、二〇一五年六月二八日に九三歳で亡くなった。彼女の死により、亀尾村における金家の没落の歴史を体験した者はいなくなった。

あとがき

私は博士論文「「在日コリアン文学」の始源としての金達寿文学」と並行して、『イリプスⅡnd』一〇号（二〇一二年一一月、澪標《みおつくし》）から「金達寿伝」の連載を始めた。二〇一六年に博士論文を『金達寿とその時代』として出版したところ、有難いことに予想を遥かに超える好意的な反響があり、講演や原稿などの依頼をいただいた。さらに二〇一七年九月には法政大学国際文化学部とクレインの共催で、金達寿没後二〇周年記念シンポジウム「没後二〇年　金達寿：小説家として　古代史家として」が開かれた（シンポジウムの様子は拙稿「金達寿没後二〇周年記念シンポジウムを終えて」『Sai』七八号、二〇一七年一二月を参照）。このシンポジウムの企画を進める中で、クレインの文弘樹氏が本書を提案してくださった。

そこで「金達寿伝」の連載を二一号（二〇一七年二月）で中断し、あらためて最初から伝記を書き直した。それと並行して、前著『金達寿とその時代』の出版後も金達寿に関係する論考を発表した。このため本書は「金達寿伝」をベースにしつつも、前著および拙稿「金達寿と雑誌『日本のなかの朝鮮文化』」（『コリアン・スタディーズ』五号、二〇一七年六月）、「金達寿『落照』論——二つの「族譜」との断絶をめぐって」（『日本近代文学』九七集、二〇一七年一一月）、「在日朝鮮人から見た「転向」の言説空間——金達寿文学における〈親日〉表象を通じて」（坪井秀人編『戦後日本を読みかえる　第五巻』二〇一八年七月、臨川書店）、「中野重治「模型境界標」論――「朝鮮人の転向」をめぐって」（『JunCture』一〇号、二〇一九年三月）を踏まえた記述があることをお断りしておく。ただし前著で詳しく扱った事柄については、本書では簡潔に記し、内容が重複しないよう努めた。

執筆の過程で、多くの方々にご協力いただいた（以下、並びは五十音順）。まず呉文子・姜在彦・高二三・高淳日・小山帥人・佐藤信行・全和子・藤野雅之・藤本巧・文京洙・李光江の各氏から、当人しか知り得ない多くの貴重なお話を伺うことができた。足立龍枝・呉文子・金隆代・高二三・佐藤信行・竹中恵美子・尹健次の各氏からは、写真や録音テープなど、貴重な資料をお貸しいただいたりお譲りいただいた。内山政春・金丸裕一・宋恵媛・高柳俊男の各氏からは、金達寿が通った小学校、講師を務めた法政大学文学部のシラバス、在日朝鮮文学会、三千里社について、資料や情報をご提供いただいた。倉橋健一氏をはじめイリプス同人の皆様は、拙稿を快く掲載してくださった。

とりわけ呉文子氏のご助力は一通りのものではなかった。呉氏は私に、二〇年以上に及んだ家族ぐるみの交友を通じて見た、金達寿や章明一家の生活の様子を詳しくお話しくださり、写真など数多くの資料を快く使わせてくださった。さらに、本書に収録した写真や神奈川近代文学館「金達寿文庫」所蔵の写真に写っている人物の確認、朝鮮の伝統的な風習などに対する一世世代の考え方など、様々な事柄について何度もお尋ねしたが、そのたびに懇切丁寧にお教えくださった。金達寿と付き合いを持った日本人や在日朝鮮人は非常に数多いが、彼らが残した金達寿に関する人物雑記の類は少ない。そのため、呉氏から伺った多くのエピソードは、私が金達寿の人物像を膨らませる上で大きな助けになった。

この他にも数多くの方々からご教示やご支援をいただいた。そのお陰で前著では知り得なかった新たな情報を盛り込むことができた。大変お忙しい中、貴重な時間を割いてご協力くださったすべての皆様のご厚意に、心より感謝を申し上げたい。しかし本書の内容に関わる全責任が著者ひとりにあることは言うまでもない。

その一方、ご協力くださった中には、鬼籍に入ってしまった方がおられる。特に二〇一七年一一月に姜在彦先生が逝去されたことは、私にとって大きなショックだった。同年五〜六月頃、先生が入院される直前にお電話をいただいたのが、話をした最後になった。「金達寿伝」が載った『イリプスⅡnd』を差し上げるたびに、先生は感想の手紙をお送りくださり、恐縮するとともに大いに励まされた。それだけに先生に本書をお渡しできなかったことは残念でならない。『金達寿とその時代』の刊行を控えた時期にも、博士論文を書き上げて数ヵ月後に鶴見俊輔、刊行直前に上田正昭という、私の視点からの金達寿研究に欠かせない二人の重要人物が亡くなり、なぜ博士論文を送ってインタビューを申し込まなかったのかと、自分の呑気さを悔やむばかりだった。二〇一八年三月に催された「姜在彦先生を偲ぶ会」に参席し、あらためて時間に限りがあることを思い知らされた。逝去された方々のご冥福を心よりお祈り申し上げる。

前著のために、神奈川近代文学館「金達寿文庫」をはじめ、日本各地や韓国の研究機関や大学図書館、国会図書館や役所等の公共施設にお世話になったが、本書でもこの時の調査で得た情報を活用させていただいた。また本書の一部には、日本学術振興会特別研究員奨励費（課題番号14J07974、19J00562）による成果が含まれている。関係諸機関に感謝の意を示したい。

最後になったが、前著に続き、今回も編集実務その他については文弘樹氏にお世話になった。氏の熱意ある励ましがなければ本書を世に送りだすことはできなかった。厚く御礼を申し上げる。

金達寿生誕百周年を前に

二〇一九年一〇月一五日

廣瀬陽一

金達寿年譜

金達寿関係

1920年　0歳
1月17日　慶尚南道昌原郡内西面虎渓里の亀尾村に生まれる。父・金柄奎、母・孫福南、長兄・声寿、次兄・良寿、妹・ミョンス。

1928年　8歳
初～春頃　良寿が病死。
12月5日　金柄奎が病死。

1930年　10歳
10～11月頃　声寿に連れられて〈内地〉に渡る。

1931年　11歳
4月～34年　尋常夜学校に一年、尋常小学校に二年あまり通う。

社会動向

1910年
8月22日　日本の韓国併合。

1919年
3月1日　3・1独立運動。

1922年
12月30日　ソ連邦成立。

1923年
9月1日　関東大震災。

1931年
9月18日　満州事変勃発。

1936年 **16歳**
秋頃　横須賀市春日町4－44の孫福南宅で本格的に屑屋を始める。

1937年 **17歳**
この頃　張斗植と知り合う。二人で同人誌『雄叫び』創刊（2号で強制廃刊）。

1938年 **18歳**
秋　『現代日本文学全集』（改造社）で志賀直哉の小説を、『世界文学全集』（新潮社）でドストエフスキー「罪と罰」を読み、両方に強く惹かれる。

1939年 **19歳**
4月　日本大学専門部法文学部芸術学科に入学。
9月　専門部芸術科に編入。

1940年 **20歳**
夏期休暇中　亀尾村に帰郷し、〈京城〉を見物。
8月　「位置」（『芸術科』）。

1941年 **21歳**
11月1日　「族譜」（『新芸術』）。
11月初旬　金史良と知り合う。
12月18日　日本大学を卒業。

1937年
7月7日　盧溝橋事件。

1939年
9月1日　第二次世界大戦勃発。

1941年
12月8日　真珠湾攻撃。

1942年　22歳
1月20日　神奈川日日新聞社に就職（2月、神奈川新聞社に統合）。有山緑と恋愛関係になる。
3月1日　「塵（ごみ）」（『文芸首都』）。

1943年　23歳
―　有山緑と破局。
4月頃　〈京城〉に失恋旅行。
5月17日　京城日報社校正局校閲部の準社員に就職。京城府鐘路区司諫町57のアパートに下宿する。
9〜10月頃　同社の社会部に異動し記者となる。

1944年　24歳
2月18日　〈京城〉を去り、横須賀の実家に戻る。ひと月ほど後、神奈川新聞社に復社。
12月24日？　金福順と結婚（新居は横須賀市大津1172か？）。
―　張斗植・李殷直・金聖珉と回覧雑誌『鶏林』を作る。

1945年　25歳
8月15日　日本の敗戦＝〈解放〉。翌日から自治組織の結成に向けて奔走する。
10月15〜16日　朝連結成大会に参加。神奈川県本部の情報部長や横須賀支部の常任委員などを務める。
12月5日　息子・章明誕生。

1945年
8月6日　広島に原爆投下。
9日　長崎に原爆投下。
8月15日　日本の敗戦＝〈解放〉。

１９４６年　26歳
　４月１日　『民主朝鮮』創刊、編集長に就任。
　「後裔の街」（～47年5月）、「祖母の思ひ出」。
　９月30日　金福順が結核で死去。
　秋頃　小田切秀雄と中野重治の推薦で新日本文学会に入会。
10月28～29日　新日本文学会第２回大会開催。常任委員に選出。
１９４７年　27歳
　２月　在日本朝鮮文学者会結成。
１９４８年　28歳
　１月15日　「族譜」（『民主朝鮮』～49年７月）。
　９月20日　「濁酒の乾杯」（『思潮』）。
11月15日　『ＬＩＦＥ』誌に麗水・順天事件の写真掲載。金達寿、大きな衝撃を受ける。
１９４９年　29歳
　３月頃　奈良・京都を旅行。
５～６月頃　日本共産党に入党。
　８月１日　「叛乱軍」（『潮流』～９月）。
１９５０年　30歳
　初旬　「日本共産党の50年問題」が起こる。国際派として除名される。
　４月１日　「矢の津峠」（『世界』）。
　７月１日　『民主朝鮮』廃刊（全33冊。うち未発行１冊）。

１９４８年
　８月15日　（韓）大韓民国樹立。
　９月９日　（北）朝鮮民主主義人民共和国樹立。
１９４９年
　９月８日　朝連強制解散。
10月１日　中華人民共和国樹立。
１９５０年
　１月６日　コミンフォルム、機関誌に日本共産党の平和革命論批判の論評掲載（50年問題の

年末頃　東京都中野区野方の長屋に転居。崔春慈と再婚。

1951年　31歳
5月1日　「富士のみえる村で」（『世界』）。
9月1日　「孫令監」（『新日本文学』）。
10月頃　中野区本町通りのアパートに転居。

1952年　32歳
1月1日　『文学芸術』創刊（〜55年3月。全11冊）。「玄海灘」（『新日本文学』〜53年11月）。

1953年　33歳
上半期中　東京都中野区相生町34に転居。

1954年　34歳
5月1日　「母とその二人の息子」（『群像』）。
6月20日　金達寿編『金史良作品集』（理論社）

1955年　35歳
5月25〜26日　総連結成大会参加。

1956年　36歳
8月18日　「日本の冬」（『アカハタ』〜12月30日）。
12月8日　東京都練馬区仲町6-4896に転居。

始まり）。
6月25日　朝鮮戦争勃発。

1952年
4月28日　サンフランシスコ講和条約・日米安全保障条約発効。

1953年
3月5日　スターリン死去。
7月27日　朝鮮戦争休戦協定調印。

1956年
2月24日　フルシチョフ、スターリン批判演説を行う。

1957年　37歳
6月1日　第4回平和文化賞を受賞。
11月22日　リアリズム研究会結成。

1958年　38歳
9月24日　『朝鮮――民族・歴史・文化』（岩波新書）。
10月25日　『リアリズム』創刊（62年5月、『現実と文学』に改題）。
総連の『朝鮮』批判キャンペーン始まる（～59年6月頃）。
「朴達の裁判」（『新日本文学』）。
11月1日　『鶏林』創刊（～59年12月、全5冊）。

1959年　39歳
11月1日　「日本にのこす登録証――呉成吉君の帰国準備」（『別冊週刊朝日』）。
12月14日　北朝鮮への第1次帰国船が新潟港を出港。埠頭で見送る。

1960年　40歳
1月1日　「密航者」（『リアリズム』～63年4月）。
4月頃　「四月革命」直後、日本の某新聞社が金達寿を特派員として韓国に派遣しようとするが、韓国駐日代表部に拒否される。

1961年　41歳
5月1日　「日本人妻物語」（『別冊週刊朝日』）。
7月1日　「「小松川事件」の内と外」（『別冊新日本文学』）。

1959年
12月14日　北朝鮮への第1次帰国船が新潟港を出発。

1960年
4月19日　（韓）四月革命。李承晩政権崩壊。
6月23日　日米新安保条約発効。

1961年
5月16日　（韓）朴正熙らが軍事クーデターを起こす。
8月13日　ベルリンの壁構築。

1962年　42歳
1月1日　「日本のなかの朝鮮文化」（『新しい世代』）。
12月1日　「中山道」（『新日本文学』）。

1963年　43歳
1月1日　『朝陽』創刊（～3月、全2冊）。創刊号に「高麗神社と深大寺」。

1964年　44歳
9月1日　「太白山脈」（『文化評論』～68年9月）。

1965年　45歳
6月1日　「公僕異聞」（『現実と文学』）。
6月18日　母・孫福南が死去。
6月頃　東京都練馬区早宮4‐8‐2に転居。
8月31日　新日本文学会に退会届を送付。
夏　鄭貴文・詔文兄弟を連れて、立命館大学夏期講座の上田正昭の講義に参加。
10月1日　『現実と文学』終刊（通巻全50冊）。

1966年　46歳
4月1日　「苗代川」（『民主文学』）。

1967年　47歳
この頃　崔春慈と離婚。

1963年
10月15日　（韓）大統領選挙。朴正煕当選。

1965年
2月7日　米軍、北ベトナム空爆開始。
12月18日　日韓国交正常化。

1966年
5月16日　中国で文化大革命始まる。

1968年　48歳
1月1日　「日本のなかの朝鮮文化」(『民主文学』)。
2月21日　〈金嬉老事件〉起こる。日本人弁護士や支援者4名と説得に向かい、裁判開始後は特別弁護人を務める。
6月30日　日本民主主義文学同盟に退会届を送付。

1969年　49歳
3月1日　「朝鮮遺跡の旅」(『民主文学』～5月。全3回)。
3月25日　『日本のなかの朝鮮文化』創刊。編集長を務める。

1970年　50歳
1月1日　「朝鮮遺跡の旅」(『思想の科学』)連載開始。『日本の中の朝鮮文化』シリーズの始まり。
12月16日　『日本の中の朝鮮文化』(講談社)第1巻刊行。
12月頃　東京都調布市西つつじヶ丘1－26－2に転居。

1971年　51歳
4月　法政大学文学部文学研究科二部の講師を務める(～73年3月)。
秋頃～72年春頃　古代史家としての坂口安吾を知る。

1972年　52歳
1月24日～2月6日　韓国の新聞や週刊誌に、「総連を正しく建て直すための闘争委員会」に関する記事が書かれ、主導者の一人に金達寿の名前が挙げられる。
4月1日　法政大学文学部文学研究科一部の講師を務める(～77年3月。

1970年
6月2日　(韓)金芝河、諷刺詩「五賊」により、反共法違反容疑で逮捕。
12月8日　朴鐘碩、日立製作所を相手に就職差別訴訟を起こす。

1972年
3月21日　高松塚古墳から装飾壁画など発見。
7月4日　南北共同声明発表。
9月29日　日中国交正常化。

79年度後期）。9日、第1回「日本のなかの朝鮮文化遺跡めぐりツアー」（〜81−82年頃まで開催）。

6月27〜30日　朝鮮総連第9期第3次中央委員会開催。伝聞によればこの時、金達寿ら13名を除名。

1973年　53歳

1〜9月　金史良全集編集委員会『金史良全集』（全4巻）。

1974年　54歳

7月頃　東京都調布市菊野台3−17−12に転居。

7月27〜30日　金芝河の釈放を求めて、鶴見俊輔・針生一郎・李進熙とハンストを行う。

10月下旬　鄭詔文・李進熙と対馬に行き、朝鮮半島を微かに眺める。

1975年　55歳

2月1日　『季刊三千里』創刊。

4月1日　「対馬まで」（『文芸』）。

9月23日　金章明が金隆代と結婚。

12月頃　東京都調布市東つつじヶ丘3−15−23に転居。

1976年　56歳

4月1日　『季刊三千里』で久野収と対談。久野の発言をきっかけに、77年4月、「NHKに朝鮮語講座を設ける会」結成。

9月9日　金末那誕生。

1973年

8月8日　（韓）金大中拉致事件。

10月25日　第1次石油危機起こる。

1975年

5月3日　ベトナム戦争終結。

1976年

9月9日　毛沢東死去。

10月6日　文化大革命終わる。

1977年　**57歳**
6月25日　『わがアリランの歌』（中公新書）。
1978年　**58歳**
2月1日　「行基の時代」（『季刊三千里』～81年8月）。
1979年　**59歳**
4月20日　金達寿・姜在彦・李進熙・姜徳相『教科書に書かれた朝鮮』（講談社）。
4月25日　『落照』（筑摩書房）。
10月20日　金末耶誕生。
1980年　**60歳**
4～10月　『金達寿小説全集』（全7巻、筑摩書房）。
1981年　**61歳**
3月20～27日　姜在彦・李進熙・徐彩源と訪韓。
6月1日　『日本のなかの朝鮮文化』終刊（全50冊）。
7月1日　「故国まで」（『文芸』～82年2月）。
1982年　**62歳**
5月15日　のち『日韓理解への道』（中央公論社）としてまとめられることになる、日韓の歴史教育に関するシンポジウム開催。

1977年
3月22日　最高裁、司法試験に合格した金敬得を韓国籍のまま司法修習生としての採用を認める。
1979年
9月10日　韓宗碩、外国人登録法の指紋押捺を拒否。
10月26日　（韓）朴正熙大統領射殺。
12月12日　（韓）全斗煥国軍保安司令官、軍の実権を握る（12・12クーデター）。
1980年
5月18～27日　（韓）光州事件。
9月1日　（韓）全斗煥、大統領に就任。
1982年
7～8月　日本の歴史教科書の書き換えに対し、韓国・北朝鮮・

1983年 **63歳**

11月頃 東京都中野区中野5－52－15－1007に転居。以後、亡くなるまでここで暮らす。

1984年 **64歳**

4月10日 司馬遼太郎・陳舜臣・金達寿『歴史の交差路にて――日本・中国・朝鮮』（講談社）。

―― この頃、国籍を「韓国」に切り替える。

1985年 **65歳**

9月18日 中野区役所での外国人登録証切り替え時に指紋押捺を拒否。

1986年 **66歳**

10月10日 『日本の中の韓国文化』（訳者不明、朝鮮日報社）。韓国で出版された金達寿の最初の単行本。

1987年 **67歳**

5月1日 『季刊三千里』終刊（全50冊）。

中国などアジア諸国の政府や市民からの抗議が相次ぐ。

1983年

4月 NHKテレビとラジオで「ハングル講座」開始。

1984年

8月5日 （北）平壌放送、金正日を「金日成の後継者」と正式に呼称。

9月6～8日 全斗煥大統領、韓国国家元首として初来日。

1985年

10月15日 ゴルバチョフ書記長、〈ペレストロイカ〉提唱。

1986年

10月17日 中曽根康弘首相、日本は〈単一民族国家〉と発言し、アイヌら抗議。

1987年

7月1日 （韓）全斗煥大統領、盧泰愚

1988年 68歳
5月25日 『太白山脈（上）』（イムギュチャン訳、研究社。下巻は5月30日刊行）。韓国で出版された金達寿の最初の小説。
10月25日 鄭詔文、高麗美術館を開館。

1989年 69歳
8月15日 『季刊青丘』創刊。

1990年 70歳
4月23日 大沼保昭を代表とする研究会が在日韓国・朝鮮人の処遇改善に関する提言を出し、金達寿も呼びかけ人に名前を連ねる。

1991年 71歳
8月1日 「日本の中の朝鮮文化」連載完結。
11月20日 『日本の中の朝鮮文化』最終巻（12巻）刊行。

民主党代表による八ヵ条の民主化宣言（6・29）の全面支持と政権移譲を表明。

1988年
2月25日 (韓)盧泰愚、第13代大統領に就任。
7月19日 (韓)越北作家の著作の刊行解禁。
9月17日〜10月2日 ソウルオリンピック。

1989年
1月7日 昭和天皇死去。
6月4日 天安門事件。
11月10日 ベルリンの壁の取り壊しが始まる。
12月2〜3日 米ソ首脳会談。東西冷戦の終結確認。

1991年
1月17日 湾岸戦争勃発。
8月19日 (韓)朝鮮人元慰安婦が日本政府に補償を求め提訴。
9月18日 韓国・北朝鮮が国連に同時

1992年

7月5日 **72歳** 『日本の中の朝鮮文化』完結と「東アジアの古代文化を考える会」発足20周年の記念会開催。

1993年

8月15日 **73歳** 「承前・わが文学と生活」連載開始（『季刊青丘』～96年2月15日）。

1994年

12月5日 **74歳** 『月刊韓国文化』で「新考・日本の朝鮮文化遺跡」の連載終了。

1995年

1月5日 **75歳** 『月刊韓国文化』で「摂、河、泉を歩く――新考・日本の朝鮮文化遺跡」の連載開始。

11月28日 NHKのドキュメンタリー番組制作のため、訪韓。

加盟。

1992年

8月24日 （韓）中韓国交樹立。

1993年

1月8日 改正外国人登録法施行。特別永住者の指紋押捺制度廃止。

8月4日 河野洋平内閣官房長官、日本国家による朝鮮人慰安婦への関与を認め、「おわびと反省」を表明（河野談話）。

1994年

7月8日 （北）金日成主席死去。

1995年

1月17日 阪神淡路大震災。

8月15日 村山富市首相、「植民地支配」と「侵略」につきアジア諸国に「お詫び」を表明（村山談話）。

1996年　76歳
2月10日　NHK衛星第2テレビで、金達寿が故郷を訪問するドキュメンタリー番組「世界・わが心の旅――韓国・はるかなる故国」放映。
2月15日　『季刊青丘』終刊（全25冊）。
1997年　77歳
1月1日　金声寿死去。
5月24日　午後6時46分、肝不全で死去。
1998年
5月25日　『わが文学と生活』（青丘文化社）。
2003年
11月　神奈川近代文学館「金達寿文庫」開設。
2004年
5月2日　崔春慈死去。
10月24日　金章明死去。
2015年
6月28日　金ミョンス死去。

1997年
10月8日　（北）金正日、党書記に就任。
11月21日　（韓）IMFに支援要請。
12月19日　（韓）金大中、大統領に当選。

主要参考文献

①雑誌

『民主朝鮮』『文学芸術』『リアリズム』『現実と文学』『鶏林』『朝陽』『現代と文学』『日本のなかの朝鮮文化』『季刊三千里』『季刊青丘』

②金達寿の著作物

「祖母の思ひ出」(『民主朝鮮』一九四六年四月、民主朝鮮社)
　※「孫仁章」の筆名で発表。

「朝鮮文学者の立場／「在日本朝鮮文学者会」に就て」※金達寿のメモ書きによれば、『国際タイムス』(一九四七年四月一〇日、国際タイムス社)に発表。※「キム・タルス」で発表。

「噫・張赫宙」(『文化ウイクリー』一九四七年六月一六日、新興文芸社)

「八・一五以後」(『新日本文学』一九四七年一〇月、新日本文学会)

『後裔の街』(一九四九年五月、日本評論社)

「一九四九年九月八日の記録」(『民主朝鮮』一九五〇年四月、民主朝鮮社)

「しよくみんちてきにんげん」(『近代文学』一九五二年四月、近代文学社)

「住居とラジオ」(『文学芸術』一九五二年一〇月、文学芸術社)

「「朝鮮人」といわれながら」(『婦人公論』一九五三年三月、中央公論社)

「私には尻尾がある」(『文学芸術』一九五三年八月、文学芸術社)

「私の学歴」(『江古田文学』一九五四年一月、日本大学芸術学部江古田文学会)

『玄海灘』(一九五四年一月、筑摩書房)

「責任ぼかす客観報道／新聞記者としての後悔」(『新聞協会報』一九五四年二月、日本新聞協会)

「母とその二人の息子」(『群像』一九五四年五月、大日本雄弁会講談社)

「一朝鮮人・私の文学自覚」(『世界』一九五四年六月、岩波書店)

「志賀直哉『小僧の神様』」(『岩波講座　文学の創造と鑑賞第一巻』一九五四年一一月、岩波書店)

「労働と創作(二)――私の歩いてきた道に即して」(『岩波講座　文学の創造と鑑賞　第四巻』一九五五年二月、岩波書店)

『日本の冬』(一九五七年四月、筑摩書房)

「事実を事実として――新日本文学会員の十年」(『新日本文

学』一九五七年七月、新日本文学会）
「私の先生たち」（国分一太郎・中野重治編『忘れえぬ教師』一九五七年九月、明治図書出版）
「練馬ずいひつ(3)　今年……」（『朝鮮総連』在日本朝鮮人総連合会中央本部）※一九五七年一二月頃発表と推定。
「わが町は晴天なり」（『東京新聞』一九五八年四月一三日夕刊、東京新聞社）
『朝鮮――民族・歴史・文化』（一九五八年九月、岩波新書）
「視点について――どうかくかの問題・ノオト」（『リアリズム』一九五八年一〇月、リアリズム研究会）
「差別の国から希望の国へ」（『婦人倶楽部』一九五九年五月、講談社）
「わが家の帰国――在日朝鮮人の帰国によせて」（『鶏林』一九五九年六月、鶏林社）
「回覧雑誌のころ」（『鶏林』一九五九年六月、鶏林社）
「〝朴達〟ちがい／テレたり、驚いたり、あきれたり」（『図書新聞』一九六〇年四月一六日、図書新聞社）
「写真について」（『統一評論』一九六二年九月、統一評論新社）
「朝鮮史跡の旅　北陸路・福井（越前）」（全三回、『民主文学』一九六九年三月～五月、日本民主主義文学会）※第二回より題名を「朝鮮遺跡の旅」に変更
「語りつぐ戦後史31　盛装したい気持ち」（『思想の科学』一九六九年九月、思想の科学社）※聞き手・鶴見俊輔
「金嬉老とはなにか」（『中央公論』一九六九年一〇月、中央公論社）
「私の八月十五日／光る特高、憲兵の目／〝朝鮮独立〟のことばに感動」（『神奈川新聞』一九七〇年八月一一日、神奈川新聞社）
「わが戦後史」（全五回、『朝日新聞』一九七二年一〇月一六日、二三日、三〇日、一一月六日、一三日、朝日新聞社）
「母の教えのこしたもの」（『人生読本四　愛について』一九七二年一一月、筑摩書房）
「日本の古代文化と「帰化人」」（江上波夫・金達寿・李進熙・上原和『倭から日本へ』一九七三年九月、二月社）
「対談　相互理解のための提案」（『季刊三千里』一九七五年一一月、三千里社）※久野収との対談
『わがアリランの歌』（一九七七年二月、中公新書）
「私の文学修業」（『新日本文学』一九七八年一二月、新日本文学会）
「中野さんと共に」（『中野重治全集一一』月報二三　一九七九年二月、筑摩書房）
「無題」（『「わがアリランの歌」を出した金達寿の会』一九七九年三月、非売品）
『落照』（一九七九年四月、筑摩書房）
「備忘録」（『文芸』一九七九年八月、河出書房新社）
「私のなかの中野さん」（『文芸』一九七九年一一月、河出書房新社）
「吉備の中の朝鮮文化――金達寿先生講演より」（『文化財ふ

くやま』一九八〇年三月、福山市文化財協会）
「反権力の個人史と創作活動」（新日本文学会編『作家との午後』一九八〇年三月、毎日新聞社）※針生一郎との対談
「金達寿氏に聞く――光州事件の意味するもの」（『第三次文学的立場』一九八〇年一〇月、日本近代文学研究所）
※聞き手・西田勝
「全集完結にあたって――在日朝鮮人の〈位置〉を求めて」（『50冊の本』一九八一年二月、玄海出版）※聞き手・上野清士
「ゆうかんインタビュー／独立後初めて祖国の土を踏んで」（『毎日新聞』一九八一年四月二八日夕刊、毎日新聞社）
※聞き手・重村智計
「朝鮮人作家・金達寿氏、三十七年ぶり訪韓後の四面楚歌」（『週刊朝日』一九八一年一〇月九日、朝日新聞社）※インタビュー・山崎幸雄
『故国まで』（一九八二年四月、河出書房新社）
『日本の中の朝鮮文化一』（一九八三年七月、講談社文庫）
『日本の中の朝鮮文化三』（一九八四年三月、講談社文庫）
「天皇の「お言葉」」（『季刊直』一九八四年一二月、直の会）
「日本古代史と朝鮮」（『日本古代史と朝鮮』一九八五年九月、講談社学術文庫）
「金史良と私」（『朝鮮人』一九八六年六月、朝鮮人社）
「中野さんの思い出」（中野重治研究会編『中野重治と私たち――「中野重治研究と講演の会」記録集』一九八九年一一月、武蔵野書房）
「わたしの玄海灘――差別のなかに生きる」（『講演記録：人権啓発行事　１９９１春』一九九一年五月、関西大学）
『日本の中の朝鮮文化』の二十一年」（『季刊青丘』一九九一年一一月、青丘文化社）※大和岩雄との対談
「新聞報道はこうして戦争にのみ込まれた」（『神奈川新聞』一九九五年二月一日、神奈川新聞社）※山室清・藤井稔（司会）との座談会
「さわやかで明快な人」（『文芸春秋』臨時増刊号　一九九六年四月、文芸春秋）
『わが文学と生活』（一九九八年五月、青丘文化社）

③日本語文献
安宇植『評伝　金史良』（一九八三年一一月、草風館）
――「氏・さん・ソンセングニム」（『金達寿小説全集一』月報三　一九八〇年六月、筑摩書房）
李殷直『朝鮮の夜明けを求めて　第五部　生きのびるために』（一九九七年九月、明石書店）
――『物語「在日」民族教育の夜明け　一九四五年一〇月〜四八年一〇月』（二〇〇二年四月、高文研）
李進熙「三月の訪韓について」（『季刊三千里』一九八一年五月、三千里社）
――『季刊三千里』の十三年」（『本』一九八七年八月、講談社）
――「金達寿さんの足跡」（『新日本文学』一九九八年三月、新日本文学会）

――『海峡――ある在日史学者の半生』（二〇〇〇年四月、青丘文化社）
李進熙・大和岩雄「対談　金達寿氏を悼む」（『東アジアの古代文化』一九九七年八月、大和書房）
上田正昭・金達寿・司馬遼太郎・村井康彦「日本のなかの朝鮮（座談会）」（『日本のなかの朝鮮文化』一九六九年三月、日本のなかの朝鮮文化社）
呉圭祥『ドキュメント　在日朝鮮人連盟――一九四五－一九四九』（二〇〇九年三月、岩波書店）
小山弘健『増補　戦後日本共産党史』（一九七二年一二月、芳賀書店）
門脇禎二「蘇我氏の出自について」（『日本のなかの朝鮮文化』一九七一年一二月、日本のなかの朝鮮文化社）
姜魏堂「私の『朝連』時代」（『鶏林』一九五九年一月、鶏林社）
姜在彦・金達寿・金石範・李進熙・李哲「座談会　総連・韓徳銖議長に問う」（『季刊三千里』一九七九年一一月、三千里社）
姜在彦「韓国への旅／祖国と一体の「在日」が課題」（『朝日新聞』一九八一年四月七日夕刊、朝日新聞社）
姜在彦・竹中恵美子『歳月は流水の如く』（二〇〇三年一一月、青丘文化社）
金元基「一九四九年九月九日の「メモ」」（『民主朝鮮』一九五〇年五月、民主朝鮮社）
金賛汀『非常事態宣言１９４８――在日朝鮮人を襲った闇』（二〇一一年五月、岩波書店）
金時鐘「磊落のうらの顔」（『金達寿小説全集四』月報四　一九八〇年七月、筑摩書房）
――「読者のひとりとして」（『季刊三千里』一九八二年二月、三千里社）
金石範『国境を越えるもの――「在日」の文学と政治』（二〇〇四年八月、文芸春秋）
金泰生「掌のぬくみ――出会いの日の「日記」から」（『金達寿小説全集二』月報五　一九八〇年八月、筑摩書房）
金徳龍『増補改訂版　朝鮮学校の戦後史――１９４５－１９７２』（二〇〇四年一月、社会評論社）
金学俊（李英訳）『北朝鮮五十年史――「金日成王朝」の夢と現実』（一九九七年一〇月、朝日新聞社）
金嬉老公判対策委員会『金嬉老公判対策委員会ニュース』（一九六八年六月～七六年一〇月、金嬉老公判対策委員会）
窪田精『文学運動のなかで――戦後民主主義文学私記』（一九七八年六月、光和堂）
後藤直「ある日の「法政大学キャンパス」」（『季刊直』一九八六年一二月、直の会）
小林知子「ＧＨＱによる在日朝鮮人刊行雑誌の検閲」（『在日朝鮮人史研究』一九九二年九月、在日朝鮮人運動史研究会）
――「『民主朝鮮』の検閲状況」（『季刊青丘』一九九四年二月、青丘文化社）

斉藤忠夫『東宝行進曲――私の撮影所宣伝部50年』(一九八七年二月、平凡社)
佐倉啄二『復刻　製糸女工虐待史』(一九八一年八月、信濃毎日新聞社)
佐藤信行「徐先生と『季刊三千里』」(『追想の徐彩源』一九八八年九月、非売品)
――「「在日一世」タルス先生への思い」(『追想　金達寿』一九九八年五月、非売品)
司馬遼太郎『街道をゆく13　壱岐・対馬の道』(一九八一年四月、朝日新聞社)
――「両氏と私」(司馬遼太郎・陳舜臣・金達寿『歴史の交差路にて――日本・中国・朝鮮』一九八四年四月、講談社)
鈴木道彦『越境の時――一九六〇年代と在日』(二〇〇七年四月、集英社新書)
徐彩源「感謝のことば(『季刊三千里』終刊パーティーにて)」(『追想の徐彩源』一九八八年九月、非売品)
鮮于煇・高柄翊・金達寿・森浩一・司馬遼太郎『日韓　理解への道』(一九八三年七月、読売新聞社)
宋恵媛『「在日朝鮮人文学史」のために――声なき声のポリフォニー』(二〇一四年一二月、岩波書店)
滝沢秀樹『繭と生糸の近代史』(一九七九年七月、教育社歴史新書)
竹内栄美子『戦後日本、中野重治という良心』(二〇〇九年一〇月、平凡社新書)
富永伸夫「鉄くずに込めた独立魂」(『朝日新聞』地方版・神奈川、一九八八年一一月二六日朝刊、朝日新聞社)
張斗植『定本・ある在日朝鮮人の記録』(一九七六年九月、同成社)
張斗植を偲ぶ会『張斗植の思い出』(一九七九年二月、非売品)
鄭貴文「日本のなかの朝鮮文化」(『日本のなかの朝鮮民芸美』一九八七年三月、朝鮮文化社)
鶴見俊輔「国民というかたまりに埋めこまれて」(鶴見俊輔・鈴木正・いいだもも『転向再論』二〇〇一年四月、平凡社)
統一朝鮮新聞特集班『「金炳植事件」――その真相と背景』(一九七三年六月、統一朝鮮新聞社)
中野重治「自分に即して――新日本文学会の再検討」(『新日本文学』一九五九年一一月、新日本文学会)
南相瓔「NHK「ハングル講座」の成立過程にかんする研究ノート――日本人の韓国・朝鮮語学習にかんする歴史的研究(その2)」(『金沢大学教養部論集　人文科学篇』一九九四年八月、金沢大学教養部)
南牛「金達寿を想い起こす！　その三」(『光射せ！』二〇一三年一二月、北朝鮮帰国者の声明と人権を守る会)
野崎六助『李珍宇ノオト――死刑にされた在日朝鮮人』(一九九四年四月、三一書房)
西野辰吉『戦後文学覚え書――党をめぐる文学運動の批判と反省』(一九七一年八月、三一書房)

――「中野から練馬へ」（『金達寿小説全集一』月報三 一九八〇年六月、筑摩書房）
西野辰吉・小原元・窪田精・金達寿・霜多正次「現実変革の思想と方法――民主主義文学運動の再検討㈡」（『リアリズム』一九六〇年一～七月、全三回、リアリズム研究会）
西野辰吉・矢作勝美、他「リアリズム研究会の生と死」（一九七七年六月～七九年九月、全六回、季刊『直』発行所〔のち、直の会〕）※出席者は回によって異なる。
日本大学芸術学部五十年史刊行委員会『日本大学芸術学部五十年史』（一九七二年一一月、日本大学芸術学部）
朴慶植『在日朝鮮人運動史――8・15解放前』（一九七九年三月、三一書房）
――『解放後　在日朝鮮人運動史』（一九八九年三月、三一書房）
――編『朝鮮問題資料叢書9　解放後の在日朝鮮人運動Ⅰ』（一九八三年一二月、三一書房）
――編『朝鮮問題資料叢書　補巻　解放後の在日朝鮮人運動Ⅲ』（一九八四年七月、三一書房）
――編『朝鮮問題資料叢書15　日本共産党と朝鮮問題』（一九九一年五月、三一書房）
ばばこういち「『ＥＴＶ特集』が問うたもの」（『放送文化』一九九七年一〇月、日本放送出版協会）
樋口宅三郎『砂に書く――回想五十五年』（一九七五年一〇月、神奈川新聞社）
――「同根の花」（『砂に書く――回想五十五年』一九七五年一〇月、神奈川新聞社）
「ひとさし指の自由」編集委員会編『ひとさし指の自由――外国人登録法・指紋押捺拒否を闘う』（一九八四年三月、社会評論社）
廣瀬陽一『金達寿とその時代――文学・古代史・国家』（二〇一六年五月、クレイン）
備仲臣道『蘇る朝鮮文化――高麗美術館と鄭詔文の人生』（一九九三年一二月、明石書店）
藤野雅之「金達寿さんの思い出」（『追想　金達寿』一九九八年五月、非売品）
文化財保護法50年史顧問会議（編集協力）『文化財保護法五十年史』（二〇〇一年八月、ぎょうせい）
本多秋五「ある日の金達寿君」（『追想　金達寿』一九九八年五月、非売品）
真尾悦子「風の夜」（『追想　金達寿』一九九八年五月、非売品）
松下裕『増訂　評伝中野重治』（二〇一一年五月、平凡社ライブラリー）
松本良子「『日本のなかの朝鮮文化』の十三年」（『季刊三千里』一九八七年五月、三千里社）
水野直樹・文京洙『在日朝鮮人――歴史と現在』（二〇一五年一月、岩波新書）
文京洙『新・韓国現代史』（二〇一五年一二月、岩波新書）
森浩一「無題」（『わがアリランの歌』を出した金達寿の

会』一九七九年三月、非売品）
文部省『学制百年史　資料編』（一九七二年一〇月、帝国地方行政学会）
矢作勝美「弔辞」（『季刊直』一九七八年一月、『直』発行所）
梁石日『修羅を生きる――「恨」をのりこえて』（一九九五年二月、講談社現代新書）
梁姫淑『張赫宙戦後研究――終戦から帰化まで』（二〇一四年三月、埼玉大学博士論文）
尹健次『「在日」の精神史』（全三巻、二〇一五年九～一一月、岩波書店）
尹学準「張斗植の死」（『季刊三千里』一九七八年二月、三千里社）
りみつえ「幻の『日朝関係史事典』」（『在日女性文学　地に舟をこげ』二〇一二年一一月、社会評論社）
若木香織（聞き手・編集部）「番組を制作して」（辛基秀編著『金達寿ルネサンス――文学・歴史・民族』二〇〇二年二月、解放出版社）
無著名「劇団生活舞台第一回公演「玄海灘」」（『劇団生活舞台ニュース』一九五五年二月、劇団生活舞台）
――「金達寿さんおめでとう／21年の苦労実る」（『東洋経済日報』一九九一年一一月二九日、東洋経済日報社）

④韓国語文献

『内西面誌』（一九九六년九월、내서면지편찬위원회）
『馬山市史』（一九九七년二월、馬山市史編纂委員会）
이학렬編『간추린 마산역사』（二〇〇三년九월、도서출판경남）
정조문（정희두編著、최산일他編訳）『정조문과 고려미술과――재일동포의 삶과 조국애』（二〇一三년四월、도서출판다연）
김효순『조국이 버린 사람들――재일동초 유학생간첩사건의 기록』（二〇一五년八월、도서출판서해문집）※金孝淳（石坂浩一監訳）『祖国が棄てた人びと――在日韓国人留学生スパイ事件の記録』（二〇一八年一一月、明石書店）

⑤雑誌・映像

『ＬＩＦＥ』（一九四九年一一月一五日、Time Inc.）
『世界・わが心の旅――韓国・はるかなる故国』（一九九六年、制作・ＮＨＫ）

⑥ウェブサイト

ＬＩＦＥ（麗水・順天事件の写真と記事）https://time.com/34378/korea-photos-from-the-october-19-48-rebellion/#1（最終閲覧日・二〇一九年七月一一日）

⑦その他

戸籍（一九三九年三月二八日編成）
公益財団法人神奈川文学振興会・神奈川近代文学館「金達寿文庫」

【著者紹介】
廣瀬陽一（ひろせ・よういち）

1974年，兵庫県生まれ．

大阪府立大学大学院博士課程修了．博士（人間科学）．

日本学術振興会特別研究員ＰＤ．

主な著作：『金達寿とその時代――文学・古代史・国家』（2016年５月，クレイン），「在日朝鮮人から見た「転向」の言説空間――金達寿文学における〈親日〉表象を通じて」（坪井秀人編『戦後日本を読みかえる　第5巻』2018年７月，臨川書店），「中野重治「模型境界標」論――「朝鮮人の転向」をめぐって」（『JunCture』10号，2019年３月，名古屋大学大学院人文学研究科附属超域文化社会センター）．

連絡先：srhyyhrs@gmail.com
HP：http://srhyyhrs.web.fc2.com

日本のなかの朝鮮　金《キム》達《ダル》寿《ス》伝

2019年 11月 30日　第１刷発行

著　者◉廣瀬陽一
発行者◉文　弘 樹
発行所◉クレイン
〒180-0004
東京都武蔵野市吉祥寺本町 1-32-9
TEL 0422-28-7780
FAX 0422-28-7781
http://www.cranebook.net

印刷所◉創栄図書印刷

ISBN978-4-906681-55-6

協　力◉渡辺康弘　牛島なぐね